WAGENBACHS TASCHENBÜCHEREI

Boris Vian (rechts)
mit einem Freund

Boris Vian
Herbst in Peking

Aus dem Französischen
von Eugen Helmlé

Verlag Klaus Wagenbach Berlin

Zu dieser Ausgabe

Der Roman *Herbst in Peking* (L'Automne à Pékin) wurde von September bis November 1946 geschrieben und erschien in kleiner Auflage im Sommer 1947 bei Éditions du Scorpion. Gegenüber der Handschrift, die 28 Kapitel umfaßt, ist die Erstausgabe in die vier Kapitel A-D, weitere 38 Kapitel (I-XXXVIII) sowie vier »Übergänge« eingeteilt. Eine von Vian leicht überarbeitete Fassung vom *Herbst in Peking* erschien mit dem Druckvermerk Mai 1956 bei Éditions de Minuit. Bis Seite 190 stimmen beide Ausgaben bis auf winzige Abweichungen überein, danach finden sich größere Streichungen und sprachliche Korrekturen. Fast alle Zitatüberschriften wurden erst 1956 eingefügt. Die 38 Kapitel hat Vian durch drei, jeweils in sich noch einmal unterteilte »Sätze« ersetzt, wobei allerdings im Zweiten Satz zwischen Kap. XI und XIII die alte Bezeichnung XXIII stehengeblieben ist. Solche ausgesprochenen Druckfehler, zu denen auch eine Textlücke im 4. Abschnitt von Kapitel B gehört, wurden in unsere Ausgabe nicht übernommen, ansonsten liegt der Übersetzung von Eugen Helmlé der Text der Ausgabe von 1956 zugrunde.

Klaus Völker

Wagenbachs Taschenbücherei 96

7.–9. Tausend, 1984

Umschlag: Rainer Groothuis
Druck: Druckhaus Neue Presse Coburg
Bindung: Buchbinderei Hans Klotz, Augsburg

ISBN 3 8031 2096 9

A

Die Personen, die sich mit der Frage
nicht näher befaßt haben, unterliegen
leicht einem Irrtum . . .
Lord Raglan, »Das Inzesttabu«,
Payot, 1935, Seite 145

1

Ohne Überzeugung ging Amadis Dudu durch die enge Gasse, die die längste der Abkürzungen darstellte, über die man zur Haltestelle des Autobus 975 gelangte. Jeden Tag mußte er dreieinhalb Fahrscheine hingeben, denn er sprang vor seiner Haltestelle vom fahrenden Bus, und er tastete seine Westentasche ab, um nachzusehen, ob er noch welche hatte. Ja. Er sah einen Vogel, über einen Abfallhaufen gebeugt, der mit dem Schnabel in drei leere Konservendosen hackte und dem es dabei gelang, den Anfang der Wolgaschiffer zu spielen; und er blieb stehen, doch der Vogel erwischte eine falsche Note und flog wütend davon, wobei er zwischen seinen Schnabelhälften böse Wörter im Vogeljargon brummte. Amadis Dudu setzte seinen Weg fort und sang dabei die Fortsetzung; doch er erwischte ebenfalls eine falsche Note und begann zu fluchen.

Die Sonne schien, nicht sehr, aber genau vor ihm, und das Ende der Gasse glänzte sanft, denn das Pflaster war feucht; er konnte es nicht sehen, denn sie machte zweimal eine Biegung, nach rechts, dann nach links. Frauen mit großen, schlaffen Begierden erschienen auf der Schwelle ihrer Türen, den Morgenrock weit geöffnet über einem beachtlichen Tugendmangel, und leerten ihren Mülleimer vor sich aus; dann schlugen sie alle zusammen auf den Boden der Abfalleimer, was sich wie Trommelwirbel anhörte, und wie gewöhnlich begann Amadis im Gleichschritt zu marschieren. Aus diesem Grund ging er am liebsten durch die Gasse. Das erinnerte ihn an die Zeit seines Militärdienstes bei den Amis, als sie Pinat-Batter spachtelten aus Weißblechdosen wie die des Vogels, aber größer. Die Abfälle fielen herab und bildeten Staubwolken; er mochte das, weil das die Sonne sichtbar machte. Dem Schatten der roten Laterne der großen Sechs zufolge, wo die getarnten Polizisten wohnten (in Wirklichkeit war es ein Kommissariat; und um jeden Verdacht abzulenken, hatte das Bordell nebenan eine blaue Laterne), ging es ungefähr auf acht Uhr neunundzwanzig zu. Es blieb ihm noch eine Minute, um die Haltestelle zu erreichen; das machte genau sechzig Schritte zu einer Sekunde, aber Amadis machte fünf alle vier Sekunden, und die allzu komplizierte Rechnung löste sich in seinem Kopf auf; normalerweise wurde sie später mit seinem Urin ausgeschieden, wobei sie tock auf dem Porzellan machte. Aber lange danach.

An der Haltestelle des 975 standen schon fünf Personen, und sie stiegen alle in den ersten 975, der gerade angekommen war, doch der Schaffner verweigerte Dudu den Einstieg. Obgleich der ihm ein Stück Papier hinhielt, dessen einfache Inaugenscheinnahme bewies, daß er tatsächlich der sechste war, vermochte der Autobus nur über fünf Plätze zu verfügen und ließ es ihn merken, indem er viermal furzte, um abzufahren. Er brauste sanft dahin, und sein Hinterteil schleifte über den Boden und schlug dabei Funkengarben aus den runden Höckern der Pflastersteine; manche Fahrer klebten Feuersteine drunter, damit es hübscher aussah (es waren immer die Fahrer des Autobusses, der hinterher kam).

Ein zweiter 975 hielt vor Amadis Nase. Er war stark besetzt und schnaufte grün. Eine dicke Frau stieg aus und eine Kuchenhacke, die von einem kleinen, fast toten Herrn getragen wurde. Amadis Dudu klammerte sich an den senkrechten Handlauf und hielt seinen Fahrschein hin, doch der Schaffner schlug ihm mit dem Fahrkartenknipser auf die Finger.

»Lassen Sie das los!« sagte er zu ihm.

»Aber es sind doch drei Personen ausgestiegen!« protestierte Amadis.

»Der Bus war überbesetzt«, sagte der Beamte in vertraulichem Ton und flinkerte dabei mit einer abstoßenden Mimik.

»Das stimmt nicht!« protestierte Amadis.

»Doch«, sagte der Beamte, und er sprang sehr hoch, um den Klingelzug zu erreichen, an dem er sich festhielt, um einen halben Klimmzug zu machen und Amadis seinen Hintern zu zeigen. Der Fahrer fuhr ab, denn er hatte den Zug der rosa Schnur, die an seinem Ohr befestigt war, gespürt.

Amadis sah auf seine Uhr und machte »Puh!«, damit der Zeiger rückwärts gehen sollte, doch nur der Sekundenzeiger begann verkehrt herum zu laufen; die andern drehten sich weiterhin in der gleichen Richtung und das änderte überhaupt nichts. Er stand mitten auf der Straße und sah zu, wie der 975 verschwand, als ein dritter ankam, und seine Stoßstange erwischte ihn direkt an den Hinterbacken. Er fiel hin, und der Fahrer fuhr ein Stück vor, um direkt über ihm zu stehen, und drehte den Warmwasserhahn auf, der Amadis' Hals zu begießen begann. Unterdessen stiegen die beiden Personen, die die nächsten Nummern hatten, in den Bus, und als er wieder aufstand, fuhr der 975 vor ihm davon. Sein Hals war ganz rot, und er spürte einen großen Zorn; er würde mit Sicherheit zu spät kommen. Unterdessen kamen vier andere Personen an, die ihre Nummern nahmen, indem sie auf den Hebel drückten. Die fünfte Person, ein dicker junger Mann, bekam zusätzlich noch den kleinen Parfümstrahl ins Gesicht, den die Autobusgesellschaft jeder hundertsten Person als Zugabe schenkte; schreiend lief er weg, immer geradeaus, denn es war fast reiner Alkohol, und im Auge tut das sehr weh. Ein 975, der in der anderen Richtung vorüberkam, überfuhr ihn zuvorkommenderweise, um seinem Leiden ein Ende zu machen, und man sah, daß er gerade Erdbeeren gegessen hatte.

Ein vierter Bus mit einigen Plätzen kam an und eine Frau, die bei weitem nicht so lange da war wie Amadis, hielt ihre Nummer hin. Der Schaffner rief laut:

»Eine Million fünfhundertundsechstausendneunhundertdrei!«

»Ich habe die neunhundert! . . .«

»Gut«, sagte der Schaffner, »die eins und die zwei?«

»Ich habe die vier«, sagte ein Herr.

»Wir haben die fünf und die sechs«, sagten die beiden anderen Personen.

Amadis war schon eingestiegen, aber die Faust des Schaffners packte ihn am Kragen.

»Die haben Sie auf dem Boden aufgelesen, wie? Steigen Sie aus!«

»Wir haben ihn gesehen«, kreischten die andern. »Er war unter dem Autobus.«

Der Schaffner ließ seine Brust anschwellen und stieß Amadis von der Plattform herunter, wobei er ihm die linke Schulter mit einem Blick voller Verachtung durchbohrte. Amadis begann vor Schmerz auf der Stelle zu hüpfen. Die vier Personen stiegen ein, und der Autobus fuhr davon, einen Buckel machend, denn er schämte sich ein wenig.

Der fünfte fuhr voll vorbei, und alle Fahrgäste streckten Amadis und den andern, die dort warteten, die Zunge heraus. Selbst der Schaffner spuckte auf ihn, doch die schlecht gesicherte Geschwindigkeit nutzte dem Auswurf nichts, der nicht auf die Erde zu fallen vermochte. Amadis versuchte ihn mit einem Schnipser im Flug zu vernichten und verfehlte ihn. Er schwitzte, weil ihn das alles wirklich in einen Zustand fürchterlicher Wut versetzt hatte, und als er den sechsten und den siebten verpaßt hatte, beschloß er, zu Fuß weiterzugehen. Er würde versuchen, ihn an der nächsten Haltestelle zu nehmen, wo gewöhnlich mehr Leute aussteigen.

Er brach auf, wobei er absichtlich schräg ging, damit man sehen konnte, daß er zornig war. Er mußte etwa vierhundert Meter zurücklegen und während dieser Zeit fuhren andere 975, fast leer, an ihm vorbei. Als er endlich den grünen Laden, zehn Meter vor der Haltestelle, erreichte, kamen direkt vor ihm, aus einem Torweg, sieben junge Pfarrer und zwölf Schulkinder, die götzenhafte Lilienbanner und bunte Bänder trugen. Sie stellten sich um die Haltestelle herum auf, und die Pfarrer brachten zwei Hostien-Werfer in Stellung, um den Passanten die Lust auszutreiben, auf den 975 zu warten. Amadis Dudu versuchte sich an das Losungswort zu erinnern, aber seit der Katechismusstunde waren so viele Jahre vergangen, daß er das Wort nicht wiederfinden konnte. Er versuchte, sich rückwärts gehend zu nähern und bekam eine zusammengerollte Hostie in den Rücken, die mit einer solchen Wucht geschleudert worden war, daß es ihm den Atem abschnitt und er zu husten begann. Die Pfarrer lachten und machten sich um die Hostienwerfer herum zu schaffen, die unaufhörlich Geschosse ausspuckten. Es kamen zwei 975 vorbei, und die Kinder nahmen fast alle leeren Plätze ein. Im zweiten waren noch welche frei, doch einer der Pfarrer blieb auf der Plattform stehen und hinderte ihn daran einzusteigen; und als er sich umdrehte, um seine Nummer zu nehmen, warteten schon sechs Personen und er verlor den Mut. Er lief darauf so schnell er nur konnte, um die nächste Haltestelle zu erreichen. Weit vor sich erblickte er das Hinterteil des 975 und die Funkengarben, und er warf sich zu Boden, denn der Pfarrer richtete den Hostienwerfer in seine Richtung. Er hörte die Hostie über sich hinwegfliegen, wobei sie ein Geräusch wie brennende Seide machte, dann rollte sie in die Gosse.

Ganz verdreckt stand Amadis wieder auf. Er zögerte fast, sich in diesem Schmutzzustand in sein Büro zu begeben, doch was würde die Stechuhr sagen? Der rechte Schneidermuskel tat ihm weh und er versuchte, sich eine Nadel in die Backe zu stechen, um den Schmerz zu vertreiben; fast am liebsten vertrieb er sich mit dem Studium der Akupunktur in den Werken des Dr. Bottine de Mourant die Zeit; leider zielte er nicht gut und kurierte damit eine Nierenentzündung an der Wade, die er sich noch gar nicht zugezogen hatte, was ihn aufhielt. Als er an die Haltestelle danach gelangte, war dort wieder alles voller Leute, und sie bildeten eine feindselige Mauer um den Nummernkasten herum.

Amadis Dudu blieb in respektvoller Entfernung stehen und nutzte diesen Augenblick der Ruhe, um zu versuchen, bedächtig diese Überlegungen anzustellen:

»Einerseits, wenn er eine Haltestelle weiterginge, bräuchte er erst gar nicht mehr den Autobus zu nehmen, denn dann wäre er so spät dran, daß.«

»Andererseits, wenn er rückwärtsginge, würde er wieder auf Pfarrer stoßen.«

»Dritterseits wollte er den Autobus nehmen.«

Er lachte sehr laut, denn um nichts zu überstürzen, hatte er es absichtlich unterlassen, eine logische Überlegung anzustellen, und er setzte seinen Weg zur nächsten Haltestelle fort. Er ging noch schräger als vorher, und es war offenkundig, daß sein Zorn nur noch größer geworden war.

Der 975 brummte ihm in dem Augenblick ins Ohr, als er die Haltesäule, an der niemand wartete, fast erreicht hatte, und er hob den Arm, aber zu spät; der Fahrer sah ihn nicht und fuhr an dem Metallschild vorbei, wobei er fröhlich auf sein kleines Gaspedal trat.

»Oh! Scheiße!« sagte Amadis Dudu.

»Das stimmt«, bestärkte ihn ein Herr, der hinter ihm kam.

»Sie glauben, daß sie es nicht absichtlich tun!« fuhr Amadis empört fort.

»Ah! Ah!« sagte der Mann. »Sie sollten es absichtlich tun?«

»Ich bin davon überzeugt!« sagte Amadis.

»Aus tiefstem Herzen?« fragte der Herr.

»Nach bestem Wissen und Gewissen.«

»Und Sie würden es beschwören?«

»Donnerlittchen verflixt! Und ob!« sagte Amadis. »Der Teufel hols! Ja, ich würde es beschwören. Und, Scheiße, jetzt auf der Stelle!«

»Dann schwören Sie mal?« sagte der Herr.

»Ich schwöre!« sagte Amadis und er spuckte dem Herrn in die Hand, die dieser gerade seinen Lippen entgegenstreckte.

»Schwein!« sagte der Herr zu ihm. »Sie haben etwas Schlechtes über den Fahrer des 975 gesagt. Dafür bekommen Sie ein Protokoll.«

»Ach ja?« sagte Amadis.

Sie wurde nicht alt, die Laus auf seiner Leber.

»Ich bin vereidigt!«, sagte der Mann und schob den Schild seiner Mütze, die bis dahin herumgedreht war, nach vorn. Es war ein Inspektor des 975.

Amadis warf einen lebhaften Blick nach rechts, dann nach links, und als er das charakteristische Geräusch hörte, nahm er einen Anlauf, um in einen neuen 975 zu springen, der neben ihm dahinkroch. Als er wieder herunterfiel, tat er das mit solcher Wucht, daß er durch die hintere Plattform brach und mehrere Dezizentimeter in die Fahrbahn eindrang. Er konnte noch rechtzeitig den Kopf einziehen; das Hinterteil des Autobusses flog für den Bruchteil einer Sekunde über ihn hinweg. Der Inspektor zog ihn aus dem Loch und ließ ihn die Strafe bezahlen, und während dieser Zeit verpaßte er zwei andere Busse; als er das sah, stürzte er los, um an die Haltestelle danach zu kommen, dies erscheint zwar anormal, und doch ist es so.

Er erreichte sie ohne Zwischenfall, stellte aber fest, daß es zu seinem Büro nur noch dreihundert Meter waren; dazu in den Autobus steigen . . .

Darauf überquerte er die Straße und ging, auf dem Bürgersteig, den Weg in umgekehrter Richtung, um den Bus an einer Stelle zu nehmen, wo es sich lohnte.

2

Er gelangte ziemlich schnell an den Punkt, von dem er jeden Morgen abfuhr und beschloß, weiterzugehen, denn er kannte diesen Teil der Strecke schlecht. Er hatte den Eindruck, daß es in dieser Gegend der Stadt Gelegenheit zu wesentlichen Beobachtungen gab. Er verlor zwar sein unmittelbares Ziel, den Autobus zu nehmen, nicht aus den Augen, doch wollte er die ärgerlichen Mißgeschicke, denen er sich seit Tagesanfang ausgesetzt sah, zu seinem Vorteil nutzen. Die Strecke des 975 zog sich über eine große Straßenlänge dahin, und überaus interessante Dinge tauchten eins nach dem andern vor den Augen Amadis' auf. Doch sein Zorn legte sich nicht. Er zählte die Bäume, wobei er sich regelmäßig irrte, um seinen Blutdruck zu senken, der, wie er spürte, nahe am kritischen Punkt war, und hämmerte Militärmärsche, die gerade in Mode waren, auf seinen linken Schenkel, um seinen Spaziergang zu skandieren. Und er erblickte einen großen Platz, umgeben von Gebäuden, die aus dem Mittelalter stammten, seitdem aber alt geworden waren; es war die Endhaltestelle des 975. Er fühlte sich wieder heiter gestimmt, und mit der Leichtigkeit eines Uhrpendels schwang er sich auf das Trittbrett der Laderampe; ein Beamter schnitt den Strick durch, der das Fahrzeug noch zurückhielt; Amadis spürte, wie es sich in Gang setzte.

Als er sich umdrehte, sah er, wie der Beamte das Ende der

Schnur mitten ins Gesicht bekam, und ein Fetzen seiner Nase flog in einem Milbenblätterwirbel davon.

Der Motor surrte gleichmäßig, denn man hatte ihm gerade einen vollen Teller mit Katzenfischgräten gegeben; Amadis, der in der hinteren rechten Ecke saß, hatte den Wagen für sich ganz allein. Auf der Plattform drehte der Schaffner mechanisch an seiner Maschine zum Verpfuschen der Fahrscheine, die er an die Musikbox im Innern angeschlossen hatte, und der monotone Singsang schläferte Amadis ein. Er spürte das Fahrgestell brummen, wenn das Hinterteil die Pflastersteine leicht berührte, und das Prasseln der Funken begleitete die kleine monotone Musik. Die Läden folgten aufeinander in einem Geschiller leuchtender Farben; es machte ihm Spaß, sein Spiegelbild in den großen Spiegeln der Schaufenster zu sehen, doch er wurde rot, als er sah, daß es seine bequeme Stellung ausnützte, um Dinge zu stehlen, die im Schaufenster waren, und drehte sich nach der anderen Seite.

Er wunderte sich nicht darüber, daß der Fahrer das Fahrzeug noch nicht angehalten hatte: um diese Stunde am Vormittag begibt sich niemand mehr ins Büro. Der Schaffner schlief ein und rutschte auf die Plattform, wo er in seinem Schlaf eine bequemere Stellung suchte. Amadis fühlte sich übermannt von einer Art kühner Schläfrigkeit, die in ihn eindrang wie ein zerstörerisches Gift. Er klaubte seine Beine zusammen, die er vor sich ausgestreckt hatte und legte sie auf die Bank vor ihm. Die Bäume leuchteten in der Sonne wie die Läden; ihre frischen Blätter rieben am Dach des Autobusses und machten dabei das gleiche Geräusch wie die Meerespflanzen am Rumpf eines kleinen Schiffes. Das Schaukeln des Autobusses wiegte Amadis in den Schlaf; der Bus hielt immer noch nicht; genau in dem Augenblick, in dem er das Bewußtsein verlor, erkannte er, daß er an seinem Büro vorbeigefahren war, und diese Feststellung beunruhigte ihn kaum.

Als Amadis wieder wach wurde, fuhren sie immer noch. Draußen war es bei weitem nicht mehr so hell, und er schaute auf die Straße. An den beiden Rinnen grauen Wassers, die sie säumten, erkannte er die Hochseenationalstraße und betrachtete eine Weile dieses Schauspiel. Er fragte sich, ob die Zahl der Fahrscheine, die ihm noch blieben, ausreichen würde, um seinen Platz bezahlen zu können. Er drehte den Kopf um und sah nach dem Schaffner. Von einem erotischen Traum großen Kalibers durcheinandergebracht, bewegte sich der Mann zuckend nach allen Richtungen und rollte sich schließlich spiralenförmig um den leichten, vernickelten Pfeiler, der das Dach trug. Er unterbrach jedoch nicht seinen Schlaf. Amadis dachte, daß das Schaffnerleben sehr anstrengend sein müsse, und er stand auf, um sich die Beine zu vertreten. Er nahm an, daß der Autobus unterwegs nicht gehalten hatte, da er keinen anderen Fahrgast sah. Er hatte Platz in Hülle und Fülle, um ungezwungen umherschlendern zu können. Er ging von hinten nach vorn, kehrte dann wieder nach hinten zurück, und der Lärm, den er machte, als er die Stufe hinunterstieg, weckte den Schaffner; dieser kniete sich plötzlich hin und drehte wie wild an der Kurbel seines Apparats, wobei er zielte und mit dem Mund pengpengpeng machte.

Amadis gab ihm einen Klaps auf die Schulter, und der Schaffner feuerte aus nächster Nähe auf ihn, dann gab er auf; zum Glück war es nur zum Spiel. Der Mann rieb sich die Augen und stand auf.

»Wo fahren wir denn hin?« fragte Amadis.

Der Schaffner, der Denis hieß, machte eine Gebärde der Unwissenheit.

»Das kann man nicht wissen«, gab er zur Antwort. »Es ist der Fahrer 21 239 und der ist verrückt.«

»Und?« sagte Amadis.

»Und bei ihm weiß man nie, wie es ausgeht. Gewöhnlich steigt niemand in diesen Wagen. Wie sind Sie eigentlich eingestiegen?«

»Wie jedermann«, sagte Amadis.

»Ich weiß«, erklärte der Schaffner. »Ich war heute morgen ein bißchen eingeschlafen.«

»Haben Sie mich nicht gesehen?« sagte Amadis.

»Das Dumme bei diesem Fahrer«, fuhr der Schaffner fort, »ist, daß man nichts zu ihm sagen kann, er versteht es nicht. Er ist nämlich außerdem noch blöd, wie man zugeben muß.«

»Ich bedauere ihn«, sagte Amadis. »Es ist eine Katastrophe.«

»Sicherlich«, sagte der Schaffner. »Dieser Mann könnte nun angeln gehen, und was tut er? . . .«

»Er fährt einen Autobus«, stellte Amadis fest.

»Genau!« sagte der Schaffner. »Sie sind auch nicht dumm.«

»Wovon ist er denn verrückt geworden?«

»Keine Ahnung. Ich gerate immer an verrückte Fahrer. Finden Sie das lustig?«

»Ganz gewiß nicht!«

»Es ist die Verkehrsgesellschaft«, sagte der Schaffner. »Übrigens sind sie bei der Verkehrsgesellschaft alle verrückt.«

»Sie halten aber allerhand aus«, sagte Amadis.

»Oh, bei mir«, erklärte der Schaffner, »ist es nicht das gleiche. Ich bin nämlich nicht verrückt, verstehen Sie.«

Er mußte so schallend lachen, daß er hinter den Atem kam. Amadis war ein wenig beunruhigt, als er sah, wie er sich auf dem Boden wälzte, erst violett, dann weiß und schließlich ganz steif wurde, aber er beruhigte sich schnell, als er sah, daß es nur Mache war: der andere zwinkerte mit den Augen; bei verdrehten Augen wirkt das sehr hübsch. Nach einigen Minuten stand der Schaffner wieder auf.

»Ich bin ein Spaßvogel«, sagte er.

»Das wundert mich nicht«, sagte Amadis.

»Manche sind traurig, aber ich nicht. Wie könnte man sonst mit einem Kerl zusammenbleiben wie diesem Busfahrer! . . .«

»Was für eine Strecke ist denn das?«

Der Schaffner sah ihn argwöhnisch an.

»Sie haben sie doch genau erkannt, oder nicht? Es ist die Hochseenationalstraße. Er nimmt sie jedes dritte Mal.«

»Und wo kommen wir raus?«

»So ist es recht«, sagte der Schaffner, »ich erzähle, ich bin nett, ich spiele den Hanswurst, und dann nehmen Sie mich auf den Arm.«

»Aber ich nehme Sie doch gar nicht auf den Arm«, sagte Amadis.

»Erstens«, sagte der Schaffner, »wenn Sie die Strecke nicht erkannt hätten, hätten Sie mich sofort gefragt, wo wir sind. Ipso facto.«

Amadis sagte nichts, und der Schaffner fuhr fort.

»Zweitens wissen Sie, wo sie hinführt, weil Sie sie erkannt haben . . . und drittens haben Sie keinen Fahrschein.«

Er begann mit sichtlichem Fleiß zu lachen. Amadis fühlte sich unwohl in seiner Haut. Er hatte tatsächlich keinen Fahrschein.

»Sie verkaufen doch welche«, sagte er.

»Pardon«, sagte der Schaffner. »Ich verkaufe zwar welche, aber nur für die normale Strecke. Moment.«

»Was kann ich demnach tun?« sagte Amadis.

»Oh, nichts.«

»Aber ich muß einen Fahrschein haben.«

»Den werden Sie anschließend lösen«, sagte der Schaffner. »Vielleicht befördert er uns in den Kanal, nicht? Da können Sie Ihr Geld auch genauso gut behalten.«

Amadis drängte nicht weiter und bemühte sich, das Thema zu wechseln.

»Haben Sie eine Ahnung, weshalb man diese Strecke die Hochseenationalstraße nennt?«

Er zögerte, den Namen der Strecke zu nennen und wieder darauf zurückzukommen, denn er hatte Angst, der Schaffner würde von neuem zornig werden. Dieser betrachtete seine Füße mit sehr traurigem Gesicht, und seine beiden Arme hingen an seinem Körper herab. Er ließ sie dort.

»Wissen Sie es nicht?« fragte Amadis hartnäckig weiter.

»Es wird Sie ärgern, wenn ich antworte«, murmelte der Schaffner.

»Aber nein«, sagte Amadis aufmunternd.

»Na schön! Ich weiß darüber nicht das geringste. Aber wirklich nicht die Bohne. Denn niemand kann sagen, daß es eine Verschiffungsmöglichkeit gibt, wenn man auf dieser Straße fährt.«

»Wo führt sie denn entlang?«

»Sehen Sie selbst«, sagte der Schaffner.

Amadis sah einen großen Mast herankommen, an dem ein emailliertes Blechschild befestigt war. Weiße Buchstaben zeichneten deutlich sichtbar den Namen Exopotamien, mit einem Pfeil und einer Anzahl von Maßen.

»Fahren wir dorthin?« sagte er. »Kann man also auf dem Landwege dorthin gelangen?«

»Selbstverständlich«, sagte der Schaffner. »Man braucht nur weiterfahren und darf keinen Schiß haben.«

»Warum nicht?«

»Weil wir ganz schön angeschissen werden, wenn wir zurückkommen. Sie bezahlen das Benzin ja nicht, oder?«

»Ihrer Meinung nach«, sagte Amadis, »was für ein Tempo haben wir denn drauf?«

»Oh«, sagte der Schaffner, »wir werden morgen früh dort sein.«

3

Gegen fünf Uhr morgens ungefähr kam Amadis Dudu auf die Idee wach zu werden, und er tat gut daran; dies gab ihm die Möglichkeit zur der Feststellung, daß er entsetzlich schlecht saß und daß sein Rücken ihm große Schmerzen verursachte. Sein Mund fühlte sich pelzig an, wie wenn man sich nicht die Zähne geputzt hat. Er richtete sich auf, machte einige Bewegungen, um seine Glieder wieder an Ort und Stelle zu bringen und verrichtete seine intime Toilette, wobei er sich bemühte, nicht in das Sehfeld des Schaffners zu geraten. Dieser lag zwischen zwei Bänken und träumte vor sich hin, wobei er an seiner Musikdose drehte. Es war heller Tag. Die gezackten Reifen sangen auf der Straßendecke wie ebenso viele Brummkreisel auf Empfangsgeräten der drahtlosen Telegraphie. Der Motor brummte bei einer unveränderlichen Drehzahl, sicher, daß er seinen Teller Fische bekäme, wenn er ihn bräuchte. Um sich zu beschäftigen, übte sich Amadis im Weitsprung, und sein letzter Anlauf ließ ihn geradewegs auf dem Bauch des Schaffners landen; er sprang mit einer solchen Kraft hoch, daß sein Kopf eine Beule in die Decke des Wagens schlug; schlaff fiel er rittlings auf eine der Lehnen der Bänke: diese letztere Bewegung zwang ihn dazu, das Bein auf der Bankseite sehr hochzuheben, während er das andere im Mittelgang ausstrecken konnte. Genau in diesem Augenblick sah er draußen ein neues Schild: Exopotamien, zwei Maße, und er stürzte sich auf den Klingelknopf und drückte einmal, aber lange drauf; der Autobus machte langsam und hielt am Straßenrand. Der

Schaffner hatte sich aufgerichtet und hielt sich lässig auf dem für den Schaffner reservierten Platz, hinten links nahe der Klingelschnur, doch sein schmerzender Bauch ließ ihn die Würde verlieren. Amadis lief durch den Mittelgang, mit der größten Ungezwungenheit, und sprang leichtfüßig vom Autobus herab. Er fand sich Auge in Auge mit dem Busfahrer, der gerade seinen Sitz verlassen hatte und heran kam, um nachzusehen, was los war. Er sprach Amadis an.

»Endlich hat sich jemand dazu entschlossen zu klingeln! Es war aber auch höchste Zeit!«

»Ja«, sagte Amadis. »Das ist ein ganz schönes Stück Weg.«

»Na, wie denn, Mann!« sagte der Fahrer. »Jedesmal wenn ich einen 975 nehme, kann sich niemand dazu durchringen zu klingeln, und gewöhnlich komme ich zurück, ohne ein einziges Mal zu halten. Nennen Sie das vielleicht einen Beruf?«

Der Schaffner zwinkerte hinter dem Rücken des Fahrers mit den Augen und schlug sich an die Stirn, um Amadis auf die Nutzlosigkeit einer Diskussion hinzuweisen.

»Die Fahrgäste vergessen es vielleicht«, sagte Amadis, denn der andere wartete auf eine Antwort.

Der Fahrer lachte höhnisch.

»Sie sehen doch, daß das nicht stimmt, denn Sie haben ja geklingelt. Das Dumme . . .«

Er neigte sich zu Amadis herüber. Der Schaffner begriff, daß er zuviel war und entfernte sich, ohne sich zu zieren.

» . . . es ist nur dieser Schaffner«, erklärte der Fahrer.

»Ach!« sagte Amadis.

»Er mag keine Fahrgäste. Daher richtet er es so ein, daß wir ohne Fahrgäste abfahren, und er klingelt nie. Ich weiß es ganz genau.«

»Das stimmt«, sagte Amadis.

»Er ist verrückt, verstehen Sie«, sagte der Busfahrer.

»Richtig . . .«, murmelte Amadis. »Ich fand ihn wunderlich.«

»Die sind alle verrückt bei der Verkehrsgesellschaft.«

»Das wundert mich nicht!«

»Ich«, sagte der Fahrer, »ich führe sie alle hinters Licht. Im Reich der Blinden ist der Einäugige König. Haben Sie ein Messer?«

»Ich habe ein Taschenmesser.«

»Leihen Sie.«

Amadis hielt es ihm hin, und der andere zog die große Klinge heraus, die er sich energisch ins Auge stieß. Dann drehte er sie um. Er hatte große Schmerzen und schrie sehr laut. Amadis bekam es mit der Angst zu tun und lief fort, die Arme eng an den Körper angewinkelt, wobei er die Knie so hoch hob wie er nur konnte: es war nicht der Augenblick, eine Gelegenheit zur Leibesübung zu versäumen. Er lief an einigen Büscheln *scrubus spinifex* vorbei, drehte sich um und schaute. Der Fahrer klappte das Taschenmesser zusammen und steckte es in die Tasche. Von Amadis' Stelle aus sah man, daß kein Blut mehr floß. Er hatte sehr sauber operiert und trug bereits eine schwarze Klappe über dem Auge. Der Schaffner lief im Wagen wagemutig in mittlerer Gangart im Mittelgang auf und ab, und durch die Scheiben sah Amadis, wie er auf seine Uhr schaute. Der Fahrer setzte sich wieder auf seinen Sitz. Der Schaffner wartete einige Augenblicke, schaute ein zweites Mal auf seine Uhr und zog mehrmals hintereinander an seiner Klingelschnur; sein Kollege begriff, daß der Bus besetzt war, und der schwere Wagen fuhr mit allmählich lauter werdendem Geknatter ab; Amadis sah die Funken, und das Geknatter nahm ab, wurde leiser, hörte auf; im gleichen Augenblick sah er auch den Autobus nicht mehr, und er war nach Exopotamien gekommen, ohne einen einzigen Fahrschein auszugeben.

Er ging zu Fuß weiter. Er wollte sich nicht aufhalten, denn vielleicht würde sich der Schaffner eines anderen besinnen, und er wünschte sein Geld zu behalten.

B

Ein Gendarmeriehauptmann
schlich sich ins Zimmer, totenbleich
(er befürchtete, eine Kugel verpaßt zu
bekommen).
Maurice Laporte, »Geschichte Okhranas«,
Payot, 1935, Seite 105

1

Claude Léon hörte linkerhand das Trompetensignal des Weckers und er erwachte, um ihm aufmerksamer zu lauschen. Nachdem er dies getan hatte, schlief er unwillkürlich wieder ein und öffnete fünf Minuten später, ohne es absichtlich zu tun, wieder die Augen. Er schaute auf das Leuchtzifferblatt des Weckers, stellte fest, daß es Zeit war und warf die Decke zurück; zärtlich rutschte sie sogleich an seinen Beinen hoch und wickelte sich um ihn. Es war dunkel, und man erkannte noch nicht das Lichtdreieck des Fensters. Claude liebkoste die Decke, die sich nun nicht mehr bewegte und ihn aufstehen ließ. Er setzte sich also auf den Bettrand, streckte den linken Arm aus, um die Nachttischlampe anzuzünden, merkte einmal mehr, daß sie zu seiner Rechten war, streckte den rechten Arm aus und stieß sich, wie jeden Morgen, am Bettgestell.

»Ich werde es noch zersägen«, murmelte er zwischen den Zähnen.

Diese gingen unversehens auseinander, und seine Stimme ertönte plötzlich im Raum.

»Verflixt!« dachte er. »Ich werde das ganze Haus wachmachen.«

Doch als er lauschte, vernahm er den gleichmäßigen Takt, den fügsamen und bedächtigen Atem der Dielen, und er beruhigte sich wieder. Man begann die grauen Linien des

Tages um die Vorhänge herum zu sehen . . . Draußen war der blasse Schein des Wintermorgens. Claude Léon stieß einen Seufzer aus, und seine Füße suchten auf dem Bettvorleger nach den Pantoffeln. Mühsam stellte er sich. Der Schlaf wich nur widerwillig durch alle seine geöffneten Poren, wobei er ein ganz sanftes Geräusch von sich gab, wie eine Maus, die träumt. Er ging zur Tür und bevor er den Lichtschalter betätigte, wandte er sich dem Schrank zu. Er hatte am Abend zuvor ganz plötzlich das Licht gelöscht, als er gerade vor dem Spiegel eine Grimasse schnitt, und er wollte sie wiedersehen, bevor er ins Büro ging. Er knipste das Licht schlagartig an. Sein Gesicht von gestern war noch da. Er lachte ganz laut, als er es sah, dann löste es sich im Licht auf, und der Spiegel spiegelte den Léon des neuen Morgens wider, der ihm den Rücken zuwandte, um sich rasieren zu gehen. Er beeilte sich, um vor seinem Chef ins Büro zu kommen.

2

Zum Glück wohnte er ganz nahe bei der Verkehrsgesellschaft. Im Winter, zum Glück. Im Sommer war es zu kurz. Er hatte genau dreihundert Meter zurückzulegen in der Avenue Jacques Lemarchand, Steuerprüfer von 1857 bis 1870, heldenhafter Alleinverteidiger einer Barrikade gegen die Preußen. Sie hatten ihn schließlich geschnappt, denn sie waren von der anderen Seite gekommen: der Ärmste, vor der allzu hohen Barrikade, die zum Überklettern herausforderte, in die Enge getrieben, hatte sich mit seinem Chassepot zwei Kugeln in den Mund geschossen, und der Rückstoß hatte ihm darüber hinaus noch den rechten Arm abgerissen. Claude Léon interessierte sich wahnsinnig für diese kleine Geschichte, und in der Schublade seines Schreibtischs versteckte er die gesammelten Werke von Doktor Cabanès, in Form von Rechnungsbüchern in schwarzes Leinen gebunden.

Die Kälte ließ die roten Eisstücke auf dem Bordstein der Bürgersteige klirren, und die Frauen zogen ihre Beine unter ihren kurzen Barchenträcken ein. Claude sagte im Vorbeigehen »Guten Morgen« zum Hausmeister und trat schüchtern an den Aufzug Roux-Conciliabuzier heran, vor dessen Gitter bereits drei Stenotypistinnen und ein Buchhalter warteten, die er mit einer reservierten und kollektiven Gebärde grüßte.

3

»Guten Morgen, Léon«, sagte sein Chef, als er die Tür aufmachte.

Claude zuckte zusammen und machte einen großen Fleck.

»Guten Morgen, Monsieur Saknussem«, stammelte er.

»Sie Tolpatsch!« schimpfte der andere. »Immer Tintenflecke! . . .«

»Entschuldigen Sie bitte, Monsieur Saknussem«, sagte Claude, » . . . aber . . .«

»Entfernen Sie das!« . . . sagte Saknussem.

Claude beugte sich über den Fleck und begann ihn eifrig abzulecken. Die Tinte war ranzig und schmeckte nach Seehund.

Saknussem schien fröhlicher Laune zu sein.

»Na«, sagte er, »haben Sie die Zeitungen gesehen? Die Konformisten bereiten uns schöne Tage, wie? . . .«

»Hm . . ., ja . . ., Monsieur«, murmelte Claude.

»Diese Halunken«, sagte sein Chef. »Ach, es ist Zeit, daß wir achtgeben . . . Und sie sind alle bewaffnet, wissen Sie.«

»Ach . . .«, sagte Claude.

»Wir haben es ja bei der Befreierei gesehen«, sagte Saknussem. »Sie schafften die Waffen lastwagenweise herbei. Und natürlich haben anständige Menschen wie Sie und ich keine Waffen.«

»Gewiß nicht . . .«, sagte Claude.

»Sie haben doch keine, oder?«

»Nein, Monsieur Saknussem«, sagte Claude.

»Könnten Sie mir einen Revolver besorgen?« fragte Saknussem geradeheraus.

»Das heißt ...«, sagte Claude, »vielleicht durch den Schwager meiner Vermieterin ... Ich weiß nicht ... hm ...«

»Wunderbar«, sagte sein Chef. »Ich zähle auf Sie, ja? Auch nicht zu teuer, und Patronen, ja? Diese Halunken von Konformisten ... Man muß eben auf der Hut sein, ja?«

»Sicher«, sagte Claude.

»Danke, Léon. Ich zähle auf Sie. Wann können Sie ihn mir bringen?«

»Ich muß erstmal fragen«, sagte Claude.

»Natürlich ... Lassen Sie sich Zeit ... Wenn Sie etwas früher weggehen wollen ...«

»Oh nein ...«, sagte Claude. »Das ist nicht nötig.«

»Gut«, sagte Saknussem. »Und dann passen Sie auf die Flecken auf, ja? Machen Sie Ihre Arbeit sorgfältig, zum Teufel, Sie werden nicht bezahlt, um nichts zu tun ...«

»Ich werde achtgeben, Monsieur Saknussem«, versprach Claude.

»Und seien Sie pünktlich«, schloß sein Chef. »Gestern kamen Sie sechs Minuten später.«

»Aber ich war trotzdem neun Minuten früher dran ...«, sagte Claude.

»Ja«, sagte Saknussem, »aber gewöhnlich kommen Sie eine Viertelstunde zu früh. Strengen Sie sich etwas an, Herrgottnochmal.«

Er verließ das Zimmer und schloß die Tür. Claude, sehr aufgeregt, nahm wieder seine Feder zur Hand. Da seine Hände zitterten, machte er einen zweiten Fleck. Er war riesengroß. Er hatte die Form eines höhnisch lachenden Gesichts und einen Geschmack nach kriechendem Petroleum.

4

Er war fertig mit dem Abendessen. Der Käse, von dem nur noch ein großes Stück übrigblieb, bewegte sich träge in dem malvenfarbenen Teller mit malvenfarbenen Löchern. Er goß sich zum Abschluß ein volles Glas Lithiumoxyd mit Karamel aus und hörte zu, wie es seine Speiseröhre hinunterlief. Die kleinen Luftblasen, die wieder hochstiegen, machten ein metallisches Geräusch, als sie in seinem Rachen platzten. Er stand auf, um auf das Klingelzeichen zu antworten, das man gerade an die Tür geklopft hatte. Es war der Schwager seiner Vermieterin, der hereinkam.

»Guten Tag, Monsieur«, sagte dieser Mann, dessen ehrliches Lächeln und rotes Haar seine karthagische Herkunft verrieten.

»Guten Tag, Monsieur«, antwortete Claude.

»Ich bringe Ihnen das Ding«, sagte der Mann.

Er hieß Gean.

»Ach ja . . .«, sagte Claude. »Den . . .«

»Richtig . . .«, sagte Gean.

Und er zog ihn aus der Tasche.

Es war ein hübscher zehnschüssiger Gleichmacher von der Marke Walter, Modell ppk, mit einem Magazin, dessen mit Hartgummi ausgelegter Boden genau in die beiden geriffelten Platten paßte, wenn man die Hand drauflegt.

»Gutes Fabrikat«, sagte Claude.

»Feststehender Lauf«, sagte der andere. »Hohe Präzision.«

»Ja«, sagte Claude. »Bequemes Zielen.«

»Liegt gut in der Hand«, fügte Gean hinzu.

»Eine gut konzipierte Waffe«, sagte Claude und zielte auf einen Blumentopf, der sich aus der Schußlinie entfernte.

»Eine ausgezeichnete Waffe«, sagte Gean. »Dreitausendfünf.«

»Das ist etwas viel«, sagte Claude. »Es ist nicht für mich. Ich bin natürlich der Meinung, daß er das wert ist, aber die Person will nicht mehr als dreitausend ausgeben.«

»Für weniger kann ich Ihnen den Revolver nicht überlassen«, sagte Gean. »Es ist das, was er mich kostet.«

»Ich weiß schon«, sagte Claude. »Es ist sehr teuer.«

»Es ist nicht teuer«, sagte Gean.

»Ich will sagen, die Waffen sind teuer«, sagte Claude.

»Das ja«, sagte Gean, »eine Pistole wie diese ist nicht leicht zu finden.«

»Sicherlich nicht«, sagte Claude.

»Dreitausendfünf, letzter Preis«, sagte Gean.

Saknussem würde nicht mehr als dreitausend ausgeben. Wenn Claude sich das Neubesohlen seiner Schuhe sparen würde, könnte er fünfhundert Francs aus der eigenen Tasche drauflegen.

»Vielleicht wird es nicht mehr schneien«, sagte Claude.

»Vielleicht«, sagte Gean.

»Auf ein paar neue Sohlen«, sagte Claude, »kann man wohl verzichten.«

»Und wie«, sagte Gean. »Wir sind mitten im Winter.«

»Ich werde Ihnen das Geld geben«, sagte Claude.

»Ich lasse Ihnen das zweite Magazin zum gleichen Preis«, sagte Gean.

»Das ist liebenswürdig von Ihnen«, sagte Claude.

Er würde fünf oder sechs Jahre lang etwas weniger essen, und damit hätte er die fünfhundert Fancs wieder eingespart. Saknussem würde es vielleicht zufällig erfahren.

»Ich danke Ihnen«, sagte Gean.

»Ich habe zu danken«, sagte Claude und begleitete ihn an die Tür.

»Sie haben hier eine gute Waffe«, schloß Gean, und er ging weg.

»Sie ist nicht für mich«, erinnerte ihn Claude, und der andere ging die Treppe hinunter.

Claude schloß die Tür und ging zum Tisch zurück. Der schwarze, kalte Gleichmacher hatte immer noch nichts gesagt; er lag schwerfällig neben dem Käse, der sich, erschreckt, in aller Eile davonmachte, ohne es jedoch zu wagen, seinen Pflegeteller zu verlassen. Claudes Herz schlug etwas mehr als üblich. Er nahm den unfreundlichen Gegenstand und drehte ihn in seinen Händen hin und her. Hinter seiner geschlossenen Tür fühlte er sich stark bis zu den Fingernägeln. Doch er würde aus dem Haus gehen und ihn Saknussem bringen müssen.

Und es war verboten, auf der Straße einen Revolver bei sich zu tragen. Er legte ihn auf den Tisch zurück, und in der Stille lauschte er, wobei er sich fragte, ob die Nachbarn nichts von seiner Unterhaltung mit Gean gehört hätten.

5

Er spürte ihn an seinem Schenkel schwer und eiskalt wie ein totes Tier. Das Gewicht zog an seiner Tasche und seinem Gürtel, sein Hemd bauschte sich rechts über seiner Hose. Sein Mantel verhinderte zwar, daß man was sah, doch bei jedem Vorschnellen des Schenkels zeichnete sich auf dem Stoff eine große Falte ab und jedermann würde es bemerken. Es schien klug, einen anderen Weg zu nehmen. Entschlossen wandte er sich also nach links, sobald er aus dem Eingang des Gebäudes war. Er ging in Richtung Bahnhof und beschloß, sich nur in kleine Straßen zu wagen. Der Tag war triste, es war genauso kalt wie am Tag zuvor; er kannte dieses Viertel schlecht, er nahm die erste zur Rechten, doch weil er meinte, er käme zu schnell wieder auf seinen üblichen Weg, lief er dann zehn Schritte weiter in die erste zur Linken. Sie bildete mit der vorhergehenden einen Winkel, der etwas unter neunzig Grad lag, verlief schräg und war voller Läden, die ganz anders waren als die, an denen er gewöhnlich vorüberkam, unauffällige Läden ohne jegliche Besonderheit.

Er ging schnell und das Ding drückte schwer auf seinen Schenkel. Er begegnete einem Mann, der die Augen auf seine Tasche zu richten schien; Claude erschauderte; zwei Meter weiter drehte er sich um, der Mann sah ebenfalls nach ihm. Den Kopf senkend, setzte er seinen Marsch fort und stürzte bei der ersten Kreuzung nach links. Er stieß so heftig gegen ein kleines Mädchen, daß es ausrutschte und sich in den schmutzigen Schnee setzte, den man am Bordstein aufgeschichtet hatte. Er wagte nicht, die Kleine aufzuheben und ging schneller, die Hände in den Taschen vergraben, wobei er verstohlene Blicke nach hinten warf. Er flitzte ganz dicht an der Nase einer Matrone vorbei, die mit einem Besen bewaffnet aus einem Nachbargebäude kam und ihn mit einem schallenden Fluch grüßte. Er drehte sich um. Sie folgte ihm mit den Augen. Er beschleunigte seinen Marsch und wäre beinahe gegen ein viereckiges Gitter gerannt, das Arbeiter des Straßenbauamts gerade über einen Kanalschacht gestellt hatten. Er machte eine heftige innere Bewegung, um dem Gitter auszuweichen, erwischte es jedoch noch mit der Tasche seines Mantels, die einriß. Die Arbeiter schimpften ihn Arschloch und Hinterlader. Rot vor Scham ging er immer schneller, wobei er über vereiste Pfützen rutschte. Er begann zu schwitzen, er stieß mit einem Radfahrer zusammen, der abbog, ohne es anzuzeigen. Das Pedal zerriß ihm den Aufschlag seiner Hose und zerfetzte ihm die Wade. Mit einem Entsetzensschrei streckte er die Hände nach vorn, um nicht hinzufallen, und schon sank die Gruppe auf die schmutzige Fahrbahn. Ganz in der Nähe stand ein Bulle. Claude Léon hatte sich von dem Fahrrad freigemacht. Seine Wade tat ihm entsetzlich weh. Der Radfahrer hatte sich das Handgelenk verstaucht, und das Blut schoß ihm aus der Nase, er beschimpfte Claude, und Claude packte langsam der Zorn, sein Herz schlug, und Wärme lief ihm durch die Hände, sein Blut zirkulierte sehr gut, es schlug auch in seiner Wade und auf seinem Schenkel hob sich der Gleichmacher bei jedem Pulsschlag. Plötzlich wuchtete ihm der Radfahrer seine linke Faust ins Gesicht, und Claude wurde noch fahler. Er steckte die Hand in die Tasche und zog den Gleichmacher heraus, und er begann zu lachen, weil der Radfahrer stammelte und zurückwich, dann spürte er einen furchtbaren Schlag auf seiner Hand, und der Stock des Bullen fiel herab. Der Bulle hob den Gleichmacher auf und packte Claude am Kragen. Claude spürte nichts mehr in der Hand. Er drehte sich plötzlich um, und sein rechtes Bein entspannte sich auf einen Schlag, er hatte den Unterleib des Bullen angezielt, der sich krümmte und den Gleichmacher losließ. Mit einem Grunzen des Behagens stürzte Claude vor, um ihn aufzuheben, und schoß ihn völlig leer, sorgfältig auf den Radfahrer gerichtet, der beide Hände an seine Gürtellinie hielt und sich sachte hinsetzte, wobei er ganz hinten in der Kehle aaah . . . machte. Der Rauch der Patronen roch gut, und Claude blies in den Lauf, wie er es im Kino gesehen hatte; er steckte den Gleichmacher wieder in die Tasche und sackte über dem Bullen zusammen, er wollte schlafen.

6

»Schön und gut«, sagte der Rechtsanwalt, als er aufstand, um wegzugehen, »aber warum hatten Sie nun wirklich den Revolver bei sich?«

»Ich habe es Ihnen gesagt . . .«, sagte Claude.

Und er sagte es noch einmal.

»Er war für meinen Direktor, Monsieur Saknussem, Arne Saknussem . . .«

»Er behauptet aber, daß das nicht stimmt«, sagte der Rechtsanwalt, »Sie wissen es doch.«

»Aber es ist wahr«, sagte Claude Léon.

»Ich weiß schon«, sagte der Rechtsanwalt, »aber Sie müssen was anderes finden; Sie haben schließlich Zeit genug gehabt! . . .«

Gereizt ging er zur Tür.

»Ich verlasse Sie jetzt«, sagte er. »Wir müssen halt abwarten. Ich werde versuchen, mein Bestes zu tun; Sie helfen mir ja kaum dabei! . . .«

»Das ist nicht mein Gewerbe«, sagte Claude Léon.

Er haßte ihn fast ebenso wie den Radfahrer und den Polizeibeamten, der ihm auf dem Kommissariat einen Finger gebrochen hatte. Von neuem wurde ihm warm in den Händen und den Beinen.

»Auf Wiedersehen«, sagte der Rechtsanwalt, und er ging hinaus.

Claude antwortete nicht und setzte sich auf sein Bett. Der Wärter schloß die Tür.

Der Wärter legte den Brief auf das Bett. Claude schlief halb. Er erkannte die Mütze und richtete sich auf.

»Ich möchte . . .«, sagte er.

»Was?« antwortete der Wärter.

»Schnur. Ein Knäuel.«

Claude rieb sich am Kopf.

»Das ist verboten«, sagte der Wärter.

»Nicht um mich aufzuhängen«, sagte Claude. »Ich habe noch meine Hosenträger, es wäre schon geschehen.«

Der Wärter überdachte dieses Argument.

»Für zweihundert Francs«, sagte er, »kann ich Ihnen zehn

oder zwölf Meter besorgen. Mehr nicht. Und ich riskiere! . . .«

»Ja«, sagte Claude. »Fordern Sie sie von meinem Rechtsanwalt. Bringen Sie.«

Der Wärter wühlte in seiner Tasche.

»Ich habe sie hier«, sagte er.

Er hielt ihm eine kleine Rolle ziemlich starker Schnur hin.

»Danke«, sagte Claude.

»Was wollen Sie denn damit machen?« fragte der Wärter. »Hoffentlich keine Dummheiten?«

»Mich aufhängen«, sagte Claude und lachte.

»Ah! Ah! . . .« sagte der Wärter und lachte dabei aus vollem Halse, wiewohl er ihn nie voll bekam, »das ist glatter Blödsinn, Sie hatten doch Ihre Hosenträger.«

»Sie sind noch zu neu«, sagte Claude. »Sie würden davon kaputtgehen.«

Der Wärter sah ihn bewundernd an.

»Sie machen mir Spaß, Sie«, sagte er. »Sie sind bestimmt Journalist.«

»Nein«, sagte Claude. »Danke.«

Der Wärter begab sich zur Tür.

»Und wegen des Geldes wenden Sie sich an den Rechtsanwalt«, sagte Claude.

»Ja«, sagte der Wärter. »Aber das ist sicher, ja?«

Claude nickte mit dem Kopf, um ja zu sagen, und das Schloß schnappte sachte ein.

7

Doppelt gelegt und zusammengeflochten, war sie etwa zwei Meter lang. Das war gerade richtig. Wenn er aufs Bett stieg, würde es ihm gelingen, sie um den Gitterstab zu knoten. Um die Länge zu regulieren, würde er einige Schwierigkeiten haben, denn die Füße durften den Boden nicht berühren.

Er probierte sie aus, indem er daran zog. Sie hielt. Er stieg auf das Bett, klammerte sich an der Wand fest und erreichte den Gitterstab. Mühselig befestigte er den Strick. Dann steckte er seinen Kopf in die Schlinge und schwang sich ins Leere. Er bekam einen Schlag hinter den Kopf, und der Strick zerriß. Er fiel auf die Füße, wütend.

»Dieser Wärter ist ein Halunke«, sagte er laut.

Der Wärter öffnete in diesem Augenblick die Tür.

»Ihre Schnur ist eine Sauerei«, sagte Claude Léon.

»Das ist mir gleichgültig«, sagte der Wärter. »Der Rechtsanwalt hat sie mir bezahlt. Heute habe ich Zucker, das Stück zu zehn Francs, wenn Sie welchen wollen.«

»Nein«, sagte Claude, »ich werde Sie um nichts mehr bitten.«

»Sie werden darauf zurückkommen«, sagte der Wärter. »Warten Sie nur zwei oder drei Monate; und ich übertreibe noch, schon in acht Tagen werden Sie nicht mehr daran denken.«

»Möglich«, sagte Claude. »Trotzdem war Ihre Schnur eine Sauerei.«

Er wartete bis der Wärter gegangen war und entschloß sich dann, seine Hosenträger abzumachen. Sie waren ganz neu, aus Leder und Gummi geflochten. Sie stellten die Ersparnisse von zwei Wochen dar. Etwa ein Meter sechzig; er kletterte wieder auf das Bett und band das Ende am Fuß des Gitterstabs fest. Dann machte er am andern Ende eine Schlinge und steckte seinen Kopf hindurch. Er schwang sich ein zweites Mal ins Leere; die Hosenträger zogen sich ganz in die Länge, und er landete weich unter dem Fenster. Darauf brach der Gitterstab ab und fiel ihm wie ein Blitzschlag auf den Kopf. Er sah drei Sterne und sagte:

»Martell! . . .«

Und sein Rücken rutschte die ganze Mauer herunter. Auf der Erde sitzend fand er sich wieder. Sein Schädel schwoll entsetzlich an, mit einer furchtbaren Musik, und die Hosenträger hatten nichts abbekommen.

8

Abbé Petitjean tummelte sich in den Gängen des Gefängnisses herum, dicht hinter ihm der Wärter. Sie spielten Nachlausen. Als sie in die Nähe von Claude Léons Zelle kamen, rutschte der Abbé auf dem Katzendreck einer neunschwänzigen Katze aus und machte eine vollständige Umdrehung in der Atmosphäre. Seine sich anmutig um seine robusten Beine entfaltende Soutane gab ihm eine so starke Ähnlichkeit mit Loïe Fuller, daß der Wärter voller Respekt an ihm vorbeilief und sich dabei aus Höflichkeit entblößte. Dann fiel der Abbé mit einem langgezogenen Geräusch auf den Boden, und der Wärter sprang ihm rittlings auf den Rücken; der Abbé gab auf.

»Ich habe Sie drangekriegt«, sagte der Wärter. »Sie bezahlen die Runde.«

Abbé Petitjean willigte widerwillig ein.

»Keine faulen Witze«, sagte der Wärter. »Unterschreiben Sie ein Papier.«

»Ich kann nicht unterschreiben, wenn ich auf dem Bauch liege«, sagte der Abbé.

»Gut, ich lasse Sie los . . .«, sagte der Wärter.

Sobald er sich erhoben hatte, brach der Abbé in lautes Gelächter aus und stürzte geradewegs davon. Eine ziemlich widerstandsfähige Wand befand sich dort, und der Wärter hatte keine Mühe ihn zu fangen.

»Sie sind ein falscher Bruder«, sagte er zu ihm. »Unterschreiben Sie ein Papier.«

»Schließen wir einen Vergleich ab«, sagte der Abbé. »Vierzehn Tage Ablaß?«

»Pustekuchen«, sagte der Wärter.

»Oh, schon gut . . .«, sagte der Abbé. »Ich unterschreibe.«

Der Wärter riß ein ganz ausgefülltes Blatt aus seinem Kontrollblock und gab Petitjean seinen Bleistift, worauf der unterschrieb, und ging dann zu Claude Léons Tür. Der Schlüssel wurde ins Schloß gesteckt, das sich ihm fügte und sich öffnete.

Auf dem Bett sitzend, meditierte Claude Léon. Ein Sonnenstrahl fiel durch die Leere, die das Fenstergitter zurückgelassen hatte, als es ausgebrochen war, machte eine kleine Runde und verlor sich im Aborteimer.

»Guten Tag, Pater«, sagte Claude Léon, als er den Abbé hereinkommen sah.

»Guten Tag, mein kleiner Claude.«

»Geht es meiner Mutter gut?« fragte Claude Léon.

»Aber gewiß«, sagte Petitjean.

»Ich bin von der Gnade heimgesucht worden«, sagte Claude.

Er fuhr sich mit der Hand über den Hinterkopf.

»Fühlen Sie«, fügte er hinzu.

Der Abbé fühlte.

»Verflixt . . .«, sagte er, »die hat aber tüchtig zugeschlagen . . .«

»Gelobt sei der Herr«, sagte Claude Léon. »Ich möchte beichten. Ich will mit sauberer Seele vor meinen Schöpfer treten.«

». . . wie mit Persil gewaschen!« sagten sie mit einer Stimme, nach dem katholischen Ritus, und sie machten ein Kreuzzeichen, wie es klassischer nicht mehr geht.

»Aber es ist noch keine Rede davon, daß Sie gewißplagt werden«, sagte der Abbé.

»Ich habe einen Menschen getötet«, sagte Claude. »Obendrein ein Radfahrer.«

»Ich habe Neuigkeiten«, sagte der Abbé. »Ich habe Ihren Rechtsanwalt gesprochen. Der Radfahrer war ein Konformist.«

»Trotzdem habe ich einen Menschen getötet«, sagte Claude.

»Aber Saknussem hat sich bereit erklärt, zu Ihren Gunsten auszusagen.«

»Ich habe keine Lust«, sagte Claude.

»Mein Sohn«, sagte der Abbé, »das können Sie nicht tun, Sie müssen der Tatsache Rechnung tragen, daß dieser Radfahrer ein Feind unserer gehörten und apostillonischen Heiligen Mutter Kirche war . . .«

»Ich war noch nicht von der Gnade heimgesucht, als ich ihn getötet habe«, sagte Claude.

»Quark«, versicherte der Abbé. »Wir werden Sie schon aus der Klemme ziehen.«

»Ich will nicht«, sagte Claude. »Ich will Eremit werden. Wo könnte ich das besser werden als im Gefängnis?«

»Wunderbar«, sagte der Abbé. »Wenn Sie Eremit werden wollen, holen wir Sie morgen hier heraus. Der Bischof steht sich sehr gut mit dem Gefängnisdirektor.«

»Aber ich habe doch keine Eremitage«, sagte Claude. »Hier gefällt es mir.«

»Beruhigen Sie sich«, sagte der Abbé. »Wir werden etwas für Sie finden, das noch scheußlicher ist.«

»Dann ist es etwas anderes«, sagte Claude. »Gehen wir?«

»Moment, Sie Gottloser«, sagte der Abbé. »Da sind noch die Formalitäten. Ich komme Sie morgen mit dem Leichenwagen abholen.«

»Wo werde ich denn hinkommen?« fragte Claude ganz aufgeregt.

»In Exopotamien ist noch ein guter Eremitenplatz frei«, sagte der Abbé. »Den werden Sie bekommen. Sie werden ganz schlecht dran sein.«

»Wunderbar! . . .« sagte Claude. »Ich bete für Sie.«

»Amen!« sagte der Abbé. »Schwumm und Bumm und Ratakrumm!. . .« schlossen sie im Chor, immer nach dem katholischen Ritus, was, wie jeder weiß, davon entbindet, das Kreuz zu schlagen. Der Priester streichelte Claude die Wange und kniff ihn kräftig in die Nase, dann verließ er die Zelle, und der Wärter schloß wieder die Tür.

Darauf blieb Claude vor dem kleinen Fenster stehen und er machte einen großen Kniefall und begann aus vollem Astralherzen zu beten.

C

. . .Sie machen sich eine übertriebene Vorstellung von den Nachteilen der Mischehen.
Die Memoiren von Louis Rossel, Stock, 1908, Seite 115

1

Angel wartete auf Anne und Rochelle; auf dem verwitterten Stein der Balustrade sitzend, sah er zu, wie die Techniker die jährliche Schur der Parktauben vornahmen. Es war ein entzückendes Schauspiel. Die Techniker trugen weiße, sehr saubere Kittel und Schürzen aus rotem Saffianleder mit dem Stadtwappen. Sie waren mit Federschermaschinen ausgerüstet, einem Spezialmodell, sowie einem Erzeugnis zur chemischen Reinigung der Flügel der Wassertauben, von denen das Viertel verhältnismäßig viel hatte.

Angel paßte den Augenblick ab, wo der Flaum dicht auf der Haut zu fliegen begann, um fast gleich darauf von den verchromten, zylindrischen Winderhitzern angesogen zu werden, die die Gehilfen auf kleinen Karren mit Gummirädern bedienten. Mit dem Flaum wurde das Federbett des Ratspräsidenten gefüllt. Das erinnerte an die Gischt des Meeres, wenn der Wind bläst: man sieht sie in dicken, weißen Fetzen, die im Wind zittern, auf dem Sand, und wenn man den Fuß darauf stellt, quillt sie einem zwischen den Zehen heraus. Es ist sanft, und es sieht aus, als verfilze es beim Trocknen ein wenig. Anne und Rochelle kamen nicht.

Anne hatte bestimmt Dummheiten gemacht. Er würde sich nie dazu entschließen können, pünktlich zu sein oder seinen Wagen in die Garage zu bringen, um ihn überholen zu lassen. Rochelle wartete wahrscheinlich auf Anne, der bei ihr vorbeikommen sollte, um sie abzuholen. Angel kannte Anne seit fünf Jahren und Rochelle seit nicht so lange. Anne und er kamen von der gleichen Schule, aber Angel hatte einen geringeren Grad erreicht, weil er nicht gern arbeitete. Anne leitete eine Abteilung der Gesellschaft der Fabrikanten von Schotter für die schweren Schienenwege, und Angel begnügte sich mit einem weniger lukrativen Posten bei einem Glasröhrendreher für Lampengläser. Er hatte die technische Leitung des Unternehmens, während Anne, in seiner Gesellschaft, in der kaufmännischen Abteilung war.

Die Sonne ging am Himmel hin und her und konnte sich nicht entscheiden; der Westen und der Osten spielten in den vier Himmelsrichtungen mit ihren beiden Kameraden, doch um sich einen Spaß zu machen, nahm jetzt jeder eine andere Stellung ein; aus der Ferne konnte die Sonne das nicht erkennen. Die Leute nutzten die Situation aus. Nur die Räderwerke der Sonnenuhren liefen verkehrtherum und gingen eines nach dem andern unter unheilverkündendem Knarren und Ächzen kaputt; doch die Fröhlichkeit des Lichts dämpfte die Gräßlichkeit dieser Geräusche. Angel schaute auf seine Uhr. Sie hatte eine halbe Umdrehung Verspätung. Das zählte allmählich. Er stand auf und wechselte den Ort. Er sah eines der Mädchen, die die zu scherenden Tauben hielten, von vorne. Sie trug einen sehr kurzen Rock, und Angels Blick kroch an ihren glatten, goldenen Knien hoch, um unauffällig zwischen die langen, spindelförmigen Schenkel zu dringen; es war dort warm; ohne auf Angel zu hören, der ihn zurückhalten wollte, drang er noch etwas weiter vor und beschäftigte sich auf seine Art. Verlegen beschloß Angel, wenn auch ungern, die Augen zu schließen. Der kleine Leichnam blieb liegen, und das Mädchen ließ ihn fallen, ohne es zu merken, als sie einige Minuten später aufstand und ihren Rock abklopfte.

Die gerupften Tauben machten verzweifelte Anstrengungen, um wieder zu fliegen, aber sie wurden sehr schnell müde und fielen fast sogleich wieder herunter. In diesem Augenblick bewegten sie sich kaum noch und ließen sich ohne Proteste die Flügel in gelbe, grüne, rote oder blaue Seide binden, die die Stadtverwaltung ihnen großzügig lieferte. Danach zeigte man ihnen, wie sie sich ihrer zu bedienen hätten; sie kehrten in ihre Nester zurück, durchdrungen von einer neuen Würde, und ihr natürlicherweise gesetzter Gang wurde hieratisch. Angel wurde dieses Schauspiels langsam überdrüssig. Er dachte, daß Anne nicht kommen würde oder daß er Rochelle in eine andere Gegend geführt hatte, und von neuem stand er auf.

Er durchquerte den Park, wobei er an Gruppen von Kindern vorbeikam, die verschiedene Spiele spielten, Ameisen mit dem Hammer totschlagen, Himmel und Hölle, Baumwanzen miteinander paaren und andere Vergnügen ihres Alters. Frauen nähten Futterbeutel aus Wachstuch, die man den Säuglingen um den Hals bindet, damit sie ihren Brei schlucken oder kümmerten sich um ihren Nachwuchs. Manche strickten; andere taten so, um sich eine Haltung zu geben, doch man sah schnell, daß sie gar keine Wolle hatten.

Angel stieß die kleine Gittertür auf. Sie schlug hinter ihm zu und er war auf dem Bürgersteig. Leute kamen vorbei und auf der Fahrbahn Autos, aber Anne? Er blieb einige Minuten da stehen. Er zögerte wegzugehen. Der Gedanke, daß er Rochelles Augenfarbe noch nicht kannte, hielt ihn in dem Augenblick zurück, als er die Straße überqueren wollte, und ein Fahrer drehte sich ganz furchtbar auf allen Hinterrädern, denn er hatte scharf gebremst, als er Angel kommen sah. Annes Wagen kam dahinter. Er hielt am Bürgersteig, und Angel stieg ein.

Rochelle saß neben Anne, und Angel fand sich allein auf dem mit Sprungfedern und Kapock gefütterten Rücksitz. Er beugte sich vor, um ihnen die Hand zu drücken. Anne entschuldigte sich wegen seiner Verspätung. Der Wagen fuhr wieder an. Anne schlug scharf das Steuer ein, um dem Wrack des auf dem Dach liegenden Taxis auszuweichen.

Sie folgten der Straße bis zu dem Moment, in dem Bäume die Bürgersteige zu säumen begannen und bogen links von der Statue ein. In diesem Augenblick gab Anne Gas, denn es gab weniger Wagen. Die Sonne hatte endlich den Westen gefunden und begab sich im Kreuzfeuer in diese Richtung, wobei sie doppeltes Tempo einlegte, um den verlorenen Weg wieder einzuholen. Anne fuhr geschickt und er vergnügte sich damit, die Ohren der Kinder, die auf dem Bürgersteig spazierten, mit seinen automatischen Winkern zu streifen; er mußte dazu ganz dicht am Bordstein entlang fahren und lief ständig Gefahr, die Farbe seiner Reifen abzuschürfen, doch er kam ohne einen Kratzer davon. Leider kam gerade ein neun- oder zehnjähriges Mädchen vorbei, deren Löffel ganz ungewöhnlich stark abstanden, und der Winker, der sie mitten am Ohrläppchen traf, brach rundweg ab. Der Strom begann am Ende des abgerissenen Kabels in dichten Tropfen zu perlen, und der Amperemeter sank beunruhigend tief. Rochelle klopfte erfolglos drauf. Die Temperatur der Zündung nahm ab und der Motor wurde langsamer. Einige Takte weiter hielt Anne an.

»Was gibts?« sagte Angel.

Er begriff nicht und merkte, daß er seit langem schon dabei war, Rochelles Haare anzusehen.

»So was Ärgerliches!« wetterte Anne. »Diese verdammte Göre!«

»Ein Winker ist abgebrochen«, erklärte Rochelle und drehte sich nach Angel um.

Anne stieg aus, um zu versuchen, den Schaden zu beheben, und er machte sich an der zerbrechlichen Mechanik zu schaffen. Er versuchte mit einer Darmsaite eine Bindung herzustellen.

Rochelle drehte sich ganz um, wobei sie sich auf den Vordersitz kniete.

»Haben Sie lange auf uns gewartet?« fragte sie.

»Oh, das macht nichts ...«, murmelte Angel.

Er fand es sehr schwierig, ihr ins Gesicht zu sehen. Sie strahlte zu sehr. Doch ihre Augen ... er mußte die Farbe sehen ...

»Doch«, sagte sie. »Aber es war dieser Riesengimpel von Anne. Er kommt immer zu spät. Ich war fertig. Und sehen Sie, kaum ist er unterwegs, fängt er wieder an, Dummheiten zu machen.«

»Er amüsiert sich eben gern. Er hat recht.«

»Ja«, sagte Rochelle. »Er ist so fröhlich.«

Anne fluchte währenddessen wie ein Kutscher und sprang jedesmal in die Luft, wenn ihm ein Tropfen Strom auf die Hand rollte.

»Wo fahren wir hin?« fragte Angel.

»Er will, daß wir tanzen gehen«, sagte Rochelle. »Mir ist das Kino lieber.«

»Er sieht eben gern, was er tut«, sagte Angel.

»Oh!« sagte Rochelle. »Sie sollten solche Sachen nicht sagen!«

»Entschuldigen Sie.«

Rochelle war ein wenig rot geworden, und Angel bedauerte diesen perfiden Kommentar.

»Er ist ein braver Kerl«, fügte er noch hinzu. »Mein bester Kumpel.«

»Kennen Sie ihn gut?« fragte Rochelle.

»Seit fünf Jahren.«

»Sie sind sich überhaupt nicht ähnlich.«

»Nein, aber wir verstehen uns gut«, sagte Angel.

»Hat er ...«

Sie hielt inne und wurde wieder rot.

»Warum trauen Sie sich nicht, es zu sagen? Ist es nicht korrekt?«

»Doch«, sagte Rochelle. »Aber es ist dumm. Es geht mich nichts an.«

»Ist es das, was Sie wissen möchten?« sagte Angel. »Nun ja, er hat immer Erfolg gehabt bei den Mädchen.«

»Er ist ein sehr schöner Junge«, murmelte Rochelle.

Sie schwieg und drehte sich wieder um, weil Anne in umgekehrter Richtung um den Wagen herumging, um sich wieder ans Steuer zu setzen. Er machte die Tür auf.

»Ich hoffe, es wird halten«, sagte er. »Es tropft nicht viel, aber der Druck ist ganz schön stark. Ich hatte gerade die Batterie aufladen lassen.«

»Pech gehabt«, sagte Angel.

»Warum mußte diese dumme Gans auch solche Ohren haben! ...« protestierte Anne.

»Du hättest ja nicht den Heini zu spielen brauchen mit deinem Winker«, sagte Angel.

»Das stimmt«, pflichtete Rochelle ihm bei.

Sie lachte.

»Das war sehr komisch! ...«

Anne lachte ebenfalls. Er war nicht wütend. Der Wagen fuhr an, aber von neuem machten sie sehr schnell halt, denn die Straße weigerte sich, weiterzugehen. Dort gingen sie hin.

Es war ein Tanzklub, in dem sich die Liebhaber der echten Musik unter reinen Kennern trafen, um sich in Verrenkungen zu üben. Anne tanzte sehr schlecht. Angel litt jedesmal, wenn er sah, wie Anne den falschen Takt erwischte; er hatte nie zugesehen, wie er mit Rochelle tanzte.

Das fand im Untergeschoß statt. Eine kleine, weiße Treppe führte in Windungen hinunter; ein dicker Knotenstrick, dessen Blätter man jeden Monat schnitt, machte es möglich, daß man hinuntergehen konnte, ohne sich zu Tode zu stürzen. Stellenweise war das Lokal auch mit Rotkupfer und Luken geschmückt.

Rochelle ging als erste hinunter, dann Anne, und Angel schloß den Zug ab, damit die nach ihnen Kommenden auch was davon hatten. Manchmal ließen Unbekümmerte ihn offen, und der Kellner fiel jedesmal auf die Schnauze, weil sein Tablett ihn am Sehen hinderte.

Als sie halb unten waren, spürten sie, wie der Herzschlag der Rhythmusgruppe sie packte. Etwas weiter unten trafen einen die Mischungen der Klarinetten- und Trompetenklänge, die, sich aufeinander stützend, um sich griffen und so in sehr kurzer Zeit eine beachtliche Geschwindigkeit erreichten, mitten ins Ohr. Und dann vernahmen sie am Fuße der Treppe das unbestimmte Tohuwabohu bewegter Füße, geknutschter Oberkörper, vertraulichen und auch weniger diskreten Lachens, tiefen Aufstoßens und nervöser Gespräche unter dem Geklirr der Gläser und des kohlesäurehaltigen Wassers, welche die adäquate Atmosphäre einer halbluxuriösen Bar ausmachen. Anne suchte mit den Augen einen freien Tisch und zeigte ihn Rochelle, die ihn als erste erreichte. Sie bestellten gekräuselten Portwein.

Wegen der Unerschütterlichkeit der Ohreindrücke setzte die Musik nicht aus. Anne machte sich einen mächtig schmachtenden Blues zunutze, um Rochelle zum Tanzen aufzufordern. Eine ganze Reihe von Tänzern hatten sich wieder hingesetzt, angewidert von der Langsamkeit des Musikstückes, während alle Deppen aufstanden, weil sie das an den Tango erinnerte; sie nutzten die Gelegenheit, um Stand- und Stockschritte in die klassischen Verrenkungen der Orthodoxen einzufügen, zu denen Anne sich zählen zu können glaubte. Angel sah ihnen zwei Sekunden lang zu, dann wandte er die Augen ab, nahe daran sich zu erbrechen. Anne war schon aus dem Tritt, und Rochelle folgte ihm, ohne sich verwirren zu lassen.

Sie kehrten an ihre Plätze zurück. Angel forderte Rochelle ebenfalls auf. Sie lächelte, sagte ja und stand auf. Es war wieder eine langsame Melodie.

»Wo haben Sie Anne kennengelernt?« fragte Angel.

»Vor kurzem«, gab sie zur Antwort.

»Vor ein oder zwei Monaten, glaube ich.«

»Ja«, sagte Rochelle. »Bei einer Surprise-Party.«

»Sie mögen es vielleicht nicht, daß ich mit Ihnen darüber rede?« fragte Angel.

»Ich rede gern von ihm.«

Angel kannte sie nur ganz flüchtig, aber er war bekümmert. Es wäre ihm schwergefallen, wenn er hätte erklären sollen, warum. Jedesmal, wenn er ein hübsches Mädchen kennenlernte, verspürte er ein Besitzstreben. Das Verlangen, Rechte über sie zu haben. Immerhin war Anne sein Freund.

»Er ist ein bemerkenswerter Mensch«, sagte er. »Sehr begabt.«.

»Das sieht man sofort«, sagte Rochelle. »Er hat dufte Augen und einen schönen Wagen.«

»In der Schule schaffte er es ohne die geringsten Schwierigkeiten, wo andere Stunden brauchten.«

»Er ist sehr kräftig«, sagte Rochelle. »Er treibt viel Sport.«

»Ich habe es in drei Jahren nicht erlebt, daß er bei einer einzigen Prüfung durchgefallen ist.«

»Und außerdem mag ich die Art, wie er tanzt.«

Angel versuchte sie zu führen, aber sie schien fest entschlossen, gegen den Takt zu tanzen. Er war gezwungen, sie weniger eng an sich zu drücken und sie ganz allein zappeln zu lassen.

»Er hat nur einen Fehler«, sagte Angel.

»Ja«, sagte Rochelle, »aber das ist nicht wichtig«.

»Er könnte ihn ablegen«, versicherte Angel.

»Er braucht jemand, der sich um ihn kümmert, und er muß immer jemanden bei sich haben.«

»Sie haben wahrscheinlich recht. Außerdem hat er immer jemanden bei sich.«

»Ich möchte auch nicht, daß es zuviele Leute sind«, sagte Rochelle nachdenklich. »Nur sichere Freunde. Sie zum Beispiel.«

»Bin ich ein sicherer Freund?«

»Sie sind der Mensch, dessen Schwester man gern sein möchte. Genau.«

Angel senkte den Kopf. Sie ließ ihm nicht viele Illusionen. Er konnte nicht lächeln wie Anne. Das war der Grund. Rochelle fuhr fort, gegen den Takt zu tanzen und fand großen Gefallen an der Musik. Die andern Tänzer ebenfalls. Es war warm und verraucht, und die Noten schlängelten sich zwischen den grauen Spiralen der Kippen dahin, die in den letzten Zügen lagen auf Reklame-Aschenbechern der Firma Dupont, Rue d'Hautefeuille, welche in verkleinertem Maßstab Bettpfannen und Bedarfsmaterial für Kranke darstellten.

»Was ich tue, wieso?«

»Im Leben?«

»Ich tanze oft«, sagte Rochelle. »Ich habe nach dem Abitur eine Sekretärinnenschule besucht, aber ich arbeite noch nicht. Meine Eltern wollen lieber, daß ich mich in der Welt zu bewegen weiß.«

Die Musik setzte aus, und Angel wäre gern auf der Tanzfläche stehengeblieben, um gleich wieder anzufangen, sobald die Musiker ein neues Stück in Angriff nehmen würden, aber sie schärften ihre Instrumente. Er folgte Rochelle, die sich beeilte, wieder an den Tisch zurückzukommen und setzte sich neben Anne.

»Na«, sagte Anne, »schenken Sie mir den nächsten?«

»Ja«, sagte Rochelle. »Ich tanze gern mit Ihnen.«

Angel tat so, als höre er nicht. Andere Mädchen mochten ebenso hübsche Haare haben, aber die gleiche Stimme, wie das? Die Figur zählte auch nicht wenig.

Vor allem wollte er Anne keinen Kummer machen. Anne kannte Rochelle, und das war seine Sache. Er nahm die Flasche aus dem Kübel voll grünen Eises und füllte seinen Kelch. Nicht ein einziges dieser Mädchen interessierte ihn. Außer Rochelle. Aber Anne hatte ein Vorrecht.

Anne war ein Kumpel.

2

Sie mußten weggehen, um zu Abend zu essen. Man kann nicht die ganze Nacht draußen zubringen, wenn man am andern Tag arbeiten muß. Im Wagen setzte sich Rochelle vorne hin, neben Anne, und Angel stieg nach hinten. Anne benahm sich korrekt gegenüber Rochelle. Er legte nicht den Arm um ihre Taille und beugte sich nicht zu ihr herüber, und er nahm sie auch nicht an der Hand. Angel hätte es getan, wenn Rochelle ihn vor Anne gekannt hätte. Aber Anne verdiente auch mehr Geld als er; Anne war all das wert. Gegen den Takt zu tanzen, erscheint nicht so fehlerhaft, wenn man die Musik nicht mehr hört. Man würde darüber hinwegsehen. Anne sagte manchmal eine Dummheit, und Rochelle lachte, wobei sie ihre leuchtenden Haare über dem grellgrünen Kostüm schüttelte . . .

Anne sagte etwas zu Angel, aber Angel dachte an etwas anderes, das ist normal. Darauf wandte sich Anne nach Angel um, und seine Bewegung ließ das Steuer ein wenig aus der Richtung kommen. Es ist traurig zu sagen, aber es kam gerade ein Fußgänger auf dem Bürgersteig daher, der den Kotflügel mitten in die Hüfte bekam, als das rechte Vorderrad auf den Bürgersteig kletterte. Der Herr machte einen Mordskrach, als er hinfiel, und er blieb liegen, wobei er sich die Hüfte hielt. Er wurde von krampfhaften Stößen geschüttelt. Angel hatte schon die Tür geöffnet und stürzte hinaus. Tödlich beunruhigt, beugte er sich über den Verletzten. Dieser bog sich vor Lachen und hielt nur für Augenblicke inne, um kräftig zu stöhnen, dann wälzte er sich wieder vor Freude auf dem Boden.

»Haben Sie Schmerzen?« fragte Angel.

Rochelle sah nicht hin. Sie blieb im Wagen sitzen, den Kopf in den Händen. Anne machte ein übles Gesicht. Er war bleich. Er glaubte, der Mann liege im Sterben.

»Waren Sie das?« schluckaufte der Mann und zeigte auf Angel.

Er wurde wieder von einem Anfall unbändigen Gelächters gepackt. Die Tränen liefen ihm übers Gesicht.

»Kommen Sie wieder zu sich«, sagte Angel. »Sie haben sicherlich große Schmerzen.«

»Ich leide wie ein Schloßhund«, gelang es dem Herrn zu sagen.

Sein Satz versetzte ihn in ein solches Delirium, daß er um zwei Fuß vorrückte, wobei er sich überschlug. Anne stand immer noch da, sprachlos. Er drehte sich um und sah Rochelle. Sie weinte, denn sie meinte, daß der Mann sich beklage, und sie hatte Angst um Anne. Er trat zu ihr heran; durch das offene Wagenfenster nahm er ihren Kopf in seine beiden großen Hände und küßte sie auf die Augen.

Angel sah das, ohne es zu wollen, doch als sich Rochelles Hände über dem Kragen von Annes Jacke zusammenfügten, lauschte er wieder dem Herrn. Dieser machte Anstrengungen, um seine Brieftasche aus der Tasche zu ziehen.

»Sind Sie Ingenieur?« sagte er zu Angel.

Sein Lachen beruhigte sich ein wenig.

»Ja . . .«, murmelte Angel.

»Dann werden Sie mich vertreten. Ich kann nicht mit einer in fünf Stücke zerbrochenen Hüfte auf anständige Art nach Exopotamien gehen. Wenn Sie wüßten, wie froh ich bin! . . .«

»Aber . . .«, sagte Angel.

»Sie fuhren doch, ja?«

»Nein«, sagte Angel. »Das war Anne . . .«

»Zu dumm . . .«, sagte der andere.

Sein Gesicht verfinsterte sich und sein Mund zitterte.

»Weinen Sie nicht«, sagte Angel.

»Man kann kein Mädchen an meiner Stelle schicken . . .«

»Es ist ein Junge . . .«, sagte Angel.

Dies peitschte den Verletzten auf.

»Gratulieren Sie der Mutter . . .«

»Ich werde es nicht versäumen«, sagte Angel, »aber sie ist schon an diesen Gedanken gewöhnt.«

»Dann werden wir Anne nach Exopotamien schicken. Ich heiße Cornélius Onte.«

»Ich bin Angel.«

»Sagen Sie Anne Bescheid«, sagte Cornélius. »Er muß unterschreiben. Zum Glück war der Name in dem Vertrag nicht ausgefüllt!«

»Warum das?« fragte Angel.

»Ich glaube, sie mißtrauten mir«, sagte Cornélius. »Rufen Sie Anne«.

Angel drehte sich um. Er schaute hin, und es tat ihm weh, doch er machte zwei Schritte und legte die Hand auf Annes Schulter. Er war völlig benommen und seine Augen . . . entsetzlich anzusehen. Die Augen Rochelles blieben geschlossen.

»Anne«, sagte Angel. »Du mußt unterschreiben.«

»Was?« sagte Anne.

»Einen Vertrag nach Exopotamien.«

»Zum Bau einer Eisenbahn«, stellte Cornélius klar.

Er stöhnte am Ende seines Satzes, denn die Stücke seiner Hüfte machten, als sie gegeneinander stießen, einen in seinen Ohren unangenehmen Lärm.

»Werden Sie dorthin gehen?« sagte Rochelle.

Und Anne neigte sich von neuem zu ihr, um sie zu bitten, es noch einmal zu sagen. Und er antwortete mit ja. Er wühlte in seiner Tasche und nahm seinen Füllhalter. Cornélius hielt den Vertrag hin. Anne füllte die Formulare aus und setzte seine Unterschrift unten auf das Blatt.

»Sollen wir Sie in den Wagen setzen, um Sie ins Krankenhaus zu bringen?« schlug Angel vor.

»Das ist nicht nötig«, sagte Cornélius. »Es wird schon ein Krankenwagen vorbeikommen. Geben Sie mir den Vertrag zurück. Wirklich, ich bin froh.«

Er nahm den Vertrag wieder an sich und wurde ohnmächtig.

3

»Ich weiß nicht, was ich machen soll«, sagte Anne.

»Du mußt dort hingehen«, sagte Angel. »Du hast unterschrieben.«

»Aber ich werde mich dort wahnsinnig langweilen«, sagte Anne. »Ich werde ganz allein sein.«

»Hast du Cornélius wiedergesehen?«

»Er hat mich angerufen. Ich soll übermorgen abreisen.«

»Ist es dir so unangenehm?«

»Nein«, sagte Anne. »Im Grunde bekomme ich dadurch was von der Gegend zu sehen.«

»Du willst es nicht sagen«, sagte Angel, »aber es ist dir unangenehm wegen Rochelle.«

Anne sah Angel verwundert an.

»Wirklich, daran habe ich nicht gedacht. Glaubst du, daß sie mir böse sein wird, wenn ich gehe?«

»Ich weiß nicht«, sagte Angel.

Er dachte, daß er sie, wenn sie bliebe, von Zeit zu Zeit sehen könnte. Ihre Augen waren blau. Anne wäre fort.

»Weißt du . . .«, sagte Anne.

»Was?«

»Du solltest mit mir kommen. Sie brauchen ganz bestimmt mehrere Ingenieure.«

»Aber ich verstehe doch nichts von Eisenbahnen«, sagte Angel. Er konnte Rochelle nicht im Stich lassen, wenn Anne wegginge.

»Du verstehst genauso viel davon wie ich.«

»Bei deiner Stellung weißt du zumindest alles, was mit Schotter zu tun hat.«

»Ich verkaufe zwar welchen«, sagte Anne. »Aber ich verstehe nichts davon, glaub mir. Man muß nicht unbedingt kennen, was man verkauft.«

»Wenn wir beide weggehen«, sagte Angel.

»Oh«, sagte Anne, »sie wird genug andere Kerle finden, die sich um sie kümmern . . .«

»Aber bist du denn nicht in sie verliebt?« fragte Angel.

Dort, wo sein Herz war, bewegte es sich ein wenig unnormal. Er versuchte, sich am Atmen zu hindern, damit es aufhört, aber es war stark.

»Sie ist ein sehr hübsches Mädchen«, sagte Anne. »Aber es sind Opfer zu bringen.«

»Aber«, fragte Angel, »warum bist du dann so verstört bei dem Gedanken, wegzugehen?«

»Ich werde mich langweilen«, sagte Anne. »Wenn du mitkommst, können wir uns immer zerstreuen. Kannst du nicht mitkommen? Rochelle wird es ja wohl nicht sein, die dich zurückhält?«

»Sicherlich nicht«, sagte Angel.

Sehr schmerzlich zu sagen, aber es zerbrach nichts.

»Sag mal«, sagte Anne, »wie wär's, wenn ich sie von Cornélius als Sekretärin einstellen ließe?«

»Das ist ein guter Gedanke«, sagte Angel, »Ich werde mit Cornélius darüber reden, wenn ich ihn frage, ob er Arbeit für mich hat.«

»Du entschließt dich also doch?« sagte Anne.

»Ich werde dich doch nicht einfach so hängen lassen.«

»Gut«, sagte Anne. »Ich glaube, wir werden unseren Spaß haben, alter Junge. Ruf Cornélius an.«

Angel setzte sich an Annes Platz und nahm den Hörer ab.

»Na, sollen wir ihn fragen, ob Rochelle mitkommen kann und ob sie mich einstellen können?«

»Mach schon«, sagte Anne. »Genau besehen gibt es Opfer, die man genauso gut nicht zu bringen braucht.«

D

. . .Dieser Entschluß wurde nach
lebhafter Debatte gefaßt; es mag interessant erscheinen, die Positionen jedes
einzelnen Diskussionsteilnehmers zu
erfahren.
*Georges Cogniot, »Die Subventionen
für die Konfessionsschule«, La Pensée, N° 3
vom April, Mai und Juni 1945*

1

Professor Frißtfrist betrachtete einige Augenblicke das Schaufenster, ohne seine Augen von dem funkelnden Glanzlicht lösen zu können, das die Glühbirne aus Milchglas zerstreut an das polierte Holz eines zwölfblättrigen Propellers häufte; sein Herz tobte vor Freude und bewegte sich so sehr, daß seine Spitze das achtzehnte Paar der temporären Armnerven berührte; und Frißtfrist öffnete die Tür. Der Laden roch gut nach gesägtem Holz. In allen Ecken lagen kleine Stücke Balsa, Hemlock und Hickory herum, in allen Formen zugeschnitten und in jeder Preislage, und in Vitrinen gab es Kugellager, Flugapparate und runde, namenlose Dinger, die der Kaufmann wegen eines kleinen Lochs in der Mitte Räder taufte.

»Guten Tag, Herr Professor«, sagte der Kaufmann. Er kannte Frißtfrist gut.

»Eine gute Nachricht, Monsieur Cruc«, sagte Frißtfrist. »Ich habe gerade drei Patienten getötet und habe jetzt wieder Zeit zum Arbeiten.«

»Toll!« sagte Monsieur Cruc. »Man darf sie nicht auslassen.«

»Mit der Medizin«, sagte der Professor, »hat man zwar seinen Spaß, aber an die Modellflugzeuge kommt sie nicht ran.«

»Sagen Sie das nicht«, sagte Monsieur Cruc. »Ich habe vor

zwei Tagen mit meinem Medizinstudium angefangen, und es gefällt mir.«

»Oh, Sie werden sich's noch anders überlegen!« sagte Frißtfrist. »Haben Sie den neuen kleinen italienischen Motor gesehen?«

»Nein«, sagte Monsieur Cruc. »Wie ist er denn?«

»Entsetzlich!« sagte Frißtfrist. »Zum Frißtfristfressen«.

»Ah! Ah! Ah!« sagte Monsieur Cruc, »Sie sind immer zum Schießen, Professor.«

»Ja, aber es ist keine Zündung dran«, sagte der Professor.

Crucs Augen wurden in der Breite länger. Das hatte zur Folge, daß er die Lider niederschlagen mußte, und er beugte sich zum Professor vor, die Hände flach auf die Theke gelegt.

»Nein?« keuchte er.

»Es ist wahr . . .«

Frißtfrist sprach in deutlichem, sanftem, rosigem Ton, was die Unmöglichkeit ausschloß.

»Haben Sie ihn gesehen?«

»Ich habe einen zu Hause, und er funktioniert.«

»Wo haben Sie ihn her?«

»Mein italienischer Brieffreund, Alfredo Jabès, hat ihn mir geschickt.«

»Werden Sie ihn mir zeigen?« sagte Cruc.

Die Hoffnung höhlte seine birnenförmigen Wangen aus.

»Ah«, sagte Frißtfrist, »das kommt drauf an.«

Er fuhr sich mit den Fingern zwischen den Kragen seines butterblumengelben Hemdes und seinen zylindrisch-konischen Hals.

»Ich brauche Ersatzteile.«

»Bedienen Sie sich«, sagte Cruc. »Nehmen Sie, was Sie wollen, bezahlen Sie nicht, aber ich werde nachher zu Ihnen kommen.«

»Gut«, sagte Frißtfrist.

Er blähte seine Lungen mit Luft auf und stürzte ins Ladeninnere, wobei er ein Kriegslied sang. Cruc sah ihm zu. Er hätte es zugelassen, wenn er den ganzen Laden mitgenommen hätte.

2

»Das ist ungeheuer! . . .« sagte Cruc.

Der Motor war gerade stehengeblieben. Frißtfrist fummelte an der Schwimmernadel herum und drehte am Propeller, um ihn wieder in Gang zu setzen. Bei der dritten Umdrehung sprang er plötzlich mit einem Ruck an, und er hatte keine Zeit mehr, seine Hand zurückzuziehen. Wimmernd hüpfte er auf der Stelle auf und ab. Cruc nahm seinen Platz ein und warf ihn nun ebenfalls an. Der Motor sprang wieder im Nu an. In der kleinen Treibstofflasche sah man Luftblasen, die durchs Ventil eindrangen, wie eine Schnecke, die sabbert, und durch die beiden Auspufflöcher rann sachte Öl.

Der Wind des Propellers blies den Rauch des Auspuffs auf Frißfrist, der sich wieder genähert hatte. Er versuchte, den Schalter des Gegen-Kolbens umzudrehen, um die Kompression zu regeln und verbrannte sich sehr stark die Finger. Er schüttelte seine Hand und steckte sie ganz in den Mund.

»Verfluchte Scheiße!« fluchte er.

Durch seine Finger hindurch verstand man nur schlecht, zum Glück. Cruc versuchte hypnotisiert mit den Augen der Bewegung des Propellers zu folgen, und seine Augäpfel drehten sich zu diesem Zweck in den Höhlen, doch die Zentrifugalkraft schleuderte die Kristallinlinsen nach außen, und er sah nur den inneren Rand seiner Augenlider, daher hörte er auf. Der schwere Tisch, auf den das kleine Aluminiumgehäuse festgeschraubt war, vibrierte und ließ den ganzen Raum erzittern.

»Es klappt! . . .« begann Cruc zu schreien.

Er entfernte sich vom Tisch und packte Frißtfrist bei den Händen. Sie tanzten einen Reigen, während der blaue Rauch in den Hintergrund des Raumes entwich.

Das Läuten des Telefons, das sie mitten in einem Salto mortale überraschte, zeigte gewisse Anlagen zur Erzeugung eines schrillen Lärms, der an das Pfeifen einer Qualle erinnerte. Frißtfrist, im vollen Fluge erwischt, fiel flach auf den Rücken, während Cruc kopfüber im Erdreich eines grünen Topfes landete, der eine große akademische Palme enthielt.

Frißtfrist stand als erster auf und eilte, den Hörer abzunehmen. Cruc traf seine Maßnahmen, um aus der Erde herauszukommen und stand schließlich mit dem Topf auf, denn er zog am Stiel der Palme, den er für seinen Hals hielt. Er merkte seinen Irrtum, als ihm die ganze Erde in den Rücken rieselte.

Frißtfrist kam mit wütendem Gesicht zurück. Er rief Cruc zu, er solle den Motor abstellen, weil das einen Höllenlärm machte. Cruc trat heran, schloß das Brennstoffventil, und der Motor stand still, wobei er ein böses, schroffes und angesaugtes Kußgeräusch hervorbrachte.

»Ich muß weg«, sagte Frißtfrist. »Ein Kranker verlangt mich.«

»Ist es einer Ihrer Patienten?«

»Nein, aber ich muß trotzdem hin.«

»Es ist zum Davonlaufen«, sagte Cruc.

»Sie können ja bleiben und ihn in Gang setzen«, sagte Frißtfrist.

»Oh, schon gut. Gehen Sie!« sagte Cruc.

»Sie sind ausgekocht«, sagte Frißtfrist. »Es ist Ihnen doch egal.«

»Vollkommen.«

Cruc beugte sich über den glänzenden Zylinder, schraubte leicht das Brennstoffventil auf und wechselte den Platz, um den Motor wieder in Gang zu setzen. Dieser sprang in dem Augenblick an, in dem Frißtfrist den Raum verließ. Cruc hatte die Einstellung der Kompression verändert, und mit einem wütenden Dröhnen riß der Propeller den Tisch vom Boden; das Ganze zerschellte an der entgegengesetzten Wand. Bei dem Krach war Frißtfrist zurückgekommen. Als er das sah, fiel er auf die Knie und bekreuzigte sich. Cruc war schon in Gebete versunken.

3

Das Dienstmädchen von Cornélius Onte führte Professor Frißtfrist in das Zimmer des Verletzten. Dieser strickte, um sich die Zeit zu vertreiben, ein Jacquardmotiv von Paul

Claudel, das er in einer Nummer von »Katholisches Denken und Pilger in eins« entdeckt hatte.

»Grüß Sie!« sagte Frißtfrist. »Sie stören mich.«

»Ja?« sagte Cornélius. »Das macht mir Kummer.«

»Das sehe ich. Haben Sie Schmerzen?«

»Meine Hüfte ist fünfmal gebrochen.«

»Wer hat Sie behandelt?«

»Perriljohn. Es geht jetzt sehr gut.«

»Warum haben Sie mich dann kommen lassen?«

»Um Ihnen etwas vorzuschlagen«, sagte Cornélius.

»Scheren Sie sich zum Teufel!« sagte Frißtfrist.

»Gut«, sagte Cornélius. »Ich werde gehen.«

Er versuchte aufzustehen und kaum hatte er einen Fuß auf den Boden gestellt, als seine Hüfte wieder brach. Er wurde rundweg ohnmächtig. Frißtfrist bemächtigte sich des Telefons und bat, daß man ihm einen Krankenwagen schicke, um ihn auf seine Station bringen zu lassen.

4

»Sie werden ihm jeden Morgen eine Evipan-Spritze verpassen«, sagte Frißtfrist. »Ich will nicht, daß er wach wird, wenn ich in die Abteilung komme. Er geht mir die ganze Zeit auf den Wecker mit . . .«

Er unterbrach sich. Der Assistenzarzt sah ihn aufmerksam an.

»Das geht Sie eigentlich nichts an«, sagte Frißtfrist. »Wie geht es seiner Hüfte?«

»Wir haben Schrauben angebracht«, sagte der Assistenzarzt. »Großmodell. Ein herrlicher Bruch, den er da hat.«

»Wissen Sie, wer R. Dahatt ist?« fragte Frißtfrist.

»Hm . . .«, sagte der Assistenzarzt.

»Wenn Sie ihn nicht kennen, halten Sie lieber den Mund. Er ist ein finnischer Ingenieur, der ein Dampfablaßsystem für Lokomotiven erfunden hat.«

»Ach? . . .« sagte der Assistenzarzt.

»Später von Chaplon perfektioniert«, vervollständigte Frißtfrist. »Aber im Grunde geht Sie das auch nichts an.«

Er verließ das Krankenbett von Cornélius und sein Blick wandte sich dem Nachbarbett zu. Die Reinemachefrau kam herein, und da kein Kranker darin lag, stellte sie einen Stuhl darauf, um sauberzumachen.

»Was hat denn dieser Stuhl?« sagte Frißtfrist als der Witzbold, der er war.

»Er hat Fieber«, gab der Assistenzarzt ebenso witzig zur Antwort.

»Sie wollen mich wohl auf den Arm nehmen, wie?« sagte Frißtfrist. »Stecken Sie ihm einen Thermometer rein, dann werden wir schon sehen.«

Er kreuzte die Arme und wartete. Der Assistenzarzt verließ den Raum und kam mit einem Handbohrer und einem Thermometer zurück. Er drehte den Stuhl um, Arsch nach oben, Kopf nach unten, und begann ein Loch unter den Sitz zu bohren. Gleichzeitig blies er drauf, damit das Sägemehl wegflog.

»Beeilen Sie sich«, sagte Frißtfrist. »Ich werde erwartet.«

»Zum Mittagessen?« fragte der Assistenzarzt.

»Nein«, sagte Frißtfrist. »Zum Bau eines Modells der Ping 903. Sie sind heute morgen sehr neugierig.«

Der Assistenzarzt richtete sich auf und steckte das Thermometer in das Loch. Das Quecksilber fiel in sich zusammen, schnellte dann hoch, kletterte in atemberaubender Geschwindigkeit die Skala hinauf, und der obere Teil des Thermometers begann wie eine Seifenblase anzuschwellen.

»Ziehen Sie ihn schnell wieder raus! . . .« sagte Frißtfrist.

»Jesus! . . .« sagte der Assistenzarzt.

Der kleine Ballon, der sich gebildet hatte, schwoll noch etwas an, dann platzte eine Bruchstelle nahe am Stiel, und ein Strahl brennenden Quecksilbers fiel auf das Bett. Bei seiner Berührung wurden die Bettücher angesengt. Auf dem weißen Stoff zeichneten sich Parallellinien ab, die allerdings zu einem kleinen Quecksilberspiegel zusammenliefen.

»Drehen Sie den Stuhl um und legen Sie ihn ins Bett«, sagte Frißtfrist. »Rufen Sie Mademoiselle Gongourdouille.«

Die Oberschwester eilte herbei.

»Messen Sie diesem Stuhl den Blutdruck«, sagte Frißtfrist.

Er sah zu, wie der Assistenzarzt ihn vorsichtig hinlegte.

»Ein sehr seltsamer Fall«, brummte er noch. »Nun schütteln Sie ihn doch nicht so! . . .«

Wütend ging der Assistenzarzt ausgesprochen brutal mit dem Stuhl um, entriß ihm ein furchtbares Knacken. Als Frißtfrists Blicke ihn packten, bemühte er sich mit den zarten Gebärden eines professionellen Eierschlürfers um den Stuhl.

5

»Ich halte eher eine aus massivem Holz geschnitzte Leitkante für geeignet«, sagte Cruc.

»Nein«, antwortete Frißtfrist, »eine klassische Holzverkleidung aus vielleicht 15 Zehntel Balsa-Furnier; das ist leichter.«

»Bei diesem Motor«, sagte Cruc, »wenn der auf etwas stößt, ist er im Eimer.«

»Wir werden einen entsprechenden Ort aussuchen«, sagte Frißtfrist.

Sie arbeiteten beide nach einem maßgerechten Plan der Ping 903, den Frißtfrist für den Motor veränderte.

»Das wird gefährlich werden«, bemerkte Cruc. »Ich halte es für besser, wenn wir nicht davorstehen.«

»Sie sind zum Kotzen, Cruc. Dann haben wir eben Pech gehabt. Schließlich bin ich Doktor.«

»Gut. Ich werde die Teile, die noch fehlen, zusammenbringen.«

»Nehmen Sie das beste, ja? Ich werde den nötigen Preis zahlen.«

»Ich nehme, als wäre es für mich«, sagte Cruc.

»Nein! . . . Nehmen Sie wie für mich. Das ist mir lieber. Sie haben einen schlechten Geschmack. Ich gehe mit Ihnen weg. Ich muß meinen Kranken besuchen.«

»Gehen wir«, sagte Cruc.

Sie standen auf und verließen den Raum.

6

»Hören Sie zu«, sagte Cornélius Onte.

Er sprach mit undeutlicher, unsicherer Stimme und seine Augenlider fielen zu. Frißtfrist machte ein empörtes Gesicht.

»Genügt Ihnen Ihr Evipan nicht? Wollen Sie trotzdem wieder mit Ihren berühmten Vorschlägen anfangen?«

»Aber nein! . . .« sagte Cornélius. »Es ist . . . dieser . . . Stuhl . . .«

»Na und?« sagte Frißtfrist. »Er ist krank. Wir behandeln ihn. Sie wissen doch, was ein Krankenhaus ist, oder nicht?«

»Oh! . . .« wimmerte Cornélius. »Nehmen Sie ihn weg! . . . Er hat die ganze Nacht über geknarrt . . .«

Der Assistenzarzt, der neben Frißtfrist stand, schien ebenfalls mit den Nerven am Ende zu sein.

»Stimmt das?« fragte ihn der Professor.

Der Assistenzarzt bejahte es durch ein Zeichen.

»Man könnte ihn an die Luft setzen«, sagte er. »Es ist ein alter Stuhl.«

»Es ist ein Stuhl Louis XV«, sagte Frißtfrist. »Und außerdem, wer von uns hat denn gesagt, daß er Fieber hat, Sie oder ich?«

»Ich«, sagte der Assistenzarzt.

Er war jedesmal wütend, wenn Frißtfrist sich um den Stuhl kümmerte.

»Dann behandeln Sie ihn.«

»Aber ich werde verrückt! . . .« wimmerte Cornélius.

»Um so besser«, sagte Frißtfrist. »Dann werden Sie mir auch nicht mehr auf die Nerven gehen mit Ihren Vorschlägen. Geben Sie ihm wieder eine Spritze«, fügte er hinzu, wobei er sich an den Assistenzarzt wandte und dabei auf Cornélius zeigte.

»Auuu . . . Auuu . . .«, beklagte sich Cornélius. »Ich habe schon kein Gefühl mehr in meinem Hinterbacken! . . .«

In diesem Augenblick gab der Stuhl eine gräßliche Serie knochigen Knarrens von sich. Ein widerlicher Geruch breitete sich um sein Bett herum aus.

»So ist das die ganze Nacht . . .«, murmelte Cornélius. »Verlegen Sie mich bitte.«

»Wir stopfen Sie in ein Zimmer mit nur zwei Betten, und trotzdem sind Sie nicht zufrieden?...« protestierte der Assistenzarzt.

»Zwei Betten und ein Stuhl, der stinkt«, sagte Cornélius.

»Oh, es reicht«, sagte der Assistenzarzt. »Glauben Sie vielleicht, daß Sie gut riechen?«

»Seien Sie höflich zu meinem Kranken«, wies ihn Frißtfrist zurecht. »Was hat er denn, dieser Stuhl? Etwa eine perforierende Okklusion?«

»Ich glaube«, sagte der Assistenzarzt. »Außerdem hat er Hochdruck, 49.«

»Gut«, sagte Frißtfrist. »Sie wissen ja, was Sie zu tun haben. Auf Wiedersehen.«

Er drückte Cornélius kräftig auf die Nase, um ihn zum Lachen zu bringen und ging hinaus. Cruc wartete auf ihn wegen der Ping 903.

7

Cruc kaute nervös an seinen Lippen. Vor ihm lag ein Blatt Papier, das bedeckt war mit ungelösten und unschlüssigen Berechnungen und Gleichungen sechsundzwanzigsten Grades. Frißtfrist lief im Zimmer auf und ab, und um sich nicht umdrehen zu müssen, ging er jedesmal, wenn er an die wanzenblau gestrichene Wand kam, im Rückwärtsgang zurück.

»Unmöglich hier«, behauptete Cruc nach langem Schweigen.

»Cruc«, sagte Frißtfrist, »Sie sind ein Angsthase.«

»Nicht genug Raum. Er wird vier Maße in der Minute machen. Wissen Sie, was das heißt?«

»Also was?« sagte Frißtfrist.

»Wir müssen eine Wüste finden.«

»Ich bin gezwungen, hier zu bleiben, um mich um die Kranken zu kümmern.«

»Lassen Sie sich zum Kolonialarzt berufen.«

»Das ist blöd. Ich müßte ständig von einem Dorf zum anderen wetzen, und hätte nie Zeit, mich um die Ping zu kümmern.«

»Nehmen Sie Urlaub.«

»Das tut man nicht.«

»Dann können wir nicht! ...«

»Aber was! ...« sagte Frißtfrist.

»Nun, ja! ...« antwortete Cruc.

»Oh, verflucht! ... Ich gehe ins Krankenhaus ... Setzen Sie Ihre Berechnungen fort.«

Er lief die Treppe hinunter, durchquerte die zylindrische Vorhalle und ging hinaus. Sein Wagen erwartete ihn vor dem vergitterten Bürgersteig. Seit dem Tod einer seiner Lieblingspatientinnen empfing er praktisch keine Patienten mehr und begnügte sich damit, im Krankenhaus zu praktizieren.

Als er in Cornélius' Zimmer trat, fand er, auf dem Bett des Stuhls sitzend, einen großen, kräftigen blonden Burschen vor. Er stand auf, als er Frißtfrist sah.

»Ich heiße Anne«, sagte er. »Guten Tag, Monsieur.«

»Es ist keine Besuchszeit«, bemerkte der Assistenzarzt, der hinter dem Professor hereinkam.

»Er schläft die ganze Zeit«, sagte Anne. »Ich bin gezwungen, hier zu bleiben, bis er aufwacht.«

Frißtfrist drehte sich um und sah den Assistenzarzt an.

»Was haben Sie denn?«

»Oh, das wird schon wieder vorbeigehen.«

Die Hände des Assistenzarztes zitterten wie Rammhämmer, und seine Augen waren schwärzlich bis in die Mitte des Gesichts.

»Haben Sie nicht geschlafen?«

»Nein ... Wegen dem Stuhl ...«

»Ach? Ist was nicht in Ordnung?«

»Dieses Miststück! ...« sagte der Assistenzarzt.

Der Stuhl bewegte sich und knarrte, und es fing wieder an zu stinken. Wütend machte der Assistenzarzt zwei Schritte nach vorn, doch Frißtfrist legte ihm die Hand auf den Arm.

»Beruhigen Sie sich«, sagte er zu ihm.

»Ich kann nicht mehr! ... Er macht sich über mich lustig!«

»Haben Sie ihm das Stechbecken untergestellt?«

»Er will nichts machen«, jammerte der Assistenzarzt.

»Nur knarren, quietschen, Fieber haben und mir Scherereien machen.«

»Seien Sie korrekt«, sagte Frißtfrist. »Wir werden uns nachher um ihn kümmern. Und Sie?« fuhr er fort und wandte sich dabei an Anne.

»Ich möchte mit Monsieur Onte sprechen. Es ist wegen meinem Vertrag.«

»Davon brauchen Sie mir gar nichts zu erzählen . . . ich bin nicht auf dem laufenden.«

»Hat Ihnen Monsieur Onte keine Vorschläge gemacht?«

»Monsieur Onte ist so geschwätzig, daß ich ihn von einem Ende des Tages bis zum anderen schlafen lasse.«

»Verzeihung«, sagte der Assistenzarzt. »Das tue ich.«

»Schon gut«, sagte Frißtfrist. »Wenn Sie wollen . . . das tun Sie.«

»Mir sind diese Vorschläge bekannt«, sagte Anne. »Ich kann sie Ihnen nennen.«

Frißtfrist sah den Assistenzarzt an und gab ihm ein Zeichen. Der Assistenzarzt kramte in seiner Tasche. Er stand hinter Anne.

»Ja? Das ist ja interessant«, sagte Frißtfrist. »Schießen Sie los!«

Der Assistenzarzt zog eine dicke Spritze aus seiner Tasche und stach die Nadel mitten in das Fett von Annes Bizeps. Dieser versuchte zu kämpfen, schlief aber fast gleich darauf ein.

»Wo soll ich ihn hinschaffen?« sagte der Assistenzarzt, denn Anne war schwer zu halten.

»Sehen Sie zu, wie Sie klarkommen«, sagte Frißtfrist. »Ich mache jetzt Visite. Bis dahin ist Onte sicherlich wachgeworden.«

Der Assistenzarzt breitete die Arme aus, und Anne glitt auf den Boden.

»Ich kann ihn ja anstelle dieses Stuhls ins Bett legen«, schlug er vor.

Der Stuhl antwortete schlagfertig mit einer Reihe höhnischer Knalle.

»Lassen Sie ihn in Ruhe«, sagte Frißtfrist. »Wenn ich Sie dabei erwische, daß Sie ihn ärgern . . .«

»Gut«, sagte der Assistenzarzt. »Dann lasse ich ihn da liegen.«

»Wie Sie wollen.«

Der Professor brachte seinen weißen Kittel wieder in Ordnung und ging mit behendem, geräuschlosem Schritt hinaus. Er verschwand in dem gelackten Flur.

Allein geblieben, ging der Assistenzarzt langsam auf den Stuhl zu und bedachte ihn mit einem Blick, aus dem Bosheit sickerte. Er war so müde, daß seine Augenlider ständig herabfielen. Eine Krankenschwester kam herein.

»Haben Sie ihm das Stechbecken untergeschoben?« sagte der Assistenzarzt.

»Ja«, sagte die Krankenschwester.

»Und?«

»Und, er hat Holzwürmer. Außerdem ist er einmal ganz allein aufgestanden. Er geht im Paßgang. Ein unangenehmer Anblick. Ich war entsetzt.«

»Ich werde ihn abhorchen«, sagte der Assistenzarzt. »Bringen Sie mir ein sauberes Tuch.«

»Hier«, sagte sie.

Er hatte nicht einmal die Kraft, ihr die Hand zwischen die Beine zu schieben, obgleich sie wie üblich ihren Kittel aufgemacht hatte. Verärgert gab sie ihm das Handtuch und ging weg, wobei sie emailliertes Blech bewegte. Der Assistenzarzt setzte sich aufs Bett und deckte den Stuhl auf. Er bemühte sich, nicht zu atmen, denn der Stuhl knarrte immer heftiger.

8

Als Frißtfrist von seiner Visite zurückkam, schlief der Assistenzarzt ebenfalls, quer über Anne liegend, am Fuße von Cornélius' Bett. Der Professor entdeckte etwas Ungewöhnliches im Äußeren des Nachbarbettes und deckte eilig den Louis-XV-Stuhl auf. Seine Füße waren steif geworden. Er war um zwanzig Jahre gealtert. Er war kalt, leblos und Louis XVI. Die gespannten und geraden Bogenlinien seiner Lehne gaben Aufschluß darüber, wie qualvoll sein Todeskampf gewesen sein mußte. Der Professor bemerkte die weiß-bläuliche Färbung des Holzes und versetzte, wobei er sich umdrehte, dem Assistenzarzt einen kräftigen Fußtritt an den Kopf, aber der rührte sich nicht. Er schnarchte. Der Professor kniete sich neben ihn und schüttelte ihn.

»Na . . . was ist? Sie schlafen? . . . Was haben Sie denn gemacht? . . .« Der Assistenzarzt begann zu knurren und öffnete ein geädertes Auge.

»Was ist denn los mit Ihnen«, wiederholte Frißtfrist.

»Ich habe mich gespritzt . . .«, murmelte der Assistenzarzt leise. »Ebenfalls mit Evipan. Zuviel Schlaf.«

Er schloß wieder die Augen mit einem hohlen Schnarchen.

Frißtfrist schüttelte ihn stärker.

»Und der Stuhl?«

Der Assistenzarzt lachte langsam.

»Strychnin.«

»Mistvieh! . . .« sagte Frißtfrist. »Es bleibt uns nichts anderes übrig, als ihn wieder auf die Beine zu stellen und ausstopfen zu lassen.«

Verärgert stand er auf. Der Assistenzarzt schlief wie ein Seliger. Anne auch und Cornélius auch. Frißtfrist gähnte. Er hob den Stuhl vorsichtig hoch und stellte ihn vors Bett. Er gab ein letztes, sanftes und totes Knarren von sich, und er setzte sich drauf. Sein Kopf schwankte von rechts nach links und in dem Augenblick, in dem er sich in einer bequemen Stellung einrichtete, klopfte es an die Tür. Der Professor hörte es nicht, und Angel klopfte abermals und trat ein.

Frißtfrist wandte ihm zwei glasige, ausdruckslose Augäpfel zu.

»Er wird nie fliegen können«, murmelte er vor sich hin.

»Was sagen Sie?« fragte Angel höflich.

Der Professor hatte Mühe, sich aus seiner Schläfrigkeit herauszuwinden. Er machte eine riesige, mehrere Kilo schwere Anstrengung, und es gelang ihm, etwas zu sagen.

»Eine Ping 903 wird in dieser Gegend keinen Platz zum Fliegen haben. Bei Frißtfrist! . . . Es gibt zuviele Bäume.«

»Aber wenn Sie mit uns kommen?« sagte Angel.

»Mit Ihnen, wem?«

»Mit Anne und mir und Rochelle.«

»Wohin?«

»Nach Exopotamien.«

Morpheus' Schleier öffneten sich ein wenig über Frißtfrists Schädel, und Morpheus selbst ließ einen Kieselstein direkt auf seine Fontanelle fallen. Er wurde vollends wach.

»Verdammt nochmal! Das ist ja eine Wüste! . . .«

»Ja«, sagte Angel.

»Das ist genau das, was ich brauche.«

»Dann sind Sie also einverstanden?«

»Ja, was denn, Kacke?« sagte der Professor, der überhaupt nichts mehr verstand.

»Aber Monsieur Onte hat Ihnen doch Vorschläge gemacht?«

»Monsieur Onte fällt mir auf den Wecker«, sagte Frißtfrist. »Seit acht Tagen lasse ich ihn mit Evipan spritzen, damit ich meine Ruhe habe.«

»Aber er wollte Ihnen doch nur eine Stelle in Exopotamien anbieten. Als Chef-Arzt des Lagers.«

»Welches Lager? Wann?«

»Das Lager der Eisenbahn, die wir dort bauen werden. In einem Monat. Wir sollten morgen aufbrechen, Anne und ich und Rochelle.«

»Wer ist Rochelle?«

»Eine Freundin.«

»Hübsch?«

Frißtfrist richtete sich wieder auf. Er war aufgemöbelt.

»Ja«, sagte Angel. »Finde ich wenigstens.«

»Sie sind verliebt«, behauptete der Professor.

»Oh nein!« sagte Angel. »Sie liebt Anne.«

»Aber Sie lieben sie?«

»Ja«, sagte Angel. »Deshalb muß Anne sie ebenfalls lieben, weil sie ihn liebt; das wird sie frohmachen.«

Frißtfrist rieb sich die Nase.

»Das ist Ihre Sache, ja?« sagte er. »Aber hüten Sie sich vor dieser Schlußfolgerung. Dann glauben Sie also, daß es dort Platz gibt, um eine Ping 903 in Gang zu setzen?«

»Soviel Sie wollen.«

»Woher wissen Sie das?«

»Ich bin Ingenieur«, sagte Angel.

»Wunderbar!«

Der Professor drückte auf den Klingelknopf am Krankenbett von Cornélius.

»Warten Sie«, sagte er zu Angel. »Wir werden sie aufwecken lassen.«

»Und wie?«

»Oh! . . .« versicherte Frißtfrist, »mit einer Spritze ist das ganz einfach.«

Er schwieg und dachte nach.

»Woran denken Sie?« fragte ihn Angel.

»Ich werde meinen Assistenzarzt mitkommen lassen«, sagte Frißtfrist. »Er ist ein rechtschaffener Junge . . .«

Er fühlte sich nicht wohl auf dem Stuhl, aber er sprach weiter.

»Ich hoffe, daß sie auch einen Platz für Cruc haben werden. Er ist ein sehr guter Mechaniker.«

»Ganz bestimmt«, sagte Angel.

Und dann kam die Krankenschwester herein mit allem Nötigen für die Spritzen.

Übergang

Es besteht aller Grund, jetzt eine Minute innezuhalten, denn die Sache verwickelt sich nun und zwar in gewöhnliche Kapitel. Man darf auch wissen warum: es gibt schon ein Mädchen, ein hübsches Mädchen. Es werden noch andere kommen, und unter diesen Umständen kann nichts von Dauer sein.

Andernfalls wäre es sicherlich öfter lustig; aber bei Mädchen muß es auch was Trauriges geben; nicht etwa, daß sie das Traurige lieben – sagen sie wenigstens – aber es kommt mit ihnen. Mit den hübschen. Bei den häßlichen könnte man darüber reden: es ist genug, daß es welche gibt. Übrigens sind sie alle hübsch.

Eine wird Cuivre heißen und die andere Lavande, und die Namen von manchen andern kommen später; aber weder in diesem Buch noch in der gleichen Geschichte.

Es wird viele Leute geben in Exopotamien, denn es ist eine Wüste. Die Leute versammeln sich gern in der Wüste, denn dort ist genügend Platz. Sie versuchen, dort wieder die Dinge zu tun, die sie überall sonstwo taten, und die ihnen hier neu erscheinen; denn die Wüste bildet einen Bühnenhintergrund, vor dem sich alles gut abhebt, vor allem, wenn die Sonne, mal angenommen, besondere Eigenschaften besitzt.

Die Wüste wird oft gebraucht. Arthur Eddington hat das Mittel verraten, wie man alle Löwen einsammeln kann, die sie enthält; man braucht nur den Sand zu sieben, und die Löwen bleiben auf dem Drahtgeflecht zurück. Dies führt zu einer Phase – und zwar der interessantesten – nämlich der Rüttelphase. Am Ende hat man schließlich alle Löwen auf dem Drahtgeflecht des Siebes. Doch Eddington hat vergessen, daß auch Kieselsteine zurückbleiben. Ich glaube, daß ich dann und wann von den Kieselsteinen reden werde.

Erster Satz

I

Wir haben es hier mit einem sehr vorteilhaften Verfahren zu tun, dessen Wirtschaftlichkeit, zusammen mit der Qualität der Faserstoffe, diese Methode besonders interessant macht!
René Escourrou, »Das Papier«, Librairie Armand Colin, 1941, Seite 84

Weil er also Hunger hatte, legte Athanagoras Porphyrogenetas seinen Archeologenhammer hin, und getreu seiner Devise (sit tibi terra levis) betrat er sein Zelt, um zu Mittag zu essen, wobei er den türkischen Krug, von dem er gerade die letzten Kesselsteine entfernte, stehen ließ.

Dann füllte er, zur Annehmlichkeit des Lesers, den folgenden Personalbogen aus, der, allerdings nur typographisch, weiter unten vollständig abgedruckt wird.

Größe: 1,65 m
Gewicht: gut 69 Kilogramm
Haare: grau
Körperbehaarung: wenig entwickelt
Alter: unbestimmt
Gesicht: länglich
Nase: völlig gerade
Ohren: Universitätsmodell in Amphorenhenkelform
Kleidung: wenig gepflegt und die Taschen ausgebeult durch skrupelloses Hineinstopfen
Sonstige Merkmale: ohne jegliches Interesse
Gewohnheiten: außerhalb der Übergangszeiten seßhaft

Nachdem er dieses Karteiblatt ausgefüllt hatte, zerriß er es, weil er es überhaupt nicht brauchte, da er sich seit frühester Jugend der kleinen sokratischen Übung hingab, die den volkstümlichen Namen γνωθι σεαυτον hat.

Athas Zelt bestand aus einem speziell zugeschnittenen Stück Leinwand, das an bestimmten, klug gewählten Punkten mit Ösen versehen war und mit Hilfe von Stangen aus zylindrischen Bazookaholz, die ihm eine feste und ausreichende Grundlage gaben, auf dem Boden ruhte.

Die Montage dieses Zeltes, von Martin Lardier, dem Faktotum Athanagoras' hervorragend ausgeführt, verschaffte dem immer eventuellen Besucher eine Summe von Eindrücken, die einen Zusammenhang hatten mit der Qualität und Schärfe seiner inneren Fähigkeiten, jedoch der Zukunft vorbehalten war. Es bedeckte in der Tat nur eine Fläche von sechs Quadratmetern (und Bruchteile, denn das Zelt kam aus Amerika, und die Angel-Sachsen drücken in Zoll und Fuß aus, was die andern in Metern messen; was Athanagoras sagen ließ: in diesem Land, in dem der Fuß die Metaherrschaft hat, wäre es gut, wenn der Meter Fuß faßte) und nebendran war noch jede Menge Platz.

Martin Lardier, der sich in der Gegend damit beschäftigte, die Fassung seiner durch eine zu starke Vergrößerung verbogenen Lupe geradezubiegen, begab sich zu seinem Herrn unter das Zelt. Er füllte nun ebenfalls ein Karteiblatt aus; leider zerriß er es zu schnell, als daß man die Zeit gehabt hätte, es abzuschreiben, doch wir werden ihn bei der nächsten Biegung wieder schnappen. Auf einen Blick konnte man feststellen, daß er braunes Haar hatte.

»Tragen Sie das Essen auf, Martin«, bat der Archeologe, der in seinem Ausgrabungsfeld für eiserne Disziplin sorgte*.

»Ja, Herr«, antwortete Martin ohne nutzloses Bemühen um Originalität.

Er stellte das Tablett auf den Tisch und setzte sich Athanagoras gegenüber; die beiden Männer stießen ihre fünffingrigen Gabeln geräuschvoll gegeneinander, als sie einstimmig in die große Dose mit dem kondensierten Ragout stachen, die Dupont, der Neger-Diener, gerade geöffnet hatte.

* Er erzeugte dabei Induktionsströme, mit deren Hilfe er sich, mittels Solenoide, Licht machte.

Dupont, der Neger-Diener, bereitete in seiner Küche eine andere Konservendose vor für die Abendmahlzeit. Zunächst mußte er mit viel Wasser und der zeremoniellen Würze das faserige Mumienfleisch auf einem mit Hilfe von feierlichem Rebenholz fleißig geschürten und im Zustand der Verbrennung gehaltenen Feuer kochen lassen, dann die Schweißnaht aufschwitzen, die verzinnte Blechdose mit der in viel Wasser gekochten Nahrung füllen, nicht ohne das viele Wasser in den kleinen Hebel gegossen zu haben; dann mußte er den Deckel mit dem Lötzinn wie Eisen zuschweißen, und das ergab nun eine Konservendose für das Abendessen.

Dupont, Sohn fleißiger Handwerker, hatte sie getötet, damit sie endlich aufhören und sich in Frieden ausruhen konnte. Um ostentativen Glückwünschen aus dem Wege zu gehen, lebte er im Abseits ein religiöses, aufopferungsvolles Leben in der Hoffnung, vom Papst vor seinem Tod heidnisch gesprochen zu werden, wie Pater de Foucault, der den Kreuzzug predigte. In der Regel drückte er die Brust heraus, im Augenblick jedoch war er eifrig beschäftigt, er schichtete kleine Holzscheite auf ein in labilem Gleichgewicht befindliches Feuer, spickte spaßhalber feuchte Tintenfische, deren Tinte er vor die Säue warf, bevor er sie in dem Mineralogiewasser ertränkte, das in einem Eimer kochte, der aus eng zusammengefügten Lamellen aus Tulpenbaumholz mit rotem Herzen bestand. Bei der Berührung mit dem kochenden Wasser bekamen die Tintenfische eine schöne, indigoblaue Farbe; der Schein des Feuers übertrug sich auf die bebende Oberfläche und setzte an die Decke der Küche Lichtreflexe in Form von Cannabis indica, deren Geruch sich jedoch kaum von dem der Lotions mit Patrelle-Duft unterschied, die man bei allen guten Friseuren findet, vor allem bei André und Gustave.

Duponts Schatten lief mit gekrümmten und abgehackten Gebärden durch den Raum. Er wartete auf das Ende von Athanagoras' und Martins Mahlzeit, um abräumen zu können.

Doch Martin berichtete seinem Herrn in Form eines Dialogs von den Ereignissen des Vormittags.

»Was gibts Neues?« sagte Athanagoras.

»Nichts Neues was den Sarkophag angeht«, sagte Martin. »Es gibt keinen.«

»Gräbt man weiter?«

»Man gräbt weiter. In alle Richtungen.«

»Wir werden uns auf eine einzige Richtung beschränken, sobald wir können.«

»Es wurde ein Mann hier in der Gegend gemeldet«, sagte Martin.

»Was macht er?«

»Er ist mit dem 975 angekommen. Er heißt Amadis Dudu.«

»Ach«, seufzte Athanagoras, »haben sie endlich einen Fahrgast aufgegabelt . . .«

»Er ist untergebracht«, sagte Martin. »Er hat sich einen Schreibtisch geliehen und schreibt Briefe.«

»Bei wem hat er einen Schreibtisch geliehen?«

»Weiß ich nicht. Er scheint hart zu arbeiten.«

»Das ist seltsam.«

»Wegen dem Sarkophag?«, sagte Martin.

»Hören Sie zu, Martin, gewöhnen Sie sich nicht an den Gedanken, daß wir alle Tage einen Sarkophag finden werden . . .«

»Aber wir haben doch noch gar keinen gefunden! . . .«

»Das beweist doch nur, daß sie selten sind«, folgerte Athanagoras.

Martin schüttelte angewidert den Kopf.

»Diese Gegend hier taugt nichts«, sagte er.

»Wir haben gerade erst angefangen«, bemerkte Athanagoras. »Sie haben es zu eilig.«

»Entschuldigen Sie, Herr«, sagte Martin.

»Das ist ohne Bedeutung. Bis heute abend schreiben Sie mir zweihundert Zeilen.«

»Welcher Art, Herr?«

»Übersetzen Sie ein lettristisches Gedicht von Isidore Isou ins Griechische. Suchen Sie eins aus, das die entsprechende Länge hat.«

Martin stieß seinen Stuhl zurück und ging hinaus. Er hatte mindestens bis sieben Uhr abends zu tun, und es war sehr warm.

Athanagoras beendete seine Mahlzeit. Er nahm wieder seinen Archeologenhammer, als er aus dem Zelt ging; er legte großen Wert darauf, seinen türkischen Krug vollends vom Kesselstein zu befreien, aber er hatte die Absicht, sich dabei zu beeilen, die Person des Amadis Dudu begann ihn zu interessieren.

Der hohe Krug aus grobem Porzellan war auf dem Boden mit einem Auge bemalt, das Kalkstein und Kieselerde halb verdeckte. Mit leichten, präzisen Schlägen ließ Athanagoras die versteinerten Splitter abspringen, wobei er die Iris und die Pupille freilegte. Ganz gesehen war es ein ziemlich schönes, ein wenig hartes blaues Auge mit gefällig geschwungenen Wimpern. Athanagoras schaute lieber nach einer anderen Seite, um sich dem beharrlichen Verhör zu entziehen, das der Ausdruck dieses keramischen Gegenüber implizierte. Als die Säuberung getane Sache war, füllte er den Krug mit Sand, um das Auge nicht mehr zu sehen, drehte ihn dann um, so daß das Untere nach oben kam und zerschlug ihn mit mehreren Hammerschlägen, anschließend las er die zerstreuten Bruchstücke auf. Der Krug nahm auf diese Weise sehr wenig Platz ein und würde folglich in eine Standardschachtel passen, ohne die Gleichmäßigkeit der Sammlungen des Meisters zu entstellen, der das betreffende Behältnis aus seiner Tasche zog.

Nachdem dies getan war, richtete sich Athanagoras aus der Hocke auf und brach in die mutmaßliche Richtung Amadis Dudus auf. Wenn dieser für die Archäologie Anlagen zeigte, verdiente er es, daß man sich für ihn interessierte. Der unfehlbare Sinn, der den Archäologen bei seinen Schritten leitete, verfehlte nicht, ihn zur richtigen Stelle zu führen. In der Tat telefonierte Amadis Dudu, an einem Schreibtisch sitzend. Unter seinem linken Unterarm sah Atha eine Schreibunterlage, dessen Löschblatt bereits die Spuren einer intensiven Arbeit aufwies; ein Stapel Briefe vor sich, versandfertig, und in einem Korb die bereits eingegangene Post.

»Wissen Sie, wo man hier zu Mittag essen kann?« fragte Amadis, wobei er den Hörer mit seiner Hand bedeckte, sobald er des Archäologen ansichtig wurde.

»Sie arbeiten zuviel«, antwortete Athanagoras. »Die Sonne wird Sie verblöden.«

»Es ist ein bezauberndes Land«, versicherte Amadis. »Und es gibt viel zu tun.«

»Wo haben Sie diesen Schreibtisch gefunden?«

»Man findet immer einen Schreibtisch. Ich kann ohne Schreibtisch nicht arbeiten.«

»Sind Sie mit dem 975 gekommen?«

Amadis' Gesprächspartner wurde sicherlich ungeduldig, denn der Hörer verbog sich heftig in seiner Hand. Mit einem bösen Lächeln ergriff Amadis eine Nadel im Schreibetui und steckte sie in das kleine schwarze Loch. Der Hörer straffte und versteifte sich, und er konnte ihn auflegen.

»Was sagten Sie?« erkundigte sich Amadis.

»Ich sagte: sind Sie mit dem 975 gekommen?«

»Ja. Er ist ziemlich bequem. Ich nehme ihn jeden Tag.«

»Ich habe Sie noch nie hier gesehen.«

»Ich nehme diesen Bus nicht jeden Tag. Wie ich Ihnen schon sagte, gibt es hier viel zu tun. Nebenbei, könnten Sie mir verraten, wo man zu Mittag essen kann?«

»Es sollte möglich sein, ein Restaurant zu finden«, sagte Athanagoras. »Ich muß Ihnen gestehen, daß ich mich seit meiner Ankunft hier noch nicht mit dieser Frage beschäftigt habe. Ich hatte Vorräte mitgebracht und außerdem kann man im Giglyon angeln.«

»Sie sind hier seit?«

»Seit fünf Jahren«, gab Athanagoras genau an.

»Dann müssen Sie die Gegend ja kennen.«

»Ziemlich gut. Ich arbeite eher untendrunter. Es gibt silurisch-devonische Faltungen, regelrechte Wunder. Es gibt gewisse entlegene Orte aus dem Pleistozän, wo ich Spuren der Stadt Glure gefunden habe.«

»Kenne ich nicht«, sagte Amadis. »Das Darüber?«

»Da müssen Sie sich schon von Martin führen lassen«, sagte Athanagoras. »Er ist mein Faktotum.«

»Ist er Päderast?« fragte Amadis.

»Ja«, sagte Athanagoras. »Er liebt Dupont.«

»Das ist mir egal«, sagte Amadis. »Pech für Dupont.«

»Sie werden ihm Kummer machen«, sagte Atha. »Und dann kocht er nicht mehr für mich.«

»Aber es gibt doch ein Restaurant . . .«

»Sind Sie sicher?«

»Kommen Sie mit«, sagte Amadis. »Ich bringe Sie hin.«

Er stand auf, stellte den Stuhl an seinen Platz zurück. Im gelben Sand war es einfach, den Stuhl geradezustellen.

»Dieser Sand ist sauber«, sagte Amadis. »Ich mag diesen Ort, wirklich. Ist es nie windig?«

»Nie«, versicherte Athanagoras.

»Wenn wir diese Düne dort hinuntergehen, werden wir das Restaurant finden.«

Lange grüne, steife und gewachste Gräser befleckten den Boden mit fadenförmigen Schatten. Die Füße der Marschierer machten kein Geräusch und gruben konische Abdrücke mit sanft gerundeten Konturen.

»Ich fühle mich hier wie neugeboren«, sagte Amadis. »Die Luft ist sehr gesund.«

»Es gibt keine Luft«, sagte Athanagoras.

»Das vereinfacht alles. Bevor ich hierher kam, habe ich Augenblicke der Zaghaftigkeit gehabt.«

»Das haben Sie offenbar überwunden«, sagte Athanagoras. »Wie alt sind Sie?«

»Ich kann Ihnen keine Zahl angeben«, sagte Amadis. »Ich kann mich an den Anfang nicht mehr erinnern. Ich könnte höchstens etwas nachplappern, was man mir gesagt hat, wofür ich aber nicht bürgen kann. Also lieber nicht. Auf jeden Fall bin ich noch jung.«

»Ich würde Ihnen achtundzwanzig Jahre geben«, sagte Athanagoras.

»Ich danke Ihnen«, sagte Amadis. »Ich wüßte nicht, was ich damit machen sollte. Sie werden sicherlich jemanden finden, dem Sie eine Freude damit machen.«

»Oh, schon gut!« sagte Atha.

Er war ein wenig verärgert.

Die Düne führte jetzt einen steilen Abhang hinunter und eine andere, ebenso hoch, verdeckte den ockerfarbenen Horizont. Kleinere, an ungewohnter Stelle auftretende Dünen bildeten Bodensenkungen, zeichneten Pässe und Durchgänge, durch die sich Amadis ohne das geringste Zögern begab.

»Das ist ziemlich weit von meinem Zelt weg«, sagte Atha.

»Das macht nichts«, sagte Amadis. »Sie brauchen nur unseren Fußspuren zu folgen, wenn Sie zurückgehen.«

»Aber wenn man sich schon auf dem Hinweg im Weg irrt?«

»Na ja, dann verirren Sie sich eben auf dem Rückweg, das ist alles.«

»Das ist dumm«, sagte Atha.

»Haben Sie keine Angst. Ich weiß ganz bestimmt, wo es ist. Da, schauen Sie.«

Hinter der großen Düne erblickte Athanagoras das italienische Restaurant: Inhaber Joseph Barrizone. Man nannte ihn Pippo. Die Markisen aus rotem Stoff hoben sich lustig vom Lackanstrich der Holzwände ab. Weißer Lackanstrich. Um genau zu sein. Vor dem Unterbau aus hellen Backsteinen blühten wilde Moosblumen pausenlos in Töpfen aus glasiertem Ton. Auch an den Fenstern wuchsen welche.

»Man fühlt sich dort bestimmt sehr wohl«, sagte Amadis. »Sie haben sicherlich auch Zimmer. Ich werde meinen Schreibtisch dort hinbringen lassen.«

»Werden Sie dableiben?«

»Wir werden eine Eisenbahn bauen«, sagte Amadis. »Ich habe meiner Firma deswegen geschrieben. Der Gedanke dazu ist mir heute morgen gekommen.«

»Aber es gibt doch keine Fahrgäste«, sagte Athanagoras.

»Finden Sie etwa, daß den Eisenbahnen damit gedient ist, mit den Fahrgästen?«

»Nein«, sagte Athanagoras. »Natürlich nicht.«

»Also wird sie sich auch nicht abnutzen«, sagte Amadis. »Somit braucht bei der Berechnung der Betriebsunkosten die Amortisierung der Betriebsanlagen nicht berücksichtigt zu werden. Wissen Sie, was das bedeutet?«

»Aber das ist doch nur ein Posten bei der Kostenaufstellung«, bemerkte Athanagoras.

»Was verstehen Sie eigentlich von Geschäften, he?« entgegnete Amadis unverschämt.

»Nichts«, sagte Athanagoras. »Ich bin nur Archäologe.«

»Dann kommen Sie mit zum Essen.«

»Ich habe schon zu Mittag gegessen.«

»In Ihrem Alter«, sagte Amadis, »können Sie bestimmt zweimal zu Mittag essen.«

Sie kamen vor der Glastür an. Das ganze Erdgeschoß war an der Fassade verglast, und man sah die Reihen mit den kleinen, sauberen Tischen und den Stühlen aus weißem Leder.

Amadis stieß die Flügeltür auf und ein Glöckchen bewegte sich fieberhaft. Rechts hinter der Theke las Joseph Barrizone, den man Pippo nannte, groß Gesprochenes in einer Zeitung. Er trug eine schöne, funkelnagelneue weiße Jacke und eine schwarze Hose, und sein Kragen stand offen, weil es immerhin relativ heiß war.

»Faccé la barba um sieben Uhr heute matteigno?« fragte er Amadis.

»Ja«, antwortete Amadis.

Wenn er auch unbeleckt war von der Orthographie, so verstand er doch den Dialekt von Nizza.

»Gut!« sagte Pippo. »Kommen Sie zum Essen?«

»Ja. Was gibts denn?«

»Alles, was man in diesem irdischen und diplomatischen Restaurant finden kann«, antwortete Pippo mit einem gewaltigen italienischen Akzent.

»Minestrone?«

»Auch Minestrone und Spaghetti à la Bolognese.«

»Avanti!« sagte Athanagoras, um im gleichen Ton zu bleiben.

Pippo verschwand in Richtung Küche. Amadis wählte einen Tisch in der Nähe des Fensters und setzte sich.

»Ich möchte Ihr Faktotum sehen«, sagte er. »Oder Ihren Koch. Wie Sie wollen.«

»Sie haben Zeit.«

»Das ist nicht so sicher«, sagte Amadis. »Ich habe eine Menge Arbeit. Wissen Sie, bald wird es viele Leute hier geben.«

»Reizend«, sagte Athanagoras. »Da werden wir ein schönes Leben haben. Werden Sie Routs veranstalten?«

»Was nennen Sie einen Rout?«

»Das ist eine mondäne Abendgesellschaft«, erklärte der Archäologe.

»Wo denken Sie hin!« sagte Amadis. »Als ob wir Zeit für Routs hätten!«

»Oh, verflixt!« sagte Athanagoras.

Ganz plötzlich fühlte er sich enttäuscht. Er nahm seine Brille ab und spuckte darauf, um damit die Gläser sauberzumachen.

II

Versammlung

Dieser Liste kann man auch noch
Ammoniumsulfat, getrocknetes Blut
und Jauche hinzufügen.
Yves Henry, »Faserpflanzen«,
Colin, 1924

1)

Wie gewöhnlich kam der Amtsdiener als erster. Die Versammlung des Verwaltungsrats war für halb elf vorgesehen. Er hatte den Saal zu öffnen, Aschenbecher vor jede Schreibunterlage zu stellen und obszöne Bilder so zu legen, daß die Räte sie gleich zur Hand hatten, stellenweise Desinfektionsmittel zu versprühen, denn mehrere der Herren litten an ansteckenden, schuppenden Krankheiten, und die Stuhllehnen an den Seiten des ovalen Tisches nach gedachten Parallelen anzuordnen. Der Tag war kaum angebrochen, denn der Amtsdiener hinkte und mußte seine Zeit reichlich bemessen. Er war bekleidet mit einem schicken, alten Anzug aus dunkelgrünem Serge und trug eine goldene Kette um den Hals mit einem gravierten Schild, auf dem man, wenn man wollte, seinen Namen lesen konnte. Er bewegte sich ruckweise von der Stelle, und sein lahmes Glied stieß bei jedem seiner fragmentarischen Fortbewegungen spiralenförmig in die Luft.

Er kaperte den gebogenen Schlüssel aus dem Zubehörschrank und gewann an Boden in Richtung auf die Ecke des Raums, der sich an den Versammlungsort anschloß und wo man alle diese sehr notwendigen Dinge aufbewahrte. Die Türfüllung legte die Regale frei, hübsch ausgelegt mit von Leonardo da Vinci in einer fernen Zeit bemaltem rosafarbenem, ausgezacktem Papier. Die Aschenbecher waren in einer diskreten, eher angedeuteten als aufgezwungenen, aber geistig strengen Ordnung aufgebaut. Die obszönen Karten verschiedener Modelle, manche davon mehrfarbig, waren in entsprechenden Täschchen eingeordnet. Der Amtsdiener kannte mehr oder weniger die Vorlieben der Herren vom Rat. Er lächelte aus dem Augenwinkel, als er abseits ein kleines, unschuldiges Päckchen sah, in dem er alle die Bilder versammelt hatte, die ihm persönlich gefielen, und er deutete die Bewegung an, sich den Hosenlatz aufzuknöpfen, doch die Berührung mit seinem trostlosen Apparat bewirkte, daß sich sein faltiges Gesicht verdüsterte. Er erinnerte sich an das Datum und besann sich darauf, daß er dort vor den nächsten zwei Tagen nichts Ernsthaftes finden würde. In seinem Alter war das gar nicht so schlecht, aber es kam ihm eine Zeit ins Gedächtnis, wo er es bis zu zweimal die Woche tun konnte. Diese Reminiszenz gab ihm ein wenig Fröhlichkeit zurück, und die schmutzigen Winkel seines Mundes in Form eines Hühnersphinkters zeichneten die Andeutung eines Lächelns, während in seinen trüben Augen ein häßliches Licht blinkte.

Er nahm die sechs notwendigen Aschenbecher und stellte sie auf das japanische Tablett mit dem Glasuntersatz, dessen er sich in der Regel für diese Art von Transporten bediente. Sich auf den mit Reißbrettstiften an der Rückseite der Tür befestigten Zeigefinger beziehend, wählte er dann die Karten, eine nach der andern, vier für jeden. Er erinnerte sich, ohne daß er es nachzuprüfen brauchte, daß der Präsident die zyklischen Gruppen mit Zweierverbindung bevorzugte, was eine Folge seines Chemiestudiums war, und voller Bewunderung betrachtete er die erste Karte, denn das stellte wirklich eine akrobatische Leistung dar. Ohne sich länger aufzuhalten, nickte er in geheimem Einverständnis mit dem Kopf und beendete schnell seine Wahl.

2)

Baron Ursus de Janpolent fuhr im Wagen zum Ort des Rats.

3)

Sie kamen gegen Viertel vor zehn gleichzeitig an, drei Persönlichkeiten, die der Amtsdiener respektvoll grüßte. Sie trugen leichte Aktentaschen aus kaum patiniertem Schweinsleder, Zweireiheranzüge mit einer modischen Weste, obgleich unifarben und im Ton zum Stoff des Anzugs passend, sowie Hüte in Bolero-Art. Sie sprachen sehr ernsthaft in einer von klaren und entscheidenden Modulationen durchsetzten Sprache, wobei sie das Kinn ziemlich hoch trugen und mit der rechten Hand, die keine Aktentasche trug, Gebärden machten. Man kann feststellen, ohne über die Folge der Ereignisse eine voreilige Entscheidung treffen zu wollen, daß zwei dieser Aktentaschen mit einem Reißverschluß geöffnet wurden, der über drei ihrer Seiten verteilt war, während die letzte Seite die Rolle des Scharniers spielte. Die dritte hatte einen Griff, zur Schande ihres Eigentümers, der alle drei Minuten auf den für den Nachmittag geplanten Erwerb einer Aktentasche aufmerksam machte, die genauso war, wie die der beiden anderen, einer Voraussetzung, unter der die Besitzer der beiden andern weiterhin bestimmende Modulationen mit ihm austauschten.

4)

Zwei Mitglieder hatten noch zu kommen, ohne Baron Ursus de Janpolent zu zählen, der im Wagen zum Ort des Rats fuhr.

Der eine, Agathe Marion, betrat das Gebäude um zehn Uhr siebenundzwanzig. Er blieb stehen, drehte sich um und betrachtete hartnäckig im Licht der Tür die Spitze seines rechten Schuhs, den ein aufdringlicher Mensch gerade geschrammt hatte; das glänzende Leder trug eine Schmarre, und das kleine Stück dreieckiger Haut, die sich aufrichtete und dabei einen Schatten von anderer Form warf, weil sie der augenscheinlichen Kontur der Sache Rechnung trug, war entsetzlich anzusehen. Agathe Marion erschauderte und mit einer Gebärde der Schultern die Gänsehautvibrationen verscheuchend, die sich zwischen seinen Schulterblättern bewegten, drehte er sich von neuem um die eigene Achse. Er setzte seinen Gang fort, sagte im Vorübergehen guten Tag zum Amtsdiener, und sein erster Fuß nahm eine Minute vor der vorschriftsmäßigen Zeit die leicht materielle Ebene der Tür des Rats in Angriff.

5)

Baron Ursus de Janpolent folgte drei Meter hinter ihm.

6)

Der letzte hatte sich verspätet und die Sitzung begann ohne ihn. Was fünf Personen und einen Amtsdiener ergibt, sowie eine verspätete Person, die trotzdem zählt, mithin sieben im ganzen; in runden Ziffern? Leider nein, denn bei einer Zahl, die geringer ist als zehn, gibt es nur eine runde Ziffer: das ist Null, und das ist was anderes als sieben.

»Meine Herren, die Sitzung ist eröffnet. Ich erteile dem Berichterstatter das Wort, der Ihnen, viel besser als ich selber es tun könnte, den Fortschritt unserer Sache seit der letzten Sitzung darlegen wird.«

»Meine Herren, ich möchte Sie daran erinnern, daß der Zweck unserer Gesellschaft, die auf Betreiben des technischen Direktors Amadis Dudu gegründet wurde, der Bau und Betrieb einer Eisenbahn in Exopotamien ist.«

»Dieser Meinung bin ich nicht.«

»Aber doch, erinnern Sie sich nicht mehr?«

»Ja, es stimmt. Ich habe das verwechselt . . .«

»Meine Herren, seit unserer letzten Sitzung haben wir von Direktor Dudu eine Reihe wichtiger Entwürfe bekommen, die von der technischen Abteilung unserer Gesellschaft in allen Einzelheiten geprüft worden sind. Daraus geht die Notwendigkeit hervor, Amadis Dudu schnellstens ein geschultes Personal und ausführende Organe zu schicken.«

»Der Sekretär ist nach der letzten Sitzung mit der Anwerbung beauftragt worden und wird uns jetzt die Ergebnisse seiner Bemühungen mitteilen.«

»Meine Herren, ich habe unserem Unternehmen die Mitarbeit einer der zur Zeit hervorragendsten Fachleute in Eisenbahnfragen gesichert.«

»Dieser Meinung bin ich nicht.«

»Ich bitte Sie, Sie wissen doch genau, daß er davon gar nicht spricht.«

»Ach so!«

»Ich habe Cornélius Onte ernannt.«

»Ist das alles?«

»Leider ist Cornélius Onte Opfer eines Autounfalls geworden. Dennoch ist es mir dank der seit jenem Datum unaufhörlich unternommenen Schritte gelungen, den hervorragenden Fachmann, der Monsieur Onte ist, durch einen äußerst verdienstvollen Ingenieur zu ersetzen. Überdies, zwei Fliegen mit einer Klappe schlagend, habe ich einen anderen talentierten Ingenieur und eine bezaubernde Sekretärin einen Vertrag unterschreiben lassen. Sehen Sie sich die Karte vier von Monsieur Agathe Marion an; das Gesicht oben links hat, obgleich durch die ausgeübte Tätigkeit entstellt, ein Profil, das doch merklich dem der besagten Sekretärin gleicht.«

»Meine Herren, lassen Sie die Karte rundgehen.«

»Ich bin nicht dieser Meinung.«

»Mit Ihren ständigen Unterbrechungen verlieren wir doch nur unsere Zeit.«

»Entschuldigen Sie bitte, ich dachte an was anderes.«

»Und die ausführenden Organe?«

»Das Vorhaben läßt sich gut an.«

»Meine Herren, ich habe an diesem Tag auch einen Arzt und einen Assistenzarzt eingestellt, deren Anwesenheit dann wertvoll sein wird, wenn die Arbeitsunfälle ihren Höchststand erreicht haben werden.«

»Ich bin nicht dieser Meinung.«

»Und die ausführenden Organe?«

»Gemäß einer von Direktor Dudu an Ort und Stelle unterzeichneten Übereinkunft werden Kost und Logis des technischen Personals der Direktion vom Restaurant Barrizone übernommen.«

»Meine Herren, die vom Sekretär erbrachte Arbeit erweist sich bereits jetzt als erfolgreich. Außerdem möchte ich Sie darauf hinweisen, daß einer meiner Neffen, Robert Gougnan du Peslot, mir die erträumte Person zu sein scheint, um die Funktionen eines kaufmännischen Direktors zu übernehmen. Ich schlage Ihnen vor, daß wir es ihm überlassen wollen, selber sein Gehalt festzusetzen und seine Sekretärin einzustellen.«

»Aber selbstverständlich.«

»Was das technische Personal angeht, so könnte man ihm den hier geltenden Lohn sowie zusätzlich eine Trennungszulage gewähren.«

»Ich bin nicht dieser Meinung.«

»Wenigstens in diesem Fall hat er recht.«

»Was ist denn ein Techniker? Besondere Qualitäten werden nicht verlangt. Man braucht nur ganz mechanisch fertige Dinge anzuwenden, die man beigebracht bekam.«

»Keine Trennungszulage.«

»Eine kleine Trennungszulage.«

»Wir müssen die Angelegenheit überdenken.«

»Meine Herren, die Sitzung ist aufgehoben.«

»Geben Sie mir meine Karte zurück.«

»Wir haben nicht über die ausführenden Organe gesprochen.«

»Darüber müssen wir bei der nächsten Sitzung reden.«

»Ich bin nicht dieser Meinung.«

Sie standen alle nicht zusammen auf und verließen in einem nicht sehr harmonischen Durcheinander den Saal. Der Amtsdiener grüßte sie im Vorbeigehen, und seine irre Haxe nachziehend, näherte er sich langsam dem Ort der verblichenen Versammlung, den empörende Rauchschwaden verpesteten.

III

Es scheint eindeutig erwiesen, daß kleine Kinder und junge Tiere an allem saugen, was ihnen in den Mund kommt, und daß man ihnen beibringen muß, an der richtigen Stelle zu saugen.

Lord Raglan, »Das Inzesttabu«, Payot, 1935, Seite 29

Anne fand seinen Koffer recht schwer; er fragte sich, ob es nicht falsch war, sich mit einer gewissen Anzahl entbehrlicher Artikel zu belasten. Aus reiner Unredlichkeit gab er sich keine Antwort, wodurch er die letzte Stufe der gewachsten Treppe verfehlte. Sein Fuß ging nach vorn, und in einer gleichzeitigen Bewegung warf sein rechter Arm den Koffer durch die Scheibe des Oberlichts. Er stand schnell wieder auf, sauste mit einem Satz durch die Tür und fing seinen Koffer auf, als er auf der anderen Seite herunterfiel. Das Gewicht ließ ihn sich krümmen und unter der Anstrengung, die er aufbot, blähte sich sein Hals auf und riß den Kragenknopf aus glänzendem Metall ab, den er fünf Jahre zuvor auf einem Danksagungsbazar gekauft hatte. Sogleich lockerte sich seine Krawatte um mehrere Zentimeter, und er mußte wieder ganz von vorne anfangen. Er hob den Koffer auf, warf ihn unter unmenschlichen Anstrengungen auf die andere Seite des Oberlichts, lief rückwärts hinein, um ihn am Fuße der Treppe in Empfang zu nehmen und kletterte sehr schnell, im Rückwärtsaufstieg, die letzten zehn Stufen hinauf. Er stieß einen Seufzer der Erleichterung aus, als er spürte, wie sich seine Krawatte wieder zusammenzog und der Kragenknopf von neuem seinen Adamsapfel kitzelte.

Diesmal ging er unbehindert aus dem Haus und machte eine Biegung, um dem Bürgersteig zu folgen.

Rochelle verließ ebenfalls ihre Wohnung und sie beeilte sich, um am Bahnhof zu sein, bevor der Zugschaffner den Abfahrtsschuß gab. Aus wirtschaftlichen Gründen benutzte die Nationale Eisenbahn altes, nasses Pulver und drückte eine halbe Stunde vorher ab, damit der Schuß ungefähr im gewünschten Augenblick losging; aber manchmal ertönte er fast gleich darauf. Sie hatte viel Zeit damit verloren, sich für die Reise anzuziehen; das Ergebnis war außergewöhnlich.

Durch die Öffnung eines leichten Mantels aus Kräuselwolle sah man ein Stück ihres lindgrünen Kleides von ganz schlichtem Schnitt. Ihre Beine steckten stramm in einem Paar feiner Nylonstrümpfe und ein Paar Schuhe aus Wildleder umhüllten ihre zarten Füße. Ihr Koffer folgte ihr in einer Entfernung von wenigen Schritten, getragen von ihrem kleinen Bruder; er war gekommen, um ihr freiwillig zu helfen, und um ihn zu belohnen, vertraute ihm Rochelle diese Präzisionsarbeit an.

Ganz in der Nähe war das klaffende Loch der Metro, die Gruppen Unvorsichtiger in ihren schwarzen Schlund zog. In Abständen erfolgte die umgekehrte Bewegung und mühsam spuckte sie ein Paket blaß gewordener, geschwächter Individuen aus, die an ihren Kleidern den Geruch der Eingeweide des Ungeheuers trugen, die stark stanken.

Rochelle drehte den Kopf nach rechts und nach links, mit den Augen ein Taxi suchend, denn der Gedanke an die Metro erschreckte sie. Mit einem Sauggeräusch schluckte diese letztere vor ihren Augen fünf Personen, davon drei vom Lande, denn sie trugen Gänsekörbe, und sie mußte die Augenlider schließen, um sich wieder zu fangen. Es war nicht ein einziges Taxi in Sicht. Die Flut der Wagen und Autobusse, die die abschüssige Straße hinuntersausten, machten sie schwindlig. Ihr kleiner Bruder holte sie in dem Augenblick ein, in dem sie, gebrochen, sich ebenfalls von der hinterlistigen Treppe schnappen lassen wollte, und es gelang ihm, sie zurückzuhalten, indem er den Saum ihres Kleides packte. Seine Gebärde hatte zur Folge, daß die hinreißenden Schenkel Rochelles enthüllt wurden und Männer in Ohnmacht fielen; sie stieg die verhängnisvolle Stufe wieder hinauf und küßte ihren kleinen Bruder, um ihm zu danken. Zum Glück für sie war der Körper einer der Personen, denen es gerade schlecht geworden war, vor die Räder eines Taxis gestürzt, dessen Reifen erbleichten und das hielt.

Rochelle lief hin, gab dem Fahrer die Adresse an, ergriff den Koffer, den ihr kleiner Bruder ihr zuwarf. Er sah ihr zu, wie sie wegfuhr, und mit der rechten Hand warf sie ihm durch die Heckscheibe, vor der ein makabrer Plüschhund hing, Küsse zu.

Die von Angel am Vortag gelöste Platzkarte trug charakteristische Nummern, und die Gesamtheit der Angaben, die ihr fünf Bahnbeamte nacheinander machten, stimmten mit der allgemeinen Vorstellung überein, die sie aus der Prüfung der Anschläge gewann. So fand sie auch ohne Mühe ihr Abteil. Anne war gerade angekommen und legte seinen Koffer ins Gepäcknetz; sein Gesicht war schweißgebadet; seine Jacke lag schon auf seinem Platz, und Rochelle bewunderte seine Bizepses durch das gesteifte Baumwollpopelin seines Hemdes hindurch. Er sagte ihr guten Tag, wobei er ihr die Hand küßte, und seine Augen glänzten vor Zufriedenheit.

»Das ist ja wunderbar! Sie sind pünktlich!«

»Ich bin immer pünktlich«, sagte Rochelle.

»Dabei sind Sie es doch gar nicht gewöhnt zu arbeiten.«

»Oh!« sagte Rochelle. »Ich hoffe, daß ich es mir auch nicht zu schnell angewöhnen werde.«

Er half ihr, ihre Sachen unterzubringen, denn sie hatte immer noch ihren Koffer in der Hand.

»Entschuldigen Sie bitte. Ich habe Sie angeschaut . . .«

Rochelle lächelte. Sie hatte diese Entschuldigung sehr gern.

»Anne . . .«

»Was?«

»Dauert diese Reise lange?«

»Sehr lange. Wir müssen anschließend das Schiff nehmen, und wieder einen Zug, dann gehts mit dem Auto durch die Wüste.«

»Das ist wunderbar«, sagte Rochelle.

»Das ist ganz wunderbar.«

Sie setzten sich nebeneinander auf die Bank.

»Angel ist da . . .«, sagte Anne.

»Ah!«

»Er ist wieder weggegangen, um was zum Lesen und zum Essen zu holen.«

»Wie kann er nur ans Essen denken, wo wir doch beide da sind . . .«, murmelte Rochelle.

»Auf ihn hat das nicht die gleiche Wirkung.«

»Ich mag ihn gern«, sagte Rochelle, »aber er ist überhaupt nicht poetisch.«

»Er ist ein wenig in Sie verliebt.«

»Dann dürfte er nicht an was zu essen denken.«

»Ich glaube nicht, daß er seinetwegen daran denkt«, sagte Anne. »Vielleicht doch, aber ich glaube es nicht.«

»Ich kann an nichts anderes denken als an diese Reise . . . mit Ihnen . . .«

»Rochelle . . .«, sagte Anne.

Er sprach ganz leise.

»Anne . . .«

»Ich möchte Sie küssen.«

Rochelle sagte nichts, aber sie rückte ein wenig ab.

»Sie verderben alles«, sagte sie. »Sie sind wie alle andern Männer.«

»Wäre es Ihnen lieber, wenn ich Ihnen sagte, daß Sie überhaupt keinen Eindruck auf mich machen?«

»Sie sind nicht poetisch.«

Ihre Stimme klang enttäuscht.

»Bei einem so hübschen Mädchen wie Ihnen kann man nicht poetisch sein«, sagte Anne.

»Dann würden Sie wohl auch jede dumme Gans gern küssen. Das hab' ich mir doch gleich gedacht.«

»Seien Sie doch nicht so, Rochelle.«

»Wie denn?«

»So. . . garstig.«

Sie rückte ein klein wenig näher, aber sie schmollte auch weiterhin.

»Ich bin nicht garstig.«

»Sie sind wunderbar.«

Rochelle hatte große Lust, daß Anne sie küßte, aber man mußte ihn ein wenig erziehen. Man darf sie nicht einfach machen lassen.

Anne rührte sie nicht an, er wollte ihr nicht Gewalt antun. Nicht alles zur gleichen Zeit. Und außerdem war sie sehr sensibel. Sehr sanft. So jung. Rührend. Sie nicht auf den Mund küssen. Vulgär. Liebkosungen, die Schläfen, vielleicht die Augen. Am Ohr. Ihr zuerst die Arme um die Taille legen.

»Ich bin nicht wunderbar.«

Sie machte Anstalten, den Arm wegzuschieben, den Anne ihr gerade um die Taille gelegt hatte. Er zeigte sehr wenig Widerstandskraft. Wenn sie gewollt hätte, hätte er ihn weggenommen.

»Falle ich Ihnen auf die Nerven? . . .«

Sie wollte nicht.

»Sie fallen mir nicht auf die Nerven. Sie sind wie alle andern auch.«

»Das ist nicht wahr.«

»Man weiß doch ganz genau, was Sie jetzt tun werden.«

»Nein«, sagte Anne, »ich werde Sie nicht küssen, wenn Sie nicht wollen.«

Rochelle gab keine Antwort und schlug die Augen nieder. Annes Lippen waren ganz nahe bei ihren Haaren. Er sprach ihr ins Ohr. Sie spürte seinen Atem, leicht und verhalten; sie rückte von neuem ab.

Anne mochte das nicht. Das letzte Mal, im Auto, wie hatte er sie da abgeknutscht . . . Und sie hatte es zugelassen. Aber hier, sofort ihre Hochnäsigkeit. Man kann doch nicht jedesmal einen Kerl überfahren, wenn man gern ein Mädchen küssen möchte. Um sie in Empfangsbereitschaft zu versetzen. Er rückte fest entschlossen näher, packte ihren Kopf und drückte seine Lippen auf die rosigen Wangen Rochelles. Ohne draufzudrücken. Sie leistete ein wenig Widerstand. Nicht lange.

»Nein . . .«, murmelte sie.

»Ich wollte Ihnen nicht lästig fallen«, sagte Anne in einem Atemzug.

Sie drehte ein wenig ihr Gesicht herum und überließ ihm ihren Mund. Sie biß ihn zum Spiel. Ein so großer Junge. Man muß sie auch Mores lehren. Sie hörte ein Geräusch bei der Tür und ohne die Stellung zu ändern, sah sie hin, was es war. Es war der Rücken Angels, der sich im Seitengang des Eisenbahnwagens entfernte.

Rochelle streichelte Annes Haare.

IV

> . . . Ich werde nur noch hier und da
> so kleine Dinger hinsetzen, weil ich
> das allmählich zum Kotzen finde.
> *Boris Vian,*
> *»Unveröffentlichte Gedanken«*

Es brauste auf der Landstraße Professor Frißtfrist dahin, in einem persönlichen Fahrzeug, denn er begab sich auf eigene Faust und mit dem eigenen Verkehrsmittel nach Exopotamien. Das Fabrikat dieses Verkehrsmittels, dem Extrem sehr nahe, spottete jeder Beschreibung, aber eine von ihnen nahm den Fehdehandschuh auf, und das Ergebnis folgt auf dem Fuß:

Es gab: rechts und vorne, ein Rad,
vorne und links, ein Rad,
links und hinten, ein Rad,
hinten und rechts, ein Rad,
in der Mitte und auf einer schiefen Ebene von 45 Grad über der von drei der Zentren dieser Räder bestimmten Ebene (in dem sich zufälligerweise auch das vierte befand) ein fünftes Rad, welches Frißtfrist das Steuer nannte. Unter seinem Einfluß machte das Ganze zeitweilig koordinierte Bewegungen, und das ist ganz natürlich.

Im Innern, zwischen Wänden aus Blech und Guß, hätte

man eine große Anzahl anderer, verschiedener Räder zählen können, aber dazu hätte man sich die Finger voller Schmierfett machen müssen.

Zu erwähnen sind noch Eisen, Stoff, Scheinwerfer, Treibstoff erster Ordnung, eine Heizung, eine sogenannte Hinterachse, sich windende Kolben, Kupplungsstangen, Kurbelwelle, Magma und ein Assistenzarzt, der neben Frißtfrist saß und ein gutes Buch las: Das Leben Jules Gouffés, von Jacques Loustalot und Nicolas. Ein merkwürdig sinnreiches System, das sich vom Rübenschneider ableitet, registrierte augenblicklich die unmittelbare Geschwindigkeit des Ganzen, und Frißtfrist beobachtete die dazugehörige Nadel.

»Das haut ja toll hin«, sagte der Assistenzarzt und sah auf. Er legte sein Buch hin und nahm ein anderes aus seiner Tasche.

»Ja«, sagte Frißtfrist.

Sein gelbes Hemd strahlte vor Freude in der Sonne, die ihnen ins Gesicht schien.

»Wir werden heute abend dort sein«, sagte der Assistenzarzt und blätterte schnell sein neues Buch durch.

»Abwarten . . .«, antwortete Frißtfrist. »Wir sind noch nicht dort. Und die Hindernisse können zunehmen.«

»Wodurch zunehmen?« sagte der Assistenzarzt.

»Durch nichts«, sagte Frißtfrist.

»Dann wird es keine geben«, sagte der Assistenzarzt, »denn etwas, das durch nichts zunimmt, bleibt wie es ist.«

»Sie gehen mir auf den Wecker«, sagte Frißtfrist. »Wo haben Sie denn das her?«

»Aus diesem Buch«, sagte der Assistenzarzt.

Es war das Arithmetiklehrbuch von Brachet und Dumarqué. Frißtfrist riß es dem Assistenzarzt aus den Händen und warf es über Bord. Es versank unter einem großen Gesprüh von Lichtblitzen im Graben.

»Jetzt haben wir's«, sagte der Assistenzarzt. »Brachet und Dumarqué werden sicherlich sterben.«

Er begann bitterlich zu weinen.

»Die haben schon ganz andere Dinge erlebt«, sagte Frißtfrist.

»Wo denken Sie hin«, sagte der Assistenzarzt. »Alle Welt liebt Brachet und Dumarqué. Das ist Zauber gegen den Strich, was Sie da tun. Das wird vom Gesetz bestraft.«

»Und Stühle, die Ihnen nichts getan haben, mit Strychnin spritzen?« sagte der Professor streng. »Wird das etwa nicht vom Gesetz bestraft?«

»Es war kein Strychnin«, schluchzte der Assistenzarzt. »Es war nur Methylenblausäure.«

»Das ist dasselbe«, sagte Frißtfrist. »Hören Sie auf, mich zu ärgern. Das fällt doch immer wieder auf Sie zurück. Ich bin sehr böse.«

Er lachte.

»Das stimmt«, sagte der Assistenzarzt.

Er schnüffelte und fuhr sich mit dem Ärmel unter der Nase vorbei.

»Sie sind ein gemeiner, alter Mann«, sagte er.

»Das bin ich absichtlich«, gab Frißtfrist zur Antwort. »Und zwar, um mich zu rächen. Ich bin es, seit Chloé tot ist.«

»Oh, denken Sie doch nicht mehr daran«, sagte der Assistenzarzt.

»Ich kann nicht anders.«

»Warum tragen Sie dann immer noch gelbe Hemden?«

»Das geht Sie nichts an«, sagte Frißtfrist. »Das ist auch wieder so ein Satz, den ich Ihnen fünfzehnmal am Tag einbläue, und trotzdem fangen Sie immer wieder damit an.«

»Ich hasse Ihre gelben Hemden«, sagte der Assistenzarzt. »So was den ganzen Tag zu sehen, das kann einen ganz schön kaputtmachen.«

»Ich sehe sie nicht«, sagte Frißtfrist.

»Das weiß ich«, sagte der Assistenzarzt. »Aber ich?«

»Sie, das ist mir völlig wurscht«, sagte Frißtfrist. »Sie haben doch den Vertrag unterzeichnet, oder?«

»Ist das Erpressung?«

»Aber nein. In Wahrheit brauchte ich Sie.«

»Aber ich bin doch eine Null als Mediziner!«

»Ganz Ihrer Meinung«, stellte der Professor fest. »Das ist ein Fakt. Sie sind eine Null als Mediziner. Ich würde sogar sagen eher schädlich. Aber ich brauche einen handfesten Burschen, der den Propeller der Modellflugzeuge dreht.«

»Das ist nicht schwer«, sagte der Assistenzarzt. »Dazu hätten Sie jeden X-Beliebigen nehmen können. Der läuft doch schon bei einer Viertelumdrehung.«

»Glauben Sie das wirklich, ja? Bei einem Explosionsmotor

mag das durchaus zutreffen; aber ich werde ja auch welche aus Gummi machen. Wissen Sie, was das heißt, einen Gummimotor mit dreitausend Umdrehungen aufdrehen?«

Der Assistenzarzt rutschte auf seinem Sitz hin und her.

»Es gibt da Systeme«, sagte er. »Mit einer Bohrkurbel ist das überhaupt kein Problem.«

»Keine Bohrkurbel«, sagte der Professor. »Die lädiert den Propeller.«

Der Assistenzarzt machte ein saures Gesicht in seiner Ecke. Er weinte nicht mehr. Er brummte etwas.

»Was?« sagte Frißtfrist.

»Nichts.«

»Nichts«, sagte Frißtfrist, »das bleibt immer nichts.«

Er lachte wieder, als er sah, wie sich der Assistenzarzt der Wagentür zuwandte und so tat, als schlafe er, und fröhlich vor sich hinsingend, trat er aufs Gaspedal.

Die Sonne hatte sich gedreht, und ihre Strahlen trafen schräg auf den Wagen, der einem unter adäquaten Bedingungen plazierten Beobachter auf schwarzem Grund glänzend erschienen wäre, denn Frißtfrist wandte so die Grundsätze der Ultramikroskopie an.

V

Das Schiff fuhr an der Mole entlang, um einen Anlauf zu nehmen und über die Sandbank hinwegzukommen. Es war krachend voll mit Gütern und Leuten nach Exopotamien und berührte fast den Grund, wenn es das Pech hatte, zwischen zwei Wellen zu sein. Anne, Rochelle und Angel nahmen an Bord drei unbequeme Kabinen ein. Der kaufmännische Direktor, Robert Gougnan du Peslot, reiste nicht mit: er sollte ankommen, sobald der Bau der Eisenbahn beendet wäre. Einstweilen würde er sein Gehalt beziehen, ohne seine alte Stellung aufgeben zu müssen.

Der Kapitän lief auf dem Zwischendeck hin und her und suchte seine Signalflagge, um Befehle geben zu können; es gelang ihm nicht, sie in seine Gewalt zu bekommen, und wenn das Schiff ohne neue Befehle in dieser Richtung weiterfuhr, würde es am Toupie, einem wegen seiner Unbarmherzigkeit bekannten Riff, zerschellen. Schließlich entdeckte er das Gerät hinter einer Schiffstaurolle kauernd und auf den Augenblick lauernd, an dem eine Möwe vorbeiflöge, um sich draufzustürzen. Der Kapitän packte es und galoppierte schwerfällig den Laufgang entlang, kletterte dann die Treppe hoch, die zuerst zur Brücke und weiter oben zur Kommandobrücke führte. Es war Zeit, denn man hatte gerade den Toupie gemeldet.

Große schaumige Wellen liefen hintereinander her, und das Schiff schlingerte ein wenig, jedoch in die falsche Richtung, nicht in Fahrtrichtung, so daß das nicht dazu diente, es schneller fahren zu lassen. Ein frischer Wind, von Ichneumon und Jod gesättigt, verfing sich in den Ohrenfalten des Steuermannes, wobei er einen sanften Ton hervorbrachte, wie etwa das Lied des Brachvogels, und sehr ähnlich dem Dis.

Die Mannschaft verdaute langsam die Binnenseebiskuitsuppe, die dem Kapitän auf Grund einer besonderen Gunst von der Regierung zugestanden wurde. Unvorsichtige Fische stürzten sich kopfunter auf die Schiffswandung, und die dumpfen Schläge, die darauf folgten, verfehlten nicht, einige der Passagiere, die ihre erste Reise machten, vor allem Didiche und Olive, zu beunruhigen. Olive, die Tochter Marins, und Didiche, der Sohn von Carlo. Marin und Carlo, die beiden von der Gesellschaft eingestellten ausführenden Organe. Sie hatten noch andere Kinder, die im Augenblick jedoch in den Schlupfwinkeln des Schiffes gut versteckt waren, denn sie hatten eine Menge zu sehen, auf dem Schiff und an sich selber. Der Vorarbeiter Arland war mit von der Reise. Ein richtiger Schweinehund.

Der Vordersteven zerquetschte die Wellen unter sich wie ein Kartoffelstampfer, denn die Handelsform des Dampfers bestimmte ihn nicht zur reinen Geschwindigkeit. Dennoch war die Wirkung auf das Gemüt der Zuschauer eine elegante, weil das Meerwasser salzig ist und weil das Salz alles reinigt. Die Möwen schrien unaufhörlich, wie sich das gehört und kurvten im Spiel scharf um den großen Mast herum, dann setzten sie sich alle in eine Reihe auf die vierte Rahe links oben, um einen Seeraben vorbeisegeln zu sehen, der den Versuch eines Flugs auf dem Rücken unternahm.

In diesem Augenblick ging Didiche auf den Händen, um es Olive zu zeigen, was den Seeraben, als er das sah, verwirrte; er wollte hochsteigen und schlug die falsche Richtung ein. Sein Kopf stieß kräftig gegen die Holzdielen der Kommandobrücke. Das ergab ein hartes Geräusch. Er schloß die Augen, weil der Schmerz ihn zum Blinzeln zwang und er aus dem Schnabel zu bluten begann. Der Kapitän drehte sich um und hielt ihm ein schmutziges Taschentuch hin, wobei er die Achsel zuckte.

Olive hatte den Seeraben herunterfallen sehen. Sie lief hin, um zu fragen, ob man ihn in die Hände nehmen könne. Didiche ging immer noch mit dem Kopf nach unten, und er sagte zu Olive, sie solle sich ansehen, was er jetzt tun würde, aber Olive war nicht mehr da. Er stellte sich wieder auf die Beine und fluchte ohne Großtuerei; ein ziemlich ordinäres, aber wohlproportioniertes Wort; dann folgte er Olive, doch ohne Eile, denn Weiber übertreiben. Mit seiner flachen schmutzigen Hand schlug er ungefähr alle zwei Schritte auf die Reling, und das dröhnte weit hinaus mit einem schönen, vibrierenden Geräusch; gleichzeitig brachte ihn das auf den Gedanken, etwas zu singen.

Der Kapitän hatte es gern, wenn man ihn auf seiner Kommandobrücke stören kam, denn er hatte einen Horror vor dem Gendarmen und es war strengstens verboten, mit ihm zu reden. Er lächelte Olive zu. Er schätzte ihre wohl geformten Beine und ihre glatten, blonden Haare und ihren viel zu engen Pullover mit den beiden Ausbuchtungen, die das Jesuskind ihr drei Monate zuvor zum Geschenk gemacht hatte. Genau in diesem Augenblick fuhr das Schiff am Toupie vorbei, und der Kapitän brachte seinen Schalltrichter an den Mund, um die Befehle zu geben, er wollte sich von Olive und Didiche bewundern lassen, dessen Kopf jetzt unten auf der Eisentreppe auftauchte. Er begann sehr laut zu rufen. Olive verstand nicht, was er sagte, und der Seerabe hatte schon furchtbare Kopfschmerzen.

Der Kapitän ließ seinen Schalltrichter los und drehte sich mit einem zufriedenen Lächeln nach den Kindern um.

»Wen rufen Sie denn, Monsieur«, sagte Olive.

»Nenn mich Kapitän«, sagte der Kapitän.

»Aber Sie«, sagte Olive noch einmal, »wen rufen Sie?«

»Den Schiffbrüchigen«, erklärte der Kapitän. »Auf dem Toupie ist ein Schiffbrüchiger.«

»Was ist denn der Toupie, Kapitän?« fragte Didiche.

»Das ist dieses große Riff«, sagte der Kapitän.

»Ist er immer da?« fragte Olive.

»Wer?« sagte der Kapitän.

»Der Schiffbrüchige«, erklärte Didiche.

»Natürlich«, sagte der Kapitän.

»Warum?« fragte Olive.

»Weil er dumm ist«, antwortete der Kapitän, »und auch, weil es sehr gefährlich wäre, ihn holen zu gehen.«

»Beißt er?« fragte Didiche.

»Nein«, sagte der Kapitän, »aber er ist sehr ansteckend.«

»Was hat er denn?«

»Das weiß man nicht«, sagte der Kapitän.

Er hob von neuem seinen Schalltrichter an die Lippen und schrie hinein, und Seefliegen fielen im Umkreis von einer Kabellänge herunter.

Olive und Didiche stützten sich mit den Ellbogen auf das Geländer der Kommandobrücke. Sie sahen zu, wie sehr dicke Quallen sich sehr schnell um sich selber drehten, wobei sie Wirbel erzeugten, in denen sich unvorsichtige Fische verfingen, eine von den australischen Quallen erfundene Methode, die im Augenblick an der Küste Furore machte.

Der Kapitän legte seinen Schalltrichter neben sich und hatte seinen Spaß, als er sah, wie der Wind Olives Haare durch eine weiße Linie auf ihrem Kopf trennte. Manchmal flog ihr Rock bis zu den Schenkeln und klatschte, während er ihre Beine umhüllte.

Der Seerabe, der traurig war, als er sah, daß man nicht auf ihn achtete, stieß ein schmerzhaftes Stöhnen aus. Olive erinnerte sich plötzlich, warum sie auf die Kommandobrücke gekommen war, und wandte sich dem armen Verwundeten zu.

»Kapitän«, sagte sie, »darf ich ihn nehmen?«

»Natürlich«, sagte der Kapitän, »falls du keine Angst hast, daß er dich beißt!«

»Aber ein Vogel beißt doch nicht«, sagte Olive.

»Ah! Ah! Ah!« sagte der Kapitän. »Das ist nämlich kein gewöhnlicher Vogel!«

»Was ist es dann?« fragte Didiche.

»Das weiß ich nicht«, sagte der Kapitän; »und das beweist ganz klar, daß es kein gewöhnlicher Vogel ist, denn die gewöhnlichen Vögel, die kenne ich: da ist die Elster, der Fliegenfanz und die Klüse, der Wachtelpeter und die Möhre, der Sperbes und der Amillenking, die Dumbarde und der Kantropus, und der Grünling der Strände, der Augengeher und der Kokillet; außerdem wäre noch die Möwe zu erwähnen und das gemeine Haushuhn, das auf Lateinisch cocota deconans genannt wird.«

»Verflixt! . . .« murmelte Didiche. »Sie wissen aber verdammt viel, Kapitän.«

»Ich habe eben gelernt«, sagte der Kapitän.

Olive hatte schließlich den Seeraben in ihre Arme genommen und wiegte ihn hin und her, wobei sie ihm dummes Zeug erzählte, um ihn zu trösten. Er wickelte sich wieder in seine Federn ein, hochzufrieden, und schnurrte wie ein Tapir.

»Sehen Sie, Kapitän«, sagte sie. »Er ist sehr lieb.«

»Dann ist es ein Sperbes«, sagte der Kapitän. »Die Sperbesse sind bezaubernde Vögel, das steht im Adreßbuch.«

Geschmeichelt nahm der Seerabe mit dem Kopf eine anmutige und vornehme Haltung ein, und Olive streichelte ihn.

»Wann werden wir ankommen, Kapitän?« fragte Didiche, der die Vögel zwar sehr mochte, aber doch nicht so.

»Es ist weit«, sagte der Kapitän. »Wir haben noch ein gutes Stück zurückzulegen, weißt du. Wo wollt ihr beide denn hin?«

»Wir fahren nach Exopotamien«, sagte Didiche.

»Donnerwetter!« staunte der Kapitän. »Dafür werde ich das Rad noch einmal mehr umdrehen.«

Er tat, wie er sagte, und Didiche dankte ihm.

»Sind eure Eltern an Bord?« fragte der Kapitän.

»Ja«, antwortete Olive. »Carlo ist Didiches Vater, und Marin ist mein Vater. Ich bin dreizehn Jahre alt, und Didiche ist dreizehneinhalb.«

»Ah! Ah!«, sagte der Kapitän.

»Sie werden ganz allein eine Eisenbahn bauen.«

»Und wir fahren auch hin.«

»Ihr seid Glückspilze«, sagte der Kapitän. »Wenn ich könnte, würde ich mit euch kommen. Ich habe die Nase voll von diesem Schiff.«

»Ist das nicht lustig, Kapitän zu sein?«

»Oh nein!« sagte der Kapitän. »Es ist eine Arbeit, wie sie ein Vorarbeiter macht.«

»Arland ist ein richtiger Schweinehund«, versicherte Didiche.

»Du wirst ausgeschimpft werden«, sagte Olive. »Man darf das nicht sagen.«

»Das macht nichts«, sagte der Kapitän. »Ich werde es nicht weitererzählen. Wir sind schließlich unter Männern.«

Er streichelte Olives Hinterbacken. Sie war geschmeichelt, daß sie einem Mann gleichgestellt wurde und hielt das für eines jener Freundschaftszeichen, die sich die Männer gegenseitig bezeigen. Das Gesicht des Kapitäns war ganz rot.

»Kommen Sie mit uns, Kapitän«, schlug Didiche vor. »Die sind dort bestimmt froh, wenn Sie kommen.«

»Ja«, sagte Olive, »das wird lustig werden. Sie erzählen uns Piratenabenteuer, und wir spielen Entern.«

»Das ist eine gute Idee!« sagte der Kapitän. »Glaubst du, daß du stark genug dafür bist?«

»Oh, ich verstehe!« sagte Olive. »Hier, fühlen Sie mal meine Arme!«

Der Kapitän zog sie an sich und machte sich an ihren Schultern zu schaffen.

»Es kann gehen«, sagte er.

Das Sprechen fiel ihm schwer.

»Sie ist ein Mädchen«, sagte Didiche. »Sie wird nicht kämpfen können.«

»Woran siehst du denn, daß es ein Mädchen ist«, sagte der Kapitän. »An diesen beiden kleinen Dingern da bestimmt nicht.«

»Welche Dinger?« fragte Didiche.

»Das . . .«, sagte der Kapitän.

Er fuhr dran, um es Didiche zu zeigen.

»So klein sind sie nicht«, sagte Olive.

Um es sehen zu lassen, streckte sie den Oberkörper vor,

nachdem sie den Seeraben, der neben ihr eingeschlafen war, hingesetzt hatte.

»Aber nein«, murmelte der Kapitän. »Nicht so klein.«

Er machte ihr ein Zeichen näherzukommen.

»Wenn du jeden Morgen dran ziehst«, sagte er und senkte die Stimme, »dann werden sie noch dicker.«

»Wie?« sagte Olive.

Didiche mochte es gar nicht, daß der Kapitän so rot wurde und daß die Adern an seiner Stirn hervortraten. Ganz verlegen sah er anderswohin.

»So . . .«, sagte der Kapitän.

Und dann hörte Didiche, daß Olive zu weinen anfing, daß er sie kniffe, und sie wehrte sich und er sah, daß der Kapitän sie festhielt und ihr wehtat. Er nahm den Schalltrichter und schlug damit mit aller Kraft dem Kapitän ins Gesicht, der Olive fluchend losließ.

»Jetzt haut aber schnellstens ab, ihr kleinen Nichtsnutze! . . .« grölte der Kapitän.

Man sah dort, wo Didiche beim Zuschlagen hingezielt hatte, ein Mal. Dicke Tränen liefen über Olives Wangen, und sie hielt sich die Brust, in die der Kapitän sie gerade gekniffen hatte. Sie lief die Eisentreppe hinunter. Didiche folgte ihr, er war sehr zornig, wütend und verärgert, ohne genau zu wissen warum, und er hatte das Gefühl, daß man ihn gerade hereingelegt hatte. Der Seerabe flog über ihre Köpfe hinweg, von einem Fußtritt des Kapitäns fortgeschleudert, und ließ sich vor ihren Füßen nieder. Olive bückte sich und hob ihn auf. Sie weinte immer noch. Didiche legte einen Arm um ihren Hals und mit der anderen Hand entfernte er ihre gelben Haare, die auf ihrem nassen Gesicht klebten, und küßte sie, so zart er nur konnte, auf die Wange. Sie hörte auf zu weinen und sie schaute Didiche an und schlug die Augen nieder. Sie hielt den Seeraben dicht an sich gedrückt, und Didiche umschloß sie fest mit seinem Arm.

VI

Angel kam auf der Brücke an. Das Schiff war jetzt auf hoher See, und der Seewind lief in der ganzen Länge über es hinweg; mal von vorn, mal von der Seite, und das bildete ein Kreuz, eine normale Erscheinung, denn das Himmelreich war päpstlich nahe.

Anne und Rochelle hatten sich gerade in einer ihrer Kabinen eingeschlossen, und Angel ging lieber weg; dabei war es ziemlich anstrengend, an etwas anderes zu denken. Anne war nach wie vor gleich nett zu ihm. Das schlimmste war, Rochelle ebenfalls. Aber beide in einer einzigen Kabine, da würden sie bestimmt nicht von Angel reden. Sie würden überhaupt nicht reden. Sie würden nicht ... Vielleicht doch ... Vielleicht würden sie ...

Angels Herz schlug ziemlich laut, weil er an Rochelle dachte, wie sie da unten mit Anne nackt in der Kabine war, oder andernfalls hätten sie nicht die Tür abgeschlossen.

Sie schaute Anne auf eine für Angel sehr unangenehme Weise an, seit einigen Tagen schon, mit Augen, die so waren wie die Annes, als er sie im Auto küßte, ein bißchen verschwommen, entsetzliche Augen, Augen, die sabberten, mit Augenlidern wie zerquetschte Blumen, mit leicht zerdrückten Blütenblättern, schwammig und durchsichtig.

Der Wind sang in den Flügeln der Möwen und hing sich in die Dinge, die über die Brücke hinausreichten, wobei er kleine Dampfschwänze an jeder Unebenheit zurückließ, wie die Feder des Everest. Die Sonne klemmte sich ins Auge, wobei sie sich in dem blinzelnden und stellenweise weißen Meer spiegelte. Es roch sehr gut nach Seekalbfrikassee und nach in der Hitze gereiften Meeresfrüchten. Die Kolben der Maschine stampften dauerhaft, und der Schiffsrumpf vibrierte gleichmäßig. Blauer Rauch stieg aus dem Lamellendach des Lüftungstürmchens hoch, das den Maschinenraum versorgte, und wurde sogleich vom Wind verweht. Angel sah das alles; eine Reise auf dem Meer, das tröstet einen ein wenig, und außerdem stiegen ihm das sanfte Zischen des Wassers, das Scheuern der Gischt an der Schiffswandung, die Schreie und das Flügelschlagen der Möwen zu Kopf, und sein Blut wurde leichter und begann, trotz Anne unten, mit Rochelle, wie Champagner in seinen Adern zu prickeln.

Die Luft war hellgelb und verwaschen türkisblau. Die Fische schlugen auch weiterhin von Zeit zu Zeit gegen die Schiffswandung. Angel wäre gern hinuntergegangen und hätte nachgeschaut, ob sie nicht gefährlich die schon alten Bleche durch Beulen verunstalteten. Aber er verjagte diesen Gedanken, und er hatte schon nicht mehr die Bilder Annes und Rochelles in den Augen, weil der Wind herrlich war, und der matte Teer auf der Brücke glänzende Risse hatte wie die Rippen eigenwilliger Blätter. Er ging zum Vorschiff und wollte sich mit dem Ellbogen auf die Reling stützen. Olive und Didiche, die sich darüber beugten, betrachteten die seltsamen Gischtgarben, die auf das Kinn des Vorderstevens weiße Schnurrbärte klebten, eine seltsame Stelle für Schnurrbärte. Didiche hielt Olive immer noch um den Hals, und der Wind zerzauste die Haare der beiden Kinder, wobei er ihnen seine Musik ins Ohr sang. Angel blieb stehen und stützte sich neben ihnen auf die Reling. Sie bemerkten seine Anwesenheit, und Didiche betrachtete ihn mit mißtrauischem Gesicht, das sich aber nach und nach aufhellte; auf Olives Wangen sah Angel die trockenen Spuren der Tränen, und sie schnüffelte noch ein wenig über ihrem Ärmel.

»Na«, sagte Angel, »seid ihr froh?«

»Nein«, sagte Didiche. »Der Kapitän ist ein altes Kalb.«

»Was hat er euch denn getan?« fragte Angel. »Hat er euch von der Kommandobrücke verjagt?«

»Er hat Olive wehtun wollen«, sagte das Kind. »Er hat sie dort gekniffen.«

Olive legte die Hand an die bezeichnete Stelle und sie schnüffelte wieder kräftig.

»Es tut mir jetzt noch weh«, sagte sie.

»So ein altes Schwein«, sagte Angel.

Er war wütend auf den Kapitän.

»Ich habe ihm mit dem Trichter einen Schlag auf die Fresse gegeben«, bemerkte der Junge.

»Ja«, sagte Olive, »das war komisch.«

Sie begann ganz sachte zu lachen, und Angel und Didiche lachten ebenfalls, als sie an das Gesicht des Kapitäns dachten.

»Wenn er es noch einmal versucht«, sagte Angel, »dann

kommt zu mir. Ich werde ihm eine Abreibung verpassen.«

»Sie«, bemerkte Didiche, »Sie sind wenigstens ein Kumpel.«

»Er wollte mich küssen«, sagte Olive. »Er roch nach Rotwein.«

»Sie werden sie doch nicht auch kneifen . . .?«

Didiche bekam es plötzlich mit der Angst zu tun. Bei den Erwachsenen ist Vorsicht geboten.

»Hab keine Angst«, sagte Angel. »Ich werde sie nicht kneifen und ich werde nicht versuchen, sie zu küssen.«

»Oh«, sagte Olive, »von Ihnen wäre ich schon gern geküßt, aber nicht gekniffen, das tut weh.«

»Ich«, bemerkte Didiche, »ich lege nicht den geringsten Wert darauf, daß Sie Olive küssen. Ich kann das sehr gut selber tun . . .«

»Du bist eifersüchtig, wie?« sagte Angel.

»Überhaupt nicht.«

Didiches Wangen bekamen eine schöne, purpurrote Farbe, und er sah entschlossen über Angels Kopf hinweg. Dazu mußte er den Kopf in einem sehr unbequemen Winkel nach hinten legen. Angel lachte. Er packte Olive unter den Achseln, hob sie hoch und küßte sie auf beide Wangen.

»So«, sagte er und stellte sie wieder ab, »jetzt sind wir Kumpels. Drück mir die Pfote«, sagte er zu Didiche.

Der streckte ihm widerwillig seine schmutzige Hand hin, aber er heiterte sich wieder auf, als er Angels Gesicht sah.

»Sie machen sich zunutze, daß Sie älter sind als ich, aber das ist mir im Grunde gleichgültig. Ich habe sie vor Ihnen geküßt.«

»Herzlichen Glückwunsch«, sagte Angel. »Du bist ein Mann mit Geschmack. Sie ist sehr angenehm zu küssen.«

»Fahren Sie auch nach Exopotamien?« fragte Olive.

Es war ihr lieber, wenn von was anderem gesprochen wurde.

»Ja«, sagte Angel. »Ich bin als Ingenieur eingestellt worden.«

»Unsere Eltern«, sagte Olive stolz, »sind ausführende Organe.«

»Sie machen die ganze Arbeit«, vervollständigte Didiche. »Sie sagen immer, daß die Ingenieure allein nichts machen könnten.«

»Sie haben recht«, versicherte Angel.

»Und dann gibt es noch den Vorarbeiter Arland«, schloß Olive.

»Er ist ein richtiger Schweinehund«, machte Didiche klar.

»Das werden wir sehen«, sagte Angel.

»Sind Sie der einzige Ingenieur?« fragte Olive.

Darauf erinnerte sich Angel, daß Anne und Rochelle zusammen unten in der Kabine waren, und der Wind kühlte ab. Die Sonne versteckte sich, und das Schiff tanzte stärker. Die Schreie der Möwen wurden aggressiv.

»Nein . . .«, sagte er unter Anstrengung. »Einer meiner Freunde kommt auch mit. Er ist unten . . .«

»Wie heißt er denn?« fragte Didiche.

»Anne«, antwortete Angel.

»Das ist aber lustig«, bemerkte Didiche. »Das ist ein Hundename.«

»Es ist ein hübscher Name«, sagte Olive.

»Es ist ein Hundename«, sagte Didiche noch einmal. »Das ist doch blöd, ein Kerl mit einem Hundenamen.«

»Das ist blöd«, sagte Angel.

»Wollen Sie unseren Seeraben sehen?« schlug Olive vor.

»Nein«, sagte Angel, »es ist besser, wenn man ihn nicht weckt.«

»Haben wir etwas zu Ihnen gesagt, das Ihnen unangenehm ist?« fragte Olive sanft.

»Aber nein«, sagte Angel.

Er legte seine Hand auf Olives Haare und streichelte den runden Kopf, dann seufzte er.

Oben zögerte die Sonne zurückzukommen.

VII

... es ist nicht immer schlecht, ein wenig Wasser in seinen Wein zu geben ...
Marcel Véron, »Abhandlung über das Heizungswesen«, Dunod Éditeur, Band 1, Seite 145

Seit gut fünf Minuten schon klopfte man an Amadis Dudus Tür. Amadis schaute auf seine Uhr, um nachzuzählen, wielange es dauerte, bis seine Geduld am Ende wäre, und nach sechs Minuten zehn richtete er sich auf und schlug kräftig mit der Faust auf den Tisch.

»Herein«, brüllte er wutschnaubend.

»Ich bin's«, sagte Athanagoras und stieß die Tür auf. »Störe ich?«

»Natürlich«, sagte Amadis.

Er machte übermenschliche Anstrengungen, um sich zu beruhigen.

»Das ist wunderbar«, sagte Athanagoras, »auf diese Weise werden Sie sich an meinen Besuch erinnern. Haben Sie Dupont nicht gesehen?«

»Aber nein, ich habe Dupont nicht gesehen.«

»Oh!« sagte Athanagoras, »Sie tragen etwas dick auf! Also, wo ist er?«

»Ja, Herrgottnochmal!« sagte Amadis. »Geht Martin mit Dupont ins Bett oder ich? Fragen Sie doch Martin!«

»Gut! Das ist alles, was ich wissen wollte«, gab Atha zur Antwort. »Dann ist es Ihnen also noch nicht gelungen, Dupont zu verführen?«

»Hören Sie zu, ich habe keine Zeit zu vergeuden. Die Ingenieure und das Material kommen heute an, und ich bin mitten beim Bakkarat.«

»Sie reden wie Barrizone«, sagte Athanagoras. »Sie sind sicherlich beeinflußbar.«

»Ich schmier' Ihnen gleich eine«, sagte Amadis. »Weil ich nun unglücklicherweise einen diplomatischen Ausdruck Barrizones gebraucht habe, dürfen Sie mich noch lange nicht beschuldigen, beeinflußbar zu sein. Beeinflußbar? Da muß ich ja lachen, Sie!«

Amadis begann zu lachen. Aber Athanagoras sah ihn an, und das machte ihn von neuem wütend.

»Anstatt da stehen zu bleiben«, sagte er, »würden Sie besser daran tun, mir dabei zu helfen, alles vorzubereiten, um sie zu empfangen.«

»Was vorbereiten?« fragte der Archäologe.

»Ihre Schreibtische vorzubereiten. Sie kommen hierher, um zu arbeiten. Und wie sollen sie das tun können, wenn sie keine Schreibtische haben?«

»Ich arbeite sehr gut ohne Schreibtisch«, sagte Athanagoras.

»Sie arbeiten? Sie? . . . Na ja. . . Ist Ihnen denn nicht klar, daß es ohne Schreibtisch keine ernsthafte Arbeit gibt, wie?«

»Ich habe den Eindruck, daß ich genauso viel arbeite wie ein anderer«, sagte Athanagoras. »Glauben Sie etwa, ein Archäologenhammer sei leicht? Und den ganzen Tag Töpfe kleinschlagen, um sie in die Standardschachteln hineinzubekommen, stellen Sie sich vielleicht vor, das sei ein Kinderspiel? Und Lardier überwachen, und Dupont anschnauzen, und mein Tagebuch schreiben und herumzusuchen, in welche Richtung man graben müßte, ist das etwa alles nichts?«

»Das ist nicht seriös«, sagte Amadis Dudu. »Dienstanweisungen geben und Berichte abschicken, das nenn' ich gearbeitet! Aber Löcher in den Sand graben? . . .«

»Was werden Sie letztlich tun?« sagte Athanagoras. »Mit allen Ihren Dienstanweisungen und allen Ihren Berichten? Sie werden eine häßliche, stinkende und rostige Eisenbahn bauen, die alles unter Rauch setzen wird. Ich will nicht sagen, daß sie nichts nützen wird, aber eine Schreibtischarbeit ist es auch nicht.«

»Sie sollten sich lieber sagen, daß der Plan vom Verwaltungsrat und von Ursus de Janpolent gebilligt und genehmigt worden ist«, sagte Amadis selbstzufrieden. »Sie sind gar nicht in der Lage, sich ein Urteil über seinen Nutzen zu machen.«

»Sie gehen mir auf den Wecker«, sagte Athanagoras. »Im Grunde sind Sie ein Homosexueller. Ich sollte nicht mit Ihnen verkehren.«

»Sie haben nichts zu befürchten«, sagte Amadis. »Sie sind zu alt. Dupont, das ist was anderes!«

»Oh, es reicht jetzt mit Dupont. Wen erwarten Sie heute eigentlich?«

»Angel, Anne, Rochelle, einen Vorarbeiter, zwei ausführende Organe und ihre Familien, das Material. Dr. Frißtfrist reist im eigenen Wagen an, mit einem Assistenzarzt, und ein Mechaniker namens Cruc wird in einiger Zeit zu uns stoßen. Die vier anderen unbedingt notwendigen ausführenden Organe werden wir an Ort und Stelle anwerben, wenn Anlaß dazu besteht, aber ich glaube, daß kein Anlaß dazu bestehen wird.«

»Das ergibt eine beachtliche Anzahl von Arbeitern«, sagte Athanagoras.

»Bei Bedarf«, bemerkte Amadis, »werden wir Ihnen Ihre Mannschaft abspenstig machen, indem wir ihr einen höheren Lohn anbieten.«

Athanagoras sah Amadis an und begann zu lachen.

»Sie sind komisch mit Ihrer Eisenbahn.«

»Was ist denn so komisch an mir?« fragte Amadis verärgert.

»Glauben Sie, daß Sie meine Mannschaft so ohne weiteres abwerben werden?«

»Gewiß«, sagte Amadis. »Ich werde ihnen eine Zulage anbieten, die höher liegt als der Arbeitsertrag, ferner soziale Vorteile und einen Betriebsrat und eine Kooperative und eine Krankenstation.«

Bekümmert schüttelte Athanagoras seinen grauen Kopf. Soviel Bosheit verschmolz ihn mit der Wand, und Amadis glaubte ihn verschwinden zu sehen, wenn es gestattet ist, sich so auszudrücken. Eine Anpassungsanstrengung ließ ihn von neuem in sein brachliegendes Gesichtsfeld treten.

»Das wird Ihnen nicht gelingen«, versicherte Athanagoras. »Die sind nicht verrückt.«

»Sie werden schon sehen«, sagte Amadis.

»Bei mir arbeiten sie umsonst.«

»Ein Grund mehr.«

»Sie lieben die Archäologie.«

»Sie werden den Bau von Eisenbahnen lieben.«

»Nun sagen Sie mir«, sagte Athanagoras, »haben Sie politische Wissenschaften studiert, ja oder nein?«

»Ja«, sagte Amadis.

Athanagoras blieb einige Augenblicke stumm.

»Trotzdem«, sagte er schließlich. »Sie hatten schon Veranlagungen dazu. Die Politischen Wissenschaften allein genügen nicht, um das zu erklären.«

»Ich weiß nicht, was Sie damit sagen wollen, aber es interessiert mich nicht im geringsten. Wollen Sie mich begleiten? Sie kommen in zwanzig Minuten an.«

»Ich folge Ihnen«, sagte Athanagoras.

»Wissen Sie, ob Dupont heute abend da sein wird?«

»Oh!« sagte Athanagoras aufgebracht. »Lassen Sie mich mit Dupont in Frieden.«

Amadis brummte vor sich hin und stand auf. Sein Schreibtisch stand jetzt in einem Raum im ersten Stock des Restaurants Barrizone, und durch das Fenster konnte er die Dünen und die starren grünen Gräser sehen, an die sich kleine, grellgelbe Schnecken hingen und Sandbrimmen in schillernden Regenbogenfarben.

»Kommen Sie«, sagte er zu Athanagoras, und unverschämt ging er voran.

»Ich folge Ihnen«, sagte der Archäologe. »Trotzdem wirkten Sie weniger direktorenhaft, als Sie noch auf den 975 warten mußten . . .«

Amadis Dudu wurde rot. Sie gingen die kühle und wenig beleuchtete Treppe hinunter, und dabei tauchten aus dem Schatten Gegenstände aus glänzendem Kupfer auf.

»Woher wissen Sie das?«

»Ich bin Archäologe«, sagte Athanagoras. »Die alten Geheimnisse sind für mich keine.«

»Sie sind Archäologe, einverstanden«, gab Amadis zu, »aber Sie sind keine Hellseherin.«

»Diskutieren Sie nicht lange«, sagte Atha. »Sie sind ein schlecht erzogener junger Mann . . . Ich will Ihnen gern beim Empfang Ihres Personals helfen, aber Sie sind schlecht erzogen . . . Niemand kann etwas dafür, denn Sie sind zwar schlecht, aber Sie sind auch erzogen. Das ist das Mißliche.«

Sie kamen unten an den Stufen an und gingen durch den Flur. Im Speisesaal des Restaurants las Pippo, hinter der Theke sitzend, wieder seine Zeitung, und er schüttelte den Kopf, wobei er in seinem Dialekt undeutlich vor sich hinbrummte.

»Grüß dich, alter Pfeifenkopf«, sagte Amadis.

»Guten Tag«, sagte Athanagoras.

»Bon giorno«, sagte Pippo.

Amadis und Athanagoras traten vors Hotel. Es war warm und trocken, und die Luft wogte über gelben Dünen. Sie begaben sich zur höchsten von ihnen, einem starken, mit grünen Büscheln gekrönten Sandbuckel, von wo aus man ziemlich weit in die Runde sah.

»Von welcher Seite kommen sie?« fragte Amadis.

»Oh«, sagte der Archäologe. »Sie können von jeder Seite kommen; sie brauchen sich nur unterwegs verirrt zu haben.«

Er schaute aufmerksam und drehte sich um sich selber, dann blieb er unbeweglich stehen, als sein Symmetrieplan durch die Linie der beiden Pole ging.

»Von dort«, sagte er und zeigte nach Norden.

»Von wo?« fragte Dudu.

»Machen Sie Ihre Glotzaugen auf«, sagte Atha, wobei er sich des Archäologenslangs bediente.

»Ich sehe«, sagte Amadis. »Es ist nur ein Wagen. Das muß Professor Frißtfrist sein.«

Man sah erst einen kleinen, grünen, glänzenden Punkt und dahinter eine Sandwolke.

»Sie sind pünktlich«, sagte Amadis.

»Das ist völlig unwichtig«, sagte Athanagoras.

»Und die Stechuhr, was ist mit der?«

»Soll die nicht mit dem Maschinenpark kommen?«

»Doch«, sagte Amadis, »aber solange sie nicht da ist, werde ich selber stechen.«

Athanagoras betrachtete ihn verblüfft.

»Ja, sagen Sie mal, was haben Sie denn im Leib?« fragte er.

»Einen Haufen Schweinereien, wie alle Welt«, sagte Amadis . . .

Er wandte sich in die entgegengesetzte Richtung.

». . . Eingeweide und Scheiße. Dort kommen die andern«, verkündete er.

»Gehen wir ihnen entgegen?« schlug Athanagoras vor.

»Das können wir nicht«, sagte Amadis. »Es kommen welche von zwei Seiten.«

»Wir könnten es ja so machen, daß jeder in eine Richtung geht?«

»Wo denken Sie hin! Damit Sie denen irgendwelche Märchen erzählen! Außerdem habe ich Anweisungen. Ich soll sie höchst persönlich empfangen.«

»Gut«, sagte Athanagoras. »Dann lassen Sie mich in Ruhe, ich gehe.«

Er ließ den verdutzten Amadis stehen, dessen Füße anfingen, Wurzeln zu schlagen, denn unter der oberen Sandschicht wuchs es gut. Dann stiefelte er die Düne hinunter. Er ging der großen Kolonne entgegen.

Inzwischen kam das Fahrzeug von Professor Frißtfrist zwischen Anhöhen und Mulden mit großer Geschwindigkeit vorwärts. Der Assistenzarzt, völlig zusammengekrümmt durch die Übelkeit, steckte seinen Kopf in ein nasses Frottierhandtuch und rülpste mit der allergrößten Ungebührlichkeit. Frißtfrist ließ sich von solchen Kleinigkeiten nicht kleinkriegen und fröhlich trällerte er ein kleines Ami-Liedchen vor sich hin mit dem Titel »Show me the way to go home«, das in Wort und Ton völlig der Situation angemessen war. Geschickt fuhr er auf dem Höhepunkt einer beachtlichen Bodenerhebung mit dem »Taking a chance for love« von Vernon Duke fort, und der Assistenzarzt stöhnte, daß es einen Hagelschutzkanonenhändler hätte erbarmen können. Dann beschleunigte Frißtfrist bei der Abfahrt, und der Assistenzarzt schwieg, denn er konnte nicht gleichzeitig stöhnen und kotzen, eine folgenschwere Lücke, die auf eine allzu bürgerliche Erziehung zurückgeht.

In einem letzten Brummen des Motors und einem allerletzten Röcheln des Assistenzarztes hielt Frißtfrist schließlich vor Amadis, der mit erzürnten Augen dem Fortschreiten des Archäologen beim Entgegengehen der Kolonne folgte.

»Guten Tag«, sagte Frißtfrist.

»Guten Tag«, sagte Amadis.

»Rrrououaah! . . .« sagte der Assistenzarzt.

»Sie sind pünktlich«, stellte Amadis fest.

»Nein«, sagte Frißtfrist, »ich bin viel zu früh dran. Übrigens, warum tragen Sie eigentlich keine gelben Hemden?«

»Das ist abscheulich«, sagte Amadis.

»Ja«, sagte Frißtfrist, »ich muß zugeben, daß es zusammen mit Ihrem erdfarbenen Teint eine Katastrophe wäre. Nur hübsche Männer können sich das erlauben.«

»Finden Sie, daß Sie ein hübscher Mann sind?«

»Zunächst einmal könnten Sie mich mit meinem Titel anreden«, sagte Frißtfrist. »Ich bin Professor Frißtfrist und nicht irgendwer.«

»Die Frage ist zweitrangig«, sagte Amadis. »Ich finde jedenfalls, daß Dupont hübscher ist als Sie.«

»Professor«, vervollständigte Frißtfrist.

»Professor«, wiederholte Amadis.

»Oder Doktor«, sagte Frißtfrist, »ganz wie Sie wollen. Ich nehme an, daß Sie Päderast sind?«

»Kann man die Männer nicht auch lieben, ohne Päderast zu sein?« sagte Amadis. »Ihr seid wirklich alle unausstehlich! . . .«

»Sie sind ein gemeiner Lümmel«, sagte Frißtfrist. »Zum Glück unterstehe ich nicht Ihren Weisungen.«

»Sie unterstehen meinen Weisungen.«

»Professor«, sagte Frißtfrist.

»Professor«, wiederholte Amadis.

»Nein«, sagte Frißtfrist.

»Was, nein?« sagte Amadis. »Ich sage, was Sie mir sagen, was ich sagen soll, und dann sagen Sie mir, ich soll das nicht sagen, was ich sage.«

»Nein«, sagte Frißtfrist, »ich unterstehe nicht Ihren Weisungen.«

»Doch.«

»Doch, Professor«, sagte Frißtfrist, und Amadis wiederholte es.

»Ich habe einen Vertrag«, sagte Frißtfrist. »Ich unterstehe den Weisungen von niemandem. Darüber hinaus gebe ich Anweisungen bezüglich der Gesundheitsbelange.«

»Davon hat man mich nicht in Kenntnis gesetzt, Doktor«, sagte Amadis, der liebenswürdig und puterrot wurde.

»Aha«, sagte der Professor, »jetzt werden Sie ausgesucht höflich.«

Amadis fuhr sich mit der Hand über die Stirn; es fing an heiß zu werden. Professor Frißtfrist ging zu seinem Wagen.

»Kommen Sie und helfen Sie mir«, sagte er.

»Ich kann nicht, Professor«, antwortete Amadis. »Der Archäologe hat mich hier im Stich gelassen, und solange ich nicht ausgestochen bin, kann ich nicht weggehen.«

»Das ist doch dummes Zeug«, sagte Professor Frißtfrist. »Das ist nur so eine Schreibart.«

»Glauben Sie?« sagte Amadis ängstlich.

»Husch!« sagte der Professor, und blies dabei Amadis, der große Angst bekam und schnell fortlief, plötzlich in die Nase.

»Sehen Sie!« rief ihm Frißtfrist nach.

Amadis kam mit verbittertem Gesicht zurück.

»Kann ich Ihnen helfen, Professor«, schlug er vor.

»Aha! . . .« sagte Frißtfrist. »Endlich verhalten Sie sich vereinbarungsgemäß. Fangen Sie das.«

Er warf ihm eine riesige Kiste in die Arme. Amadis fing sie auf, wankte und ließ sie sich auf den rechten Fuß fallen. Eine Minute später bot er dem Professor auf seinem einen Bein eine wirklich überzeugende Nachahmung des jazztollen Flamingos.

»Gut«, sagte Frißtfrist, der sich wieder ans Steuer setzte. »Tragen Sie sie ins Hotel hinunter. Sie werden mich dort wiederfinden.«

Er schüttelte den Assistenzarzt, der gerade eingeschlummert war.

»He! Sie! . . . Wir sind angekommen.«

»Ach ja! . . .« seufzte der Assistenzarzt mit einem Ausdruck seligen Glücks.

Und dann brauste der Wagen im Karacho die Düne hinunter, und er hechtete überstürzt in sein unappetitliches Handtuch. Amadis betrachtete das Hinterteil des Wagens und die Kiste und hinkend unternahm er den Versuch, sie auf seine Schultern zu laden. Leider hatte er einen runden Rücken.

VIII

Mit kleinen Schritten, die zu seinen spitzen Schuhen paßten, deren Schäfte aus beigem Tuch diesen Fußstützen eine Würde aus vergangenen Zeiten verlieh, kam Athanagoras der Kolonne entgegen. Seine kurze Hose aus graubraunem Stoff ließ seinen knochigen Knien dreifachen Platz, um ungehindert durchzukommen, und sein durch schlechte Behandlung blaß gewordenes Khakihemd bauschte sich überm Gürtel. Ferner ein Tropenhelm, der im Zelt hängenblieb. Also trug er ihn nie. Er dachte an die Unverschämtheit von Amadis und daran, daß dieser Bursche eigentlich eine Abreibung verdiente oder mehrere, und das würde noch nicht reichen. Er schaute zu Boden, so tun das gewöhnlich die Archäologen; sie dürfen nichts vernachlässigen, denn oft ist eine Entdeckung die Folge des Zufalls, der üblicherweise über den Boden streift, wie es die Schriften des Mönchs Orthopompus bezeugen; dieser lebte im zehnten Jahrhundert in einem Kloster Bärtiger Männer, deren Superior er war, denn er allein konnte schönschreiben. Athanagoras erinnerte sich an den Tag, an dem Lardier gekommen war, um ihm die Gegenwart des Sieurs Amadis Dudu in dieser Gegend zu vermelden, und an den Hoffnungsschimmer, der in seinem Gehirn, falls das dort geschieht, aufgeflackert war, genährt von der späteren Entdeckung des Restaurants und der durch seine letzte Unterhaltung mit Amadis gerade wieder zu seinem ursprünglichen Zustand des Verlöschtseins zurückgeführt worden war.

Jetzt hatte die Kolonne gerade ein wenig den Staub Exopotamiens aufgewirbelt; wieder mal was anderes, vielleicht liebenswürdige Leute. Athanagoras hatte wahnsinnige Mühe nachzudenken, denn das ist eine Gewohnheit, die man in der Wüste sehr schnell verliert; deshalb kleideten sich seine Gedanken in eine abgedroschene Ausdrucksweise, eine Weise aufflackernder Hoffnungsschimmer und alles übrige im Verhältnis zur Rübe.

Als er nun so auf den Zufall und den flachen Erdboden achtete und dabei an den Mönch Orthopompus und an die Veränderung dachte, erblickte er ein halb vom Sand verdecktes Stück Stein; zur Hälfte mutmaßte er das Weitere, wie er feststellte, kaum auf den Knien liegend, und er bemühte sich, es freizulegen, denn er grub rundherum aus, ohne auf ein Ende zu stoßen. Mit einem harten Schlag seines Hammers traf er den glatten Granit und legte fast gleich darauf sein Ohr an die von der Sonne erwärmte Oberfläche, da ein mittlerer Sonnenstrahl bereits früher auf diese Stelle fiel. Er hörte den Ton sich in den fernen Ausdehnungen des Steins zerstreuen und verlieren und begriff, daß er hier große Dinge finden würde. Er ortete den Ort nach dem Standort der Kolonne, um sicherzugehen, daß er ihn wiederfand und bedeckte den ausgewaschenen Winkel des Monuments sorgfältig mit Sand. Er war kaum fertig, da fuhr schon, mit Kisten beladen, der erste Lastwagen an ihm vorbei. Der zweite folgte dicht dahinter, und auch auf ihm waren immer nur Gepäck und Geräte. Es waren sehr große Lastwagen, mehrere Dutzend Sockel lang, und sie machten einen jovialen Lärm; die Schienen und die Werkzeuge schaukelten zwischen den mit Planen bedeckten Wagenleitern hin und her, und der rote Lappen hinten tanzte vor den Augen des Archäologen. Etwas weiter entfernt kam ein dritter Lastwagen, beladen mit Leuten und Gepäck und schließlich ein gelbschwarzes Taxi, dessen Besetztzeichen den Unvorsichtigen entmutigte. Athanagoras erblickte ein hübsches Mädchen im Taxi, und er grüßte es mit der Hand. Das Taxi hielt etwas weiter entfernt und sah so aus, als warte es auf ihn. Er beeilte sich.

Angel, neben dem Fahrer sitzend, stieg aus und ging auf Athanagoras zu.

»Erwarten Sie uns?« sagte er zu ihm.

»Ich bin Ihnen entgegengekommen«, sagte Athanagoras. »Haben Sie eine gute Reise gehabt?«

»Es war nicht allzu mühsam«, sagte Angel, »außer, als der Kapitän versucht hat, uns zu Lande mit seinem Schiff weiterzubefördern.«

»Ich glaube Ihnen ohne Widerstreben«, sagte Athanagoras. »Sind Sie Monsieur Dudu?«

»Absolut nicht! Ich möchte Monsieur Dudu nicht für das ganze exopotamische Tongeschirr des British Museummms sein.«

»Entschuldigen Sie bitte«, sagte Angel. »Ich kann das nicht ahnen.«

»Das macht nichts«, sagte Athanagoras. »Ich bin Archäologe. Ich arbeite hier.«

»Angenehm«, sagte Angel. »Ich bin Ingenieur; ich heiße Angel. Dadrinnen sind Anne und Rochelle.«

Er zeigte auf das Taxi.

»Und ich bin auch noch da«, brummte der Chauffeur.

»Gewiß«, sagte Angel. »Sie werden nicht vergessen.«

»Es tut mir leid für Sie«, sagte Athanagoras.

»Warum?« fragte Angel.

»Ich denke, daß Sie Amadis Dudu nicht mögen werden.«

»Das ist unangenehm«, murmelte Angel.

Anne und Rochelle küßten sich im Taxi. Angel wußte es und er sah schlecht aus.

»Wollen Sie zu Fuß mit mir kommen?« schlug Athanagoras vor. »Ich werde Ihnen alles erklären.«

»Aber ja«, sagte Angel.

»Na, kann ich abfahren?« sagte der Chauffeur.

»Fahren Sie los.«

Der Mann schaltete, nachdem er zuvor einen zufriedenen Blick auf den Taxameter geworfen hatte. Es war ein guter Tag.

Angel schaute gegen seinen Willen nach dem hinteren Fenster des Taxis, als dieses anfuhr. Man konnte feststellen, daß sich Anne, im Profil, nicht um das Übrige kümmerte. Angel senkte den Kopf.

Athanagoras sah ihn erstaunt an. Das feine Gesicht Angels trug die Zeichen des schlechten Schlafs und des täglichen Kummers, und sein schlanker Rücken war ein wenig gekrümmt.

»Es ist komisch«, sagte Athanagoras, »dabei sind Sie ein schöner Junge.«

»Ihr gefällt eben Anne«, sagte Angel.

»Er ist schwerfällig«, bemerkte Athanagoras.

»Er ist mein Freund«, sagte Angel.

»Ja . . .«

Athanagoras schob seinen Arm unter den des jungen Mannes.

»Sie werden angeschnauzt werden.«

»Von wem?« fragte Angel.

»Von diesem erbärmlichen Dudu. Unter dem Vorwand, daß Sie zu spät kommen.«

»Oh«, sagte Angel, »das ist mir gleichgültig. Machen Sie Ausgrabungen?«

»Im Augenblick lasse ich sie arbeiten«, erklärte Athanagoras. »Ich bin sicherlich einer großartigen Sache auf der Spur. Ich spüre das. Deshalb lasse ich sie. Mein Faktotum Lardier kümmert sich um alles. In der übrigen Zeit gebe ich ihm Strafarbeiten auf, andernfalls belästigt er Dupont. Dupont ist mein Koch. Ich erzähle Ihnen das alles, damit Sie Bescheid wissen. Auf Grund eines merkwürdigen und ziemlich unangenehmen Phänomens trifft es sich, daß Martin Dupont liebt, und daß Dudu ebenfalls in Dupont verliebt ist.«

»Wer ist Martin?«

»Martin Lardier, mein Faktotum.«

»Und Dupont?«

»Dupont ist das wurscht. Er liebt zwar Martin, aber er ist eine richtige Allerweltshure. Entschuldigen Sie bitte ... In meinem Alter dürfte ich solche Ausdrücke nicht in den Mund nehmen, aber heute fühle ich mich jung. Was soll ich also mit diesen drei Schweinen tun?«

»Überhaupt nichts«, sagte Angel.

»Und genau das tue ich auch.«

»Wo werden wir denn wohnen?« fragte Angel.

»Es gibt ein Hotel. Machen Sie sich keine Sorgen.«

»Warum?«

»Wegen Anne ...«

»Oh«, sagte Angel, »da gibt es keine Sorgen zu machen. Rochelle liebt Anne mehr als mich, und das sieht man.«

»Wieso sieht man das? Das sieht man nicht mehr als was anderes. Sie küßt ihn, das ist alles.«

»Nein«, sagte Angel, »das ist nicht alles. Sie küßt ihn und dann küßt er sie, und überall dort, wo er sie berührt, ist ihre Haut nicht mehr dieselbe hinterher. Zuerst glaubt man es nicht, weil sie genauso frisch aussieht, wenn sie aus Annes Armen kommt, und ihre Lippen sind genauso voll und genauso rot und ihre Haare genauso glänzend, aber sie ist abgenutzt. Jeder Kuß, den sie bekommt, nutzt sie ein klein wenig ab, und ihre Brust wird nicht mehr so fest sein, und ihre Haut nicht mehr so glatt und nicht mehr so fein, und ihre Augen nicht mehr so klar und ihr Gang schwerfälliger, und von Tag zu Tag ist es nicht mehr dieselbe Rochelle. Ich weiß; man glaubt; man sieht sie; ich selber habe anfangs auch geglaubt und ich habe nichts von all dem gemerkt.«

»Das ist doch eine fixe Idee, die Sie da haben«, sagte Athanagoras.

»Nein, es ist keine fixe Idee. Sie wissen genau, daß es das

nicht ist. Jetzt sehe ich es, ich kann es fast von einem Tag zum andern feststellen, und jedesmal, wenn ich sie anschaue, ist sie etwas ramponierter. Sie nutzt sich ab. Er nutzt sie ab. Ich kann nichts dagegen tun. Sie auch nicht.«

»Dann lieben Sie sie also nicht mehr?«

»Doch«, sagte Angel. »Ich liebe sie noch genauso. Aber es tut mir weh, und ich empfinde auch ein wenig Haß, weil sie sich abnutzt.«

Athanagoras gab keine Antwort.

»Ich bin hierher gekommen, um zu arbeiten«, fuhr Angel fort. »Ich denke, daß ich mein bestes tun werde. Ich hatte gehofft, Anne würde allein mit mir herkommen und Rochelle würde dort bleiben. Aber ich hoffe nicht mehr, weil das nicht eingetroffen ist. Während der ganzen Reise ist er mit ihr zusammen geblieben, und doch bin ich immer noch sein Freund, und anfangs riß er Witze, wenn ich zu ihm sagte, daß sie hübsch ist.«

Alles, was Angel sagte, rührte sehr alte Dinge in Athanagoras' Innerstem auf, lange, schmale Gedanken und völlig flachgedrückt unter einer Schicht jüngerer Ereignisse, so flachgedrückt, daß er sie, im Profil gesehen wie jetzt in diesem Augenblick, nicht voneinander unterscheiden und weder ihre Form noch ihre Farbe erkennen konnte: er spürte nur, wie sie sich untendrunter schlängelnd und reptilienartig verschoben und fortbewegten. Er schüttelte den Kopf, und die Bewegung brach ab; erschreckt, rührten sie sich nicht mehr und zogen sich zusammen.

Er suchte, was er Angel sagen könnte, er wußte es nicht. Er versuchte es verzweifelt. Sie gingen Seite an Seite, die grünen Gräser kitzelten Athanagoras' Beine und rieben sanft Angels Leinenhose, und unter ihren Füßen zersplitterten die leeren Gehäuse der gelben Schnecken mit einem Sandstrahl und einem hellen, reinen Ton, wie ein Wassertropfen, der auf eine Glasplatte in Herzform fällt, was blöde ist.

Oben von der Düne herab, die sie gerade hinaufgeklettert waren, erblickten sie das Restaurant Barrizone, die dicken Laster, die davor standen, als ob Krieg sei, und nichts anderes drum herum; von nirgendwo konnte man Athanagoras' Zelt sehen, so wenig wie seinen Ausgrabungsplatz, denn er hatte die Stelle sehr geschickt ausgesucht. Die Sonne blieb noch in der Gegend. Man sah sie so selten wie möglich an, wegen einer unangenehmen Eigenschaft: sie gab ein ungleichmäßiges Licht ab; es war umgeben von Strahlenschichten, die abwechselnd hell und dunkel waren, und die Stellen des Bodens, die mit den dunklen Schichten in Kontakt standen, blieben immer düster und kalt. Angel war dieser merkwürdige Aspekt der Landschaft nicht aufgefallen, weil der Taxifahrer es mit Beginn der Wüste so eingerichtet hatte, daß er einem hellen Streifen folgte, aber oben von der Düne herab bemerkte er die schwarze, reglose Grenze des Lichts, und er erschauderte. Athanagoras war daran gewöhnt. Er sah, daß Angel, der sich nicht wohl in seiner Haut fühlte, beunruhigt diese Art Unterbrechung betrachtete und klopfte ihm auf den Rücken.

»Das befremdet zu Anfang«, sagte er, »aber Sie werden sich daran gewöhnen.«

Angel dachte, daß die Bemerkung des Archäologen auch für Anne und Rochelle galt.

»Ich glaube nicht«, antwortete er.

Sie stiegen den sanften Abhang hinunter. Jetzt hörten sie die Ausrufe der Männer, die damit begannen, die Lastwagen zu entladen, und das laute, metallische Aufeinanderprallen der Schienen. Um das Restaurant herum liefen Schatten in ungeordneter Insektengeschäftigkeit hin und her, und man erkannte Amadis Dudu, geschäftig und wichtigtuerisch.

Athanagoras seufzte.

»Ich weiß nicht, warum ich mich für alles das interessiere«, sagte er. »Ich bin immerhin ein alter Mann.«

»Oh«, sagte Angel, »ich möchte nicht, daß meine Geschichten Sie langweilen . . .«

»Das langweilt mich nicht«, sagte Athanagoras. »Es macht mir Ihretwegen Kummer. Sehen Sie, ich glaubte, ich sei schon zu alt.«

Er blieb einen Augenblick stehen, kratzte sich am Kopf und setzte seinen Marsch fort.

»Es ist die Wüste«, folgerte er. »Das konserviert wahrscheinlich.«

Er legte eine Hand auf Angels Schulter.

»Ich werde Sie hier verlassen«, sagte er. »Ich lege keinen Wert darauf, diesem Individuum wieder zu begegnen.«

»Amadis? . . .«

»Ja. Er . . .«

Der Archäologe suchte einen Augenblick nach Worten.

»Ehrlich, der geht mir auf den Arsch.«

Er wurde rot und drückte Angel die Hand.

»Ich weiß, daß ich nicht so reden dürfte, aber das liegt nur an diesem unerträglichen Dudu. Bis bald. Ich werde Sie bestimmt im Restaurant wiedersehen.«

»Auf Wiedersehen«, sagte Angel. »Ich werde mir Ihre Ausgrabungen ansehen kommen.«

Athanagoras schüttelte den Kopf.

»Sie werden nur kleine Schachteln sehen. Aber dafür ist es ein hübsches Modell von einer kleinen Schachtel. Ich mache, daß ich wegkomme. Kommen Sie, wann Sie wollen.«

»Auf Wiedersehen«, sagte Angel noch einmal.

Der Archäologe bog nach rechts ab und verschwand in einer Sandmulde; Angel lauerte auf den Augenblick, in dem sein weißer Kopf wieder auftauchen würde. Von neuem sah er ihn ganz. Seine Socken sahen aus den Tuchschäften seiner Halbstiefel hervor und bildeten so etwas wie helle Flecken an Pferdefesseln. Dann tauchte er hinter einer Anschwellung aus gelbem Sand unter, immer kleiner werdend, und die Linie seiner Fußspuren war schnurgerade wie ein Spinnfaden.

Angel betrachtete von neuem das weiße Restaurant mit den Blumen in lebhaften Farben, die sich hier und da über die Fassade verteilten, und er beschleunigte den Schritt, um zu seinen Kameraden zu kommen. Neben ungeheueren Lastwagen kauerte das schwarzgelbe Taxi, so wenig repräsentativ wie ein altmodischer Schubkarren neben dem »dynamischen« Modell, das von einem bei sehr wenigen Leuten bestens bekannten Erfinder eingeführt wurde.

Nicht weit entfernt davon bewegte sich Rochelles grellgrünes Kleid, von den aufsteigenden Winden um den Fixpunkt gewirbelt, und die Sonne verlieh ihr einen sehr schönen Schatten, trotz der Unebenheit des Bodens.

»Ich versichere Ihnen, daß es wahr ist«, sagte Martin Lardier noch einmal.

Sein rosiges und volles Gesicht glänzte vor Erregung, und aus jedem einzelnen seiner Haare kam ein kleines, blaues Wölkchen.

»Ich glaube Ihnen nicht, Lardier«, antwortete der Archäologe. »Ich glaube alles mögliche, aber das nicht. So wenig wie eine ganze Anzahl anderer Dinge, seien wir gerecht.«

»Verdammt nochmal!« sagte Lardier.

»Lardier, Sie werden mir den dritten Gesang des Maldoror abschreiben, wobei Sie die Wörter Stück für Stück umdrehen und die Orthographie ändern.«

»Ja, Herr«, sagte Lardier.

Und aufgewühlt fügte er hinzu:

»Und Sie brauchen ja nur mitzukommen, um es sich anzusehen.«

Athanagoras betrachtete ihn aufmerksam und schüttelte den Kopf.

»Sie sind unverbesserlich. Aber gut, ich will Ihr Strafmaß nicht erhöhen.«

»Herr, ich bitte Sie inständigst darum!«

»Na gut, ich werde hingehen«, brummte Atha, bezwungen von dieser Beharrlichkeit.

»Ich bin sicher, daß es das ist. Ich erinnere mich an die Beschreibung aus dem Lehrbuch von William Bugle, es ist genau das.«

»Sie sind verrückt, Martin. Eine Richtlinie findet man nicht einfach so. Ich verzeihe Ihnen Ihre Eulenspiegelei, weil Sie einfältig sind, aber Sie sollten sich nicht in dieser Weise gehen lassen. Aus dem Alter sind Sie heraus.«

»Ja aber, Herrgottnochmal, das ist kein Witz . . .«

Athanagoras fühlte sich beeindruckt. Zum ersten Mal seit sein Faktotum mit seinem täglichen Rechenschaftsbericht begonnen hatte, hatte er das Gefühl, daß sich wirklich etwas ereignet hatte.

»Sehen wir nach«, sagte er.

Er stand auf und ging hinaus.

Der flackernde Lichtschein des Gaslämpchens erleuchtete

hell den Boden und die Wände des Zeltes und schnitt ein irgendwie konisches Helligkeitsvolumen in die dichte Nacht. Athanagoras' Kopf war im Dunkel, während auf seinen übrigen Körper die dünnen Strahlen trafen, die der Glühstrumpf aussandte. Martin trottete neben ihm her und bewegte dabei seine kurzen Beine und seinen runden Hintern. Sie waren in totaler Nacht, und die Fackel Martins führte sie zu der engen, tiefen Öffnung des Abstiegschachts, durch den man zur Fördersohle gelangte. Martin kroch als erster durch; er atmete schwer, als er sich an die Stäbe aus nielliertem Silber klammerte, die Athanagoras auf Grund eines unbescheidenen, wenngleich entschuldbaren Raffinements zum Zwecke des Zugangs zu seinem Operationsfeld benutzte.

Athanagoras betrachtete den Himmel. Der Sternhöhenmesser funkelte wie gewöhnlich, drei schwarze Lichtblitze, ein grüner und zwei rote und zweimal überhaupt kein Lichtblitz. Der quabbelige, gelbliche große Bär sandte ein gepulstes Licht von schwacher Stromstärke aus, und Orion war gerade erloschen. Der Archäologe zuckte die Achseln und sprang mit geschlossenen Füßen in das Loch. Er zählte auf die Speckschicht seines Faktotums für die Landung. Aber Martin war schon in dem waagrechten Stollen. Er kam zurück, um seinem Arbeitgeber zu helfen, sich aus dem Erdhaufen zu befreien, in den sein magerer Körper ein zylindrisch-plutonisches Loch gebohrt hatte.

Der Stollen gabelte sich nach ungefähr einer Maßeinheit und schickte in alle Richtungen Verzweigungen. Das Ganze stellte eine beachtliche Arbeit dar. Jede Abzweigung trug, ungeschickt auf ein weißes Schild gemalt, eine Merkzahl. Elektrische Leitungen auf dem Dach der Stollen liefen lautlos an dem trockenen Gestein entlang. Hin und wieder leuchtete eine Glühbirne und spendete doppelte Happen, bevor sie zerdeppert wurde. Man hörte den rauhen Atem der Luftdruckpumpgruppe, mit deren Hilfe sich Athanagoras der Mischung aus Sand, Erde, Felsbrocken und zermahlenen Latschenlatschenraken entledigte, die täglich von den Abholzmaschinen ausgespuckt wurden, sie in Form von Aerosol versaftend.

Die beiden Männer folgten dem Stollen Nummer 7.

Athanagoras hatte Mühe, Martin nicht aus den Augen zu verlieren, so schnell schritt dieser aus, aufs höchste erregt. Der Stollen war in einem Guß in gerader Linie vorwärtsgetrieben, und ganz am Ende sahen sie allmählich die Schatten der Mannschaft, die mächtige und komplizierte Maschinen bediente, mit deren Hilfe Athanagoras die herrlichen Funde aufhäufte, mit denen seine Sammlung, wenn sie allein war, sich schmücken konnte.

Als Atha die Restentfernung zurücklegte, begann er einen so charakteristischen Geruch wahrzunehmen, daß alle seine Zweifel zerstreut wurden. Ein Irrtum war ausgeschlossen, seine Helfer hatten die Richtlinie entdeckt. Es war dieser geheimnisvolle, vielseitige Geruch der mitten in den Fels gebohrten Kammern, der trockene Geruch der reinen Leere, den die Erde konserviert, wenn sie die Ruinen der verschwundenen Denkmäler bedeckt hat. Er lief hin. In seinen Taschen klingelten Kleingeräte, und sein Hammer, der in einem Lederfutteral steckte, schlug ihm gegen den Schenkel. Die Helligkeit nahm immer mehr zu; und als er ankam, keuchte er vor Ungeduld. Die Gruppe vor ihm funktionierte. Das schrille, durch ein Schalldämpfergehäuse halb erstickte Geheul der Turbine erfüllte die enge Sackgasse, und die Luft dröhnte in dem dicken, ringförmigen Rohr des Entsafters.

Martin folgte mit den Augen gierig dem Vordringen der schneidenden Trennscheiben und neben ihm schauten zwei Männer und eine Frau mit nacktem Oberkörper ebenfalls zu. Manchmal bediente einer der drei mit sicherem und genau genormtem Handgriff einen Schalter oder einen Steuerhebel.

Auf den ersten Blick erkannte Athanagoras den Fund. Die scharfen Zähne der Werkzeuge fraßen sich in den kompakten Verputz, der den Eingang zu einer Pferdestandkammer von riesigen Ausmaßen, nach der Dicke der bereits freigelegten Mauer zu urteilen, versperrte. Geschickt war die Mannschaft der Türverkleidung gefolgt, und stellenweise erschien die Wand, kaum noch von einigen Millimetern hartgewordenem Lehm bedeckt. Kompakte Erdplatten von unregelmäßigen Formen lösten sich von Zeit zu Zeit, und zwar in dem Maße, in dem der Stein wieder zu atmen begann.

Athanagoras schluckte angestrengt, drehte den Schalter

herum, und die Maschine lief allmählich aus mit dem schleifenden Geräusch einer Sirene, die verstummt. Die beiden Männer und die Frau drehten sich um, sahen ihn und kamen näher. In der Sackgasse herrschte jetzt sattes Schweigen.

»Ihr habt sie«, sagte Athanagoras.

Die Männer streckten ihm die Hand hin. Er drückte sie, eine nach der andern, und er zog die junge Frau an sich.

»Cuivre, bist du froh?«

Sie lächelte, ohne zu antworten. Sie hatte schwarze Augen und schwarzes Haar und ihre Haut war von einer merkwürdigen dunkelockrigen Farbe. Die fast violetten Brustwarzen standen spitz vor den beiden glatten, festen Kugeln.

»Es ist vorbei«, sagte sie. »Wir haben sie jedenfalls gekriegt.«

»Ihr könnt jetzt alle drei herauskommen«, sagte Athanagoras und streichelte den nackten, warmen Rücken.

»Kommt nicht in Frage«, sagte der von rechts.

»Warum nicht, Bertil?« fragte Athanagoras. »Vielleicht wäre dein Bruder froh, wenn er herauskönnte.«

»Nein«, gab Brice zur Antwort. »Wir graben lieber noch weiter.«

»Habt ihr sonst nichts gefunden?« fragte Lardier.

»Es ist dort in der Ecke«, sagte Cuivre. »Töpfe und Lampen und ein Pernuklet.«

»Das sehen wir uns nachher an«, sagte Athanagoras. »Komm her«, fügte er, an Cuivre gewandt, hinzu.

»Ja, ausnahmsweise komme ich«, sagte sie.

»Deine Brüder machen einen Fehler. Sie sollten ein wenig Luft schöpfen.«

»Es kommt eine ganze Menge hier rein«, antwortete Bertil. »Und außerdem wollen wir sehen.«

Seine Hand lief über die Maschine hin und suchte nach dem Schalter. Er drückte den schwarzen Knopf ein. Die Maschine gab ein freundliches, unsicheres Brummen von sich, das stärker wurde und an Lautstärke gewann, während gleichzeitig der Ton sich ins Schrille aufschwang.

»Schuftet euch nicht zu Tode«, schrie Athanagoras über den Lärm hinweg.

Die Zähne begannen der Erde schweren Staub zu entreißen, der sofort von den Absorbern angesaugt wurde.

Brice und Bertil schüttelten lächelnd den Kopf.

»Schon gut«, sagte Brice.

»Auf Wiedersehen«, rief der Archäologe ihnen noch zu.

Er machte kehrt und ging weg. Cuivre hakte sich bei Athanagoras unter und folgte ihm. Sie schritt leicht und muskulös aus; beim Vorbeigehen ließen die elektrischen Lampen ihre orangenfarbene Haut glänzen. Hinter ihnen kam Martin Lardier, den trotz seiner besonderen Veranlagung die geschwungene Linie der Hüften der jungen Frau erregte.

Schweigend gingen sie bis zu dem Rondell, an dem alle Stollen zusammentrafen. Sie ließ Athanagoras' Arm los und ging zu einer Art in die Felsenwand gehauener Nische, aus der sie einige Kleidungsstücke hervorzog. Sie zog ihren kurzen Arbeitsrock aus und schlüpfte in eine Seidenbluse und weiße Shorts. Athanagoras und Martin drehten sich um, der erste aus Respekt, der zweite, um Dupont nicht zu betrügen, nicht einmal in Gedanken, denn unter ihrem Rock hatte Cuivre nichts an. Er hatte wirklich kein Bedürfnis danach.

Sobald sie fertig war, setzten sie ihr schnelles Voranschreiten fort und betraten rückwärts den Zugangsschacht. Martin ging als erster und Athanagoras bildete den Schluß der Gruppe.

Draußen streckte sich Cuivre. Durch die dünne Seide sah man die dunkleren Stellen ihres Oberkörpers, bis Athanagoras Martin bat, den Lichtkegel seiner Taschenlampe anderswohin zu richten.

»Das tut gut . . .«, murmelte sie. »Draußen ist alles so ruhig.«

Man hörte in der Ferne einen metallischen Schlag, dessen Echo lange über den Dünen widerhallte.

»Was ist das?« fragte sie.

»Es hat sich was Neues getan«, sagte Athanagoras. »Es gibt einen Haufen neuer Leute. Sie kommen, um eine Eisenbahn zu bauen.«

Sie näherten sich dem Zelt.

»Wie sind sie?« fragte Cuivre.

»Es sind zwei Männer«, sagte der Archäologe. »Zwei Männer und eine Frau, und außerdem Arbeiter, Kinder und Amadis Dudu.«

»Wie ist er?«

»Ein hinterfotziger Päderast«, sagte Athanagoras.

Er unterbrach sich. Er hatte Martins Anwesenheit vergessen. Aber Martin hatte sie gerade verlassen, um zu Dupont in die Küche zu gehen. Athanagoras atmete auf.

»Ich möchte Martin nicht verärgern, verstehst du?« erklärte er.

»Und die beiden Männer?«

»Der eine sieht sehr gut aus«, sagte Athanagoras. »Die Frau liebt den andern. Aber der erste liebt die Frau. Er heißt Angel. Er ist schön.«

»Er ist schön . . .«, sagte sie langsam.

»Ja«, antwortete der Archäologe. »Aber dieser Amadis . . .«

Er erschauderte.

»Komm, wir gehen was trinken. Dir wird kalt sein.«

»Ich fühle mich sehr wohl« . . ., murmelte Cuivre. »Angel. . . das ist ein komischer Name.«

»Ja«, sagte der Archäologe. »Sie haben alle komische Namen.«

Das Gaslämpchen strahlte mit seinem ganzen Licht auf den Tisch, und der Eingang des Zeltes stand weit offen, warm und einladend.

»Geh voraus«, sagte er zu Cuivre und stieß sie vor sich her.

Cuivre ging hinein.

»Guten Tag«, sagte der Abbé, der am Tisch saß und aufstand, als er sie sah.

X

»Wieviele Kanonenkugeln braucht man, um die Stadt Lyon zu zerstören?« fuhr der Abbé fort und richtete die Frage schnurstracks an den Archäologen, der hinter Cuivre in das Zelt hereinkam.

»Elf!« gab der Archäologe zur Antwort.

»Oh, verflixt, das ist zu viel. Sagen Sie drei.«

»Drei«, wiederholte Athanagoras.

Der Abbé ergriff seinen Rosenkranz und sagte ihn in aller Eile dreimal auf. Dann ließ er ihn wieder fallen. Cuivre hatte sich auf das Bett von Atha gesetzt, und letzterer sah den Pfarrer verdutzt an.

»Was machen Sie denn in meinem Zelt?«

»Ich bin gerade angekommen«, erklärte der Abbé. »Wir spielen Nachlausen!«

»Au, prima!« sagte Cuivre und klatschte dabei in die Hände. »Wir spielen Nachlausen!«

»Ich sollte gar nicht das Wort an Sie richten«, sagte der Abbé, »denn Sie sind ein schamloses Geschöpf, aber Sie haben eine ganz tolle Brust.«

»Danke«, sagte Cuivre. »Ich weiß.«

»Ich suche Claude Léon«, sagte der Abbé. »Er muß vor etwa vierzehn Tagen hier angekommen sein. Ich bin der Bezirksinspektor. Ich werde Ihnen meine Karte zeigen. Es gibt eine ganze Menge Eremiten in dieser Gegend, aber ziemlich weit von hier weg. Claude Léon hingegen muß ganz in der Nähe sein.«

»Ich habe ihn nicht gesehen«, sagte Athanagoras.

»Das will ich hoffen«, sagte der Abbé. »Ein Eremit darf laut Vorschrift seine Eremitage nicht verlassen, es sei denn, er hat hierzu vom zuständigen Bezirksinspektor durch Sonderdispens eine förmliche Erlaubnis erhalten.«

Er grüßte militärisch.

»Der Bezirksinspektor bin ich«, sagte er. »Eins, zwei, drei, die Henne legt ein Ei.«

»Vier, fünf, sechs, alte Hex'«, vervollständigte Cuivre. Sie erinnerte sich noch an den Katechismus.

»Danke«, sagte der Abbé. »Ich sagte also, daß Claude Léon wahrscheinlich nicht weit weg ist. Sollen wir ihn zusammen besuchen gehen?«

»Wir müßten etwas zu uns nehmen, bevor wir aufbrechen«, sagte Athanagoras. »Cuivre, du hast nichts gegessen. Das ist unvernünftig.«

»Ich hätte gern ein Sandwich«, sagte Cuivre.

»Trinken Sie einen Cointreau, Abbé?«

»Cointreau macht k. o.«, sagte der Abbé. »Meine Religion verbietet ihn mir. Ich werde mir eine Ausnahmebescheinigung ausstellen, wenn Sie nichts dagegen haben.«

»Aber bitte sehr«, sagte Athanagoras. »Ich werde Dupont holen. Wollen Sie Papier und einen Füllhalter?«

»Ich habe Vordrucke«, sagte der Abbé. »Einen ganzen Block mit Kontrollabschnitten. Da weiß ich auch, wo ich dran bin.«

Athanagoras ging hinaus und wandte sich nach links. Duponts Küche erhob sich gleich nebenan. Er machte die Tür auf, ohne anzuklopfen und zündete sein Feuerzeug an. Im flackernden Lichtschein erkannte er Duponts Bett, und darin lag Lardier, der schlief. Auf seinen Wangen sah man zwei trockene Tränenspuren, und dicke Schluchzer ließen seine Brust anschwellen, wie es so schön heißt . . . Athanagoras beugte sich über ihn.

»Wo ist Dupont?« fragte er.

Lardier wurde wach und begann zu weinen. Er hatte Athas Frage undeutlich in seinem Halbschlaf gehört.

»Er ist fortgegangen«, sagte er. »Er war nicht da.«

»Ach«, sagte der Archäologe. »Wissen Sie nicht, wo er gewesen ist?«

»Bei dieser Tucke Amadis, ganz bestimmt«, schluchzte Lardier. »Aber das wird sie mir büßen, diese . . .«

»Na na, Lardier«, sagte Athanagoras streng. »Im Grunde sind Sie nicht mit Dupont verheiratet . . .«

»Doch«, sagte Lardier trocken.

Er weinte nicht mehr.

»Wir haben zusammen die Flöte geblasen, als wir hier ankamen«, fuhr er fort, »wie in Notre Dame de Paris, und seitdem betreiben wir gemeinsam Arschäologie. Er ist noch für sechs Jahre mit mir verheiratet.«

»Zuerst«, sagte der Archäologe, »ist es ein Fehler, Notre Dame de Paris zu lesen, denn das ist schon alt, und dann ist es nur eine Hochzeit, wenn man will. Außerdem bin ich sehr gütig, daß ich mir Ihr Gejammer anhöre. Sie werden mir das erste Kapitel dieses Buches abschreiben, und zwar mit der linken Hand von rechts nach links. Und jetzt sagen Sie mir, wo der Cointreau ist?«

»Im Geschirrschrank«, sagte Lardier, beruhigt.

»Schlafen Sie jetzt«, sagte Athanagoras.

Er ging zum Bett, mummelte Martin ein und fuhr ihm mit der Hand durchs Haar.

»Er hat vielleicht einfach nur eine Besorgung gemacht.«

Lardier schnüffelte und gab keine Antwort. Er schien etwas ruhiger.

Der Archäologe machte den Geschirrschrank auf und fand mühelos die Cointreau-Flasche neben einem Glas Heuschrecken in Tomatensoße. Er nahm drei kleine Gläschen von anmutiger Form, die er einige Wochen zuvor bei einer einträglichen Ausgrabung entdeckt hatte und von denen er annahm, daß die Königin Nefurpitonh sich ihrer einige tausend Jahre früher als Wannen für beruhigende Augenbäder bedient hatte. Er stellte das ganze elegant auf ein Tablett. Dann schnitt er für Cuivre ein dickes Stück Brot ab, stimmte es mit dem übrigen ab und ging mit dem Tablett in sein Zelt zurück.

Der Abbé, der neben Cuivre auf dem Bett saß, hatte dieser halb die Bluse geöffnet und schaute mit gespannter Aufmerksamkeit ins Innere.

»Diese junge Frau ist sehr interessant«, sagte er zu Athanagoras, als er ihn sah.

»Ja?« sagte Athanagoras, »und worin besonders?«

»Mein Gott«, sagte der Abbé, »man kann nicht sagen, worin besonders. Das ganze vielleicht; aber sicherlich auch die verschiedenen konstitutiven Teile.«

»Haben Sie sich für die Untersuchung eine Ausnahmebescheinigung ausgestellt?« fragte Atha.

»Ich habe eine Dauerkarte«, sagte der Abbé. »Die ist bei meinem Beruf notwendig.«

Cuivre lachte ohne jede Verlegenheit. Sie hatte ihre Bluse nicht wieder zugeknöpft. Athanagoras mußte lächeln. Er stellte das Tablett auf den Tisch und hielt Cuivre das Sandwich hin.

»Sind diese Gläser aber klein! . . .« rief der Abbé. »Es ist bedauerlich, daß ich dafür ein Blatt aus meinem Block verschwendet habe. Tanquam adeo fluctuat nec mergitur.«

»Et cum spiritu tuo«, antwortete Cuivre.

»Zieh am Seil und schluck die Opferstöck'«, schlossen Athanagoras und der Abbé im Chor.

»Beim Petitjean!« rief dieser fast gleich darauf, »es ist ein Vergnügen, so fromme Leute kennenzulernen wie Sie.«

»Unser Beruf«, erklärte Athanagoras, »bringt es mit sich,

daß wir diese Dinge kennen. Obgleich wir eher Ungläubige sind.«

»Sie beruhigen mich«, sagte Petitjean. »Ich war schon dabei, mich im Zustand flüchtiger Sünde zu fühlen. Aber das ist vorbei. Sehen wir jetzt, ob dieser Cointreau kratzt, sobald man ihn ausgießt.«

Athanagoras entkorkte die Flasche und füllte die Gläser. Der Abbé stand auf und nahm eins davon. Er betrachtete es, roch und stürzte es hinunter.

»Hm«, sagte er.

Er hielt sein Glas von neuem hin.

»Wie finden Sie ihn?« fragte Athanagoras und füllte es.

Der Abbé trank das zweite Glas und dachte nach.

»Ekelhaft«, erklärte er. »Er schmeckt nach Petroleum.«

»Dann habe ich mich in der Flasche geirrt«, sagte der Archäologe. »Die beiden sahen sich gleich.«

»Sie brauchen sich nicht zu entschuldigen«, sagte der Abbé. »Er ist trotzdem leidlich.«

»Es ist gutes Petroleum«, versicherte der Archäologe.

»Gestatten Sie, daß ich zum Kotzen rausgehe?« sagte Petitjean.

»Aber bitte sehr . . . Ich gehe die andere Flasche holen.«

»Beeilen Sie sich«, sagte der Abbé. »Das Gräßliche ist nur, daß mir jetzt das Zeug wieder in den Mund kommt. Da kann man auch nichts machen, ich werde eben die Augen zukneifen.«

Wie der Wind fegte er hinaus. Cuivre lachte, sie lag auf dem Bett und hatte die Hände unterm Kopf verschränkt. Ihre schwarzen Augen und ihre gesunden Zähne fingen im Flug Lichtblitze auf. Athanagoras zögerte noch, doch dann hörte er das Gewürge Petitjeans, und sein pergamentartiges Gesicht heiterte sich wirklich auf.

»Er ist sympathisch«, sagte er.

»Er ist dumm«, sagte Cuivre. »Kann man überhaupt Pfarrer sein? Aber er ist lustig und geschickt mit seinen Händen.«

»Um so besser für dich«, sagte der Archäologe. »Ich gehe den Cointreau holen. Aber warte trotzdem, bis du Angel gesehen hast.«

»Selbstverständlich«, sagte Cuivre.

Der Abbé tauchte wieder auf.

»Kann ich hereinkommen?« fragte er.

»Gewiß«, sagte Athanagoras, der zurücktrat, um ihn vorbeizulassen, und dann ebenfalls hinausging, wobei er die Petroleumflasche mitnahm.

Der Abbé kam herein und setzte sich auf einen Segeltuchstuhl.

»Ich setze mich nicht neben Sie«, erklärte er, »weil ich nach Kotze rieche. Ich habe meine eleganten Schnallenschuhe ganz voll damit gemacht. Es ist eine Schande. Wie alt sind Sie?«

»Zwanzig«, antwortete Cuivre.

»Das ist zuviel«, sagte der Abbé. »Sagen Sie drei.«

»Drei.«

Von neuem leierte Petitjean drei Rosenkränze mit der Geschwindigkeit einer Erbsenenthülsmaschine herunter. Athanagoras tauchte in dem Augenblick wieder auf, in dem er fertig war.

»Ach«, rief der Abbé. »Mal sehen, ob dieser Cointreau zu mir hält.«

»Das ist aber ein ganz schlechter Witz«, fand Cuivre.

»Entschuldigen Sie bitte«, sagte der Abbé. »Man kann nicht ununterbrochen geistreich sein, vor allem, wenn man zwischendurch seinen Gründling ausspuckt.«

»Das ist sicher«, sagte Cuivre.

»Das ist sehr richtig«, sagte Athanagoras.

»Na, trinken wir«, sagte der Abbé. »Und anschließend werde ich Claude Léon suchen gehen.«

»Dürfen wir Sie begleiten?« fragte der Archäologe.

»Aber . . .«, sagte der Abbé. »Gedenken Sie heute nacht nicht zu schlafen?«

»Wir schlafen selten«, erklärte Athanagoras. »Mit Schlafen verliert man irrsinnig viel Zeit.«

»Das stimmt«, sagte der Abbé. »Ich weiß nicht, warum ich Sie das gefragt habe, denn ich schlafe auch nie. Wahrscheinlich bin ich verärgert, denn ich glaubte, ich sei der einzige.«

Er dachte nach.

»Ich bin wirklich verärgert. Aber es ist noch zu ertragen. Geben Sie mir Cointreau.«

»Hier«, sagte Athanagoras.

»Aha!« sagte der Abbé, und prüfte sein Glas vor dem Gaslämpchen, »das, das geht.«

Er kostete.

»Das da ist wenigstens richtiger. Aber nach dem Petroleum schmeckt er nach Eselspisse.«

Er trank den Rest und zog die Nase hoch.

»Es ist scheußlich«, schloß er. »Das wird mir eine Lehre sein, mir einfach so ins Blaue hinein Ausnahmebescheinigungen auszustellen.«

»Ist er nicht gut?« fragte Athanagoras ziemlich erstaunt.

»Doch, selbstverständlich«, sagte Petitjean, »aber es sind eben gleich dreiundvierzig Prozent, und das ist alles. Wenn ich da an einen fünfundneunzigprozentigen Rachenputzer denke oder an einen guten Verbandsalkohol. Als ich noch in der Saint-Philippe-du-Roule-Kirche war, habe ich überhaupt nichts anderes als Meßwein benutzt. Das waren Messen, die hatten Feuer im Arsch, diese Messen, das kann ich Ihnen sagen.«

»Warum sind Sie denn nicht dort geblieben?« fragte Cuivre.

»Weil sie mich rausgeschmissen haben«, sagte der Abbé. »Sie haben mich zum Inspektor ernannt. Das nennt man eine Kaltstellung, oder ich will nicht mehr Petitjean heißen.«

»Aber auf diese Weise können Sie Reisen machen«, sagte Athanagoras.

»Ja«, sagte der Abbé. »Ich bin sehr zufrieden. Gehen wir Claude Léon suchen.«

»Gehen wir«, sagte Athanagoras.

Cuivre stand auf. Der Archäologe streckte die Hand nach der Flamme des Gaslämpchens aus und drehte sie etwas kleiner, um ihr die Form einer Sparflamme zu geben, dann verließen alle drei das dunkle Zelt.

XI

»Wir gehen nun aber schon sehr lange«, sagte Athanagoras.

»Ach ja?« sagte Petitjean. »Ich habe nicht drauf geachtet. Ich war in eine übrigens klassische Meditation über die Größe Gottes und die Kleinheit des Menschen in der Wüste versunken.«

»Ja«, sagte Cuivre, »das ist nicht sehr neu.«

»Im allgemeinen«, sagte Petitjean, »denke ich nicht in der gleichen Farbe wie meine Kollegen, und das gibt meinen Meditationen Charme und gleichzeitig einen sehr persönlichen Anstrich. In diese hatte ich ein Fahrrad eingeschmuggelt.«

»Ich frage mich nur, wie Sie das gemacht haben«, sagte Athanagoras.

»Nicht wahr?« sagte Petitjean. »Ich habe mich das anfangs auch gefragt, aber jetzt gelingen mir diese Kunststücke spielend. Ich brauche nur an ein Fahrrad zu denken und schwupp, haut's hin.«

»So erklärt«, sagte Athanagoras, »erscheint es einfach.«

»Ja«, sagte der Abbé, »aber verlassen Sie sich nicht drauf. Was ist denn das da vorn?«

»Ich sehe nichts«, sagte Athanagoras und riß die Augenlider weit auf.

»Es ist ein Mann«, sagte Cuivre.

»Ach! . . .« sagte Petitjean. »Es ist vielleicht Léon.«

»Das glaube ich nicht«, sagte Athanagoras. »Heute morgen war nichts da.«

Während sie diskutierten, kamen sie der Sache näher. Nicht sehr schnell, denn die Sache bewegte sich in die gleiche Richtung.

»Heda! . . .« schrie Athanagoras.

»Heda! . . .« antwortete Angels Stimme.

Es blieb stehen und es war Angel. Sie hatten ihn in wenigen Augenblicken erreicht.

»Guten Tag«, sagte Athanagoras. »Ich möchte Ihnen Cuivre und Abbé Petitjean vorstellen.«

»Guten Tag«, sagte Angel.

Er drückte die Hände.

»Gehen Sie spazieren?« fragte Petitjean. »Sicherlich meditieren Sie.«

»Nein«, sagte Angel. »Ich ging fort.«

»Wohin?« fragte der Archäologe.

»Anderswohin«, sagte Angel. »Sie machen einen solchen Lärm im Hotel.«

»Wer?« fragte der Abbé. »Wissen Sie, ich bin von einer nicht zu überbietenden Indiskretion.«

»Oh, ich kann es Ihnen sagen«, sagte Angel. »Es ist kein Geheimnis. Es sind Rochelle und Anne.«

»Aha!« sagte der Abbé, »sie sind gerade dabei . . .«

»Sie kann es nicht tun, ohne dabei zu schreien«, sagte Angel. »Es ist entsetzlich. Ich bin im Zimmer nebenan. Ich konnte es nicht mehr ertragen, länger zu bleiben.«

Cuivre trat nahe an Angel heran; sie legte ihm die Arme um den Hals und küßte ihn.

»Kommen Sie«, sagte sie. »Kommen Sie mit uns, wir gehen Claude Léon suchen. Wissen Sie, Abbé Petitjean ist sehr lustig.«

Die lichtgelbe Nacht wurde von fadenförmigen Lichtbündeln, die unter verschiedenen Winkeln von den Sternen herabfielen, zerhackt. Angel versuchte, das Gesicht der jungen Frau zu sehen.

»Sie sind lieb«, sagte er.

Abbé Petitjean und Athanagoras gingen voraus.

»Nein«, sagte sie. »Ich bin nicht besonders lieb. Wollen Sie wissen, wie ich bin?«

»Ich möchte«, sagte Angel.

»Zünden Sie Ihr Feuerzeug an.«

»Ich habe kein Feuerzeug.«

»Dann tasten Sie mit Ihren Händen«, sagte sie und rückte ein wenig von ihm ab.

Angel legte seine Hände auf ihre geraden Schultern und fuhr dann aufwärts. Seine Finger irrten über Cuivres Wangen, über ihre geschlossenen Augen und verloren sich in ihren schwarzen Haaren.

»Ihr Parfüm riecht seltsam«, sagte er.

»Wonach?«

»Nach Wüste.«

Er ließ die Arme wieder fallen.

»Sie kennen ja nur mein Gesicht . . .«, protestierte Cuivre.

Angel sagte nichts und rührte sich nicht. Sie trat näher an

ihn heran und warf ihm von neuem beide Arme um den Hals. Sie sprach ganz nahe an seinem Ohr, ihre Wange an der des jungen Mannes.

»Sie haben geweint.«

»Ja«, murmelte Angel.

Er blieb reglos.

»Sie dürfen nicht wegen einem Mädchen weinen. Das sind die Mädchen nicht wert.«

»Ich weine nicht ihretwegen«, sagte Angel. »Ich weine wegen dem, was sie war und wegen dem, was sie sein wird.«

Er schien aus einem schweren Halbschlaf zu erwachen, und seine Hände legten sich um die Taille der jungen Frau.

»Sie sind lieb«, sagte er noch einmal. »Kommen Sie, wir wollen sie einholen.«

Sie löste seine Umarmung und nahm ihn bei der Hand. Sie liefen über den Sand der Dünen. In der Dunkelheit stolperten sie, und Cuivre lachte.

Abbé Petitjean hatte Athanagoras gerade erklärt, wie Claude Léon zum Eremiten ernannt worden war.

»Verstehen Sie«, sagte er, »daß dieser Junge es nicht verdiente, im Gefängnis zu bleiben.«

»Gewiß«, sagte Athanagoras.

»Nicht wahr«, sagte Petitjean. »Er verdiente es, guillotiniert zu werden. Aber der Bischof hat schließlich einen langen Arm.«

»Umso besser für Léon.«

»Wohlgemerkt, das ändert nicht viel. Eremit zu sein, ist nur komisch, wenn man will. Nun, das gewährt ihm immerhin einige Jahre Aufschub.«

»Warum?« fragte Cuivre, die das Ende des Satzes gehört hatte.

»Weil man nach drei oder vier Jahren Eremitage«, sagte der Abbé, »in der Regel verrückt wird. Dann läuft man geradewegs vor sich hin und bringt das erstbeste kleine Mädchen um, das einem in den Weg läuft, um es zu vergewaltigen.«

»Immer?« sagte Angel verwundert.

»Immer«, behauptete Petitjean. »Es wird nur ein Beispiel erwähnt, das die Ausnahme von der Regel bestätigt.«

»Wer war das?« sagte Athanagoras.

»Ein sehr anständiger Kerl«, sagte Petitjean. »Wirklich ein Heiliger. Eine lange Geschichte, aber verdammt erbaulich.«

»Erzählen Sie sie uns . . .«, bat Cuivre in überredendem und flehendem Ton.

»Nein«, sagte der Abbé. »Das geht unmöglich. Das dauert zu lange. Ich werde Ihnen sagen, wie es ausgeht. Er ist geradeaus gelaufen, und das erste kleine Mädchen, das ihm über den Weg gelaufen ist . . .«

»Schweigen Sie«, sagte Athanagoras. »Das ist ja entsetzlich . . .!«

»Sie hat ihn getötet«, sagte Petitjean. »Sie war eine Wahnsinnige.«

»Oh«, seufzte Cuivre, »das ist ja entsetzlich. Der arme Junge. Wie hieß er denn?«

»Petitjean«, sagte der Abbé. »Nein! Entschuldigen Sie bitte. Ich dachte an was anderes. Er hieß Leverrier.«

»Das ist ja außergewöhnlich«, bemerkte Angel. »Ich kannte einen, dem das gleiche nie passiert ist.«

»Dann ist es nicht derselbe«, sagte der Abbé. »Oder aber ich bin ein Lügner.«

»Natürlich . . .«, sagte Athanagoras.

»Schauen Sie«, sagte Cuivre, »gar nicht weit weg ist ein Licht.«

»Wir müssen angekommen sein«, verkündete Petitjean. »Entschuldigen Sie, ich muß zuerst einmal allein hingehen. Sie kommen hinterher. Das ist Vorschrift.«

»Es ist doch niemand da, der kontrolliert«, sagte Angel. »Wir könnten Sie begleiten.«

»Und mein Gewissen . . .?« sagte Petitjean. »Pimpanello, der König der Schmetterlinge . . .«

»Verfing sich beim Ballspiel in der Schlinge! . . .« riefen im Chor die drei andern.

»Gut«, sagte Petitjean. »Wenn Sie das Ritual genauso gut kennen wie ich, können Sie alle drei mitkommen. Mir persönlich ist das lieber, denn allein langweile ich mich zu Tode.«

Er machte einen beachtlichen Satz und sich um die eigene Achse drehend, fiel er wieder zu Boden, auf den Fersen hockend. Seine Soutane, die sich um ihn herum entfaltet hatte, bildete eine große schwarze Blume, die man undeutlich auf dem Sand erkannte.

»Gehört das zum Ritual?« fragte der Archäologe.

»Nein!« sagte der Abbé. »Das stammt aus der Trickkiste meiner Großmutter, wenn sie am Strand pinkeln wollte, ohne daß es jemand merkte. Ich muß dazu noch sagen, daß ich meine apostolische Unterhose nicht anhabe. Es ist zu heiß. Ich habe eine Dispens.«

»Alle diese Dispensen müssen Sie doch beschweren«, bemerkte Athanagoras.

»Ich habe sie auf Mikrofilm kopieren lassen«, sagte Petitjean. »Das ergibt eine Rolle von wirklich geringem Umfang.«

Er stand wieder auf.

»Gehen wir!«

Claude Léon war in einer kleinen, schmuck hergerichteten Hütte aus weißem Holz untergebracht. Ein Kieselsteinbett nahm einen Winkel des Hauptraums ein, und das war alles.

Eine Tür führte zur Küche. Durch das verglaste Fenster erblickten sie Claude selber, der vor seinem Bett kniend meditierte, den Kopf zwischen den Händen. Der Abbé ging hinein.

»Kuckuck!« sagte er.

Der Eremit sah auf.

»Aber es ist doch noch viel zu früh«, sagte er. »Ich habe doch erst bis fünfzig gezählt.«

»Spielen Sie Verstecken, mein Sohn?« sagte Petitjean.

»Ja, Pater«, sagte Claude Léon. »Mit Lavande.«

»Aha«, sagte der Abbé. »Darf man mitspielen?«

»Selbstverständlich«, sagte Claude.

Er stand auf.

»Ich gehe Lavande holen und sage es ihr. Sie wird bestimmt sehr froh sein.«

Er ging in die Küche. Angel, Cuivre und der Archäologe kamen hinter dem Abbé herein.

»Verrichten Sie keine Sondergebete, wenn Sie einen Eremiten treffen?« verwunderte sich Cuivre.

»Oh nein«, sagte der Abbé. »Er gehört ja jetzt zur Zunft! Dieser Klamauk ist was für die Laien. Ansonsten halten wir uns an die üblichen Regeln.«

Léon kam mit einer bezaubernden Negerin zurück. Sie hatte ein ovales Gesicht, eine schmale, gerade Nase, große blaue Augen und eine ungewöhnliche Masse roter Haare. Sie war mit einem schwarzen Büstenhalter bekleidet.

»Das ist Lavande«, erklärte Claude Léon. »Oh«, sagte er, als er die drei andern Besucher sah, »guten Tag. Wie geht es Ihnen?«

»Ich heiße Athanagoras«, sagte der Archäologe. »Der da ist Angel und das ist Cuivre.«

»Spielen Sie mit Verstecken?« schlug der Eremit vor.

»Wir haben jetzt ein ernstes Wort miteinander zu reden, mein Sohn«, sagte der Abbé. »Ich muß meine Inspektion machen. Ich habe Ihnen Fragen zu stellen, für meinen Bericht.«

»Wir lassen Sie allein«, sagte Athanagoras.

»Mitnichten«, sagte Petitjean. »Ich brauche dafür nur fünf Minuten.«

»Setzen Sie sich«, sagte Lavande. »Kommen Sie mit in die Küche, wir lassen sie arbeiten.«

Ihre Haut hatte genau die Farbe von Cuivres Haar und umgekehrt. Angel versuchte sich die Mischung vorzustellen, und es wurde ihm schwindlig.

»Sie haben es absichtlich getan«, sagte er zu Cuivre.

»Aber nein«, antwortete Cuivre. »Ich kannte sie gar nicht.«

»Glauben Sie mir«, sagte Lavande, »es ist reiner Zufall.«

Sie gingen in die Küche. Der Abbé blieb mit Léon allein.

»Na«, sagte Petitjean.

»Nichts zu melden«, sagte Léon.

»Gefällt es Ihnen hier?«

»Es geht.«

»Wie weit sind Sie mit der Gnade?«

»Die kommt und geht.«

»Gedanken?«

»Schwarz«, sagte Léon. »Aber bei Lavande ist das entschuldbar. Schwarz, aber nicht trübsinnig. Schwarz und feurig.«

»Das ist die Farbe der Hölle«, sagte der Abbé.

»Ja«, sagte Claude Léon, »aber das Innere von ihr ist rosaroter Samt.«

»Wirklich?«

»Die reine Wahrheit.«

»Picoti, picota, hoch den Schwanz und spring hinab.«

»Amen!« antwortete der Eremit.

Abbé Petitjean dachte nach.

»Es sieht mir ganz so aus, als sei das alles in Ordnung«, sagte er. »Ich glaube, daß Sie einen vorzeigbaren Eremiten abgeben. Sie müßten ein Schild anbringen. Dann kämen die Leute Sie sonntags besuchen.«

»Mach ich gern«, sagte Claude Léon.

»Haben Sie sich schon eine heilige Handlung ausgesucht?«

»Eine was?«

»Das hat man Ihnen doch sicherlich erklärt«, sagte der Abbé. »Auf einer Säule stehen oder sich fünfmal täglich geißeln oder ein härenes Hemd tragen oder Steine essen oder jeden Tag vierundzwanzig Stunden lang beten undsoweiter.«

»Davon hat mir niemand was gesagt«, sagte Claude Léon. »Kann ich mir was anderes aussuchen? Das kommt mir alles nicht heilig genug vor, und außerdem ist es schon gemacht worden.«

»Hüten Sie sich vor der Originalität, mein Sohn«, sagte der Abbé.

»Ja, Pater«, antwortete der Eremit.

Er meditierte einige Augenblicke.

»Ich kann Lavande ficken . . .«, schlug er vor.

Diesmal war es der Abbé, der intensiv nachdachte.

»Ich persönlich«, sagte er, »habe nichts dagegen. Aber haben Sie auch bedacht, daß Sie es jedes Mal tun müssen, wenn Besucher da sind?«

»Das ist angenehm«, antwortete Claude Léon.

»Dann ist alles in Ordnung. Rosaroter Samt, wirklich?«

»Wirklich.«

Der Abbé erschauderte, und die Haare in seinem Nacken sträubten sich. Er fuhr sich mit der Hand über den Unterleib.

»Entsetzlich«, sagte er. »Nun, das ist alles, was ich Ihnen zu sagen hatte. Ich werde Ihnen von der Eremitenhilfe zusätzliche Konserven liefern lassen.«

»Oh, ich hab' noch«, sagte Claude.

»Sie werden viele brauchen. Sie werden eine Menge Besucher bekommen. Sie bauen eine Eisenbahn in der Gegend.«

»Verflixt«, sagte Claude Léon.

Er war bleich, aber positiv entzückt.

»Ich hoffe, daß sie oft kommen werden . . .«

»Sie jagen mir Entsetzen ein, ich muß es noch einmal sagen«, sagte Abbé Petitjean. »Und dabei bin ich hart im Nehmen. Enne, benne, Tintenfaß . . .«

»Geh zur Schule, lerne was«, schloß der Eremit.

»Gehen wir zu den andern«, schlug Petitjean vor. »Und mit Ihrer heiligen Handlung bin ich einverstanden. Ich werde meinen Bericht in diesem Sinne abfassen.«

»Danke«, sagte Claude.

Übergang

Amadis Dudu ist, ohne den Schatten eines Zweifels, ein entsetzlicher Bursche. Er geht aller Welt auf die Nerven, und vielleicht wird er in der Mitte aus dem Wege geräumt, einfach weil er unehrlich, hochmütig, anmaßend und überheblich ist. Zu allem Überdruß, homosexuell. Fast alle handelnden Personen haben jetzt ihre Plätze eingenommen, und es werden sich daraus Dinge der verschiedensten Art ergeben. Zunächst einmal der Bau der Eisenbahn, und das stellt ein ganz schönes Stück Arbeit dar, weil sie den Schotter vergessen haben. Dabei ist der ganz wichtig, und man kann ihn nicht durch Schneckenhäuschen kleiner gelber Schnecken ersetzen, wie es niemand vorgeschlagen hat. Die Schienen werden vorläufig an den Schwellen festgeschraubt und in der Luft hängengelassen, bis der Schotter kommt und darunter aufgeschüttet wird. Natürlich kann man ein Gleis auch auf diese Weise bauen. Dabei habe ich nicht diese Geschichte mit dem Schotter im Auge gehabt, als ich angekündigt habe, ich würde auch von den Kieselsteinen der Wüste erzählen. Sicherlich lag darin so etwas wie eine grobe und leicht intellektuelle symbolische Darstellungsweise, doch es versteht sich von selbst, daß sich die Atmosphäre einer solchen Wüste auf die Dauer als leidlich deprimierend erweist, hauptsächlich wegen dieser schwarzstreifigen Sonne. Zum Schluß möchte ich darauf hinweisen, daß noch eine neue Nebenperson hinzukommen sollte: Alfredo Jabès, der genau Bescheid weiß über Modellflugzeuge; aber es ist jetzt zu spät. Crucs Schiff wird untergehen, und wenn er ankommt, wird alles vorbeisein. Daher werde ich erst beim nächsten Übergang davon erzählen oder auch gar nicht.

Zweiter Satz

I

Das Wetter war kühl und gewittrig, ohne eine Spur von Wind. Die grünen Gräser standen wie gewöhnlich starr und steif, und die Sonne bleichte unermüdlich ihre scharfen Spitzen. Erschöpft schlossen sich die Moosblumen halb; Joseph Barrizone hatte alle Jalousien seines Restaurants, über dem ein Flimmern aufstieg, heruntergelassen. Davor wartete das gelbschwarze Taxi mit hochgeklapptem Schild. Die Lastwagen waren gerade auf der Suche nach Schotter weggefahren, und die Ingenieure arbeiteten in ihren Zimmern, während die ausführenden Organe damit begannen, das Ende der Schienen, die nicht rechtwinklig geschnitten waren, abzufeilen; in der Atmosphäre dröhnte das melodische Quietschen der neuen Feilen. Angel sah von seinem Fenster aus Olive und Didiche, die Hand in Hand weggingen, um einen kleinen braunen Korb mit Brimmen zu füllen. Neben ihm trocknete die Tinte auf seinem Zeichenbrett. In dem Raum nebenan stellte Anne Berechnungen an, und etwas weiter diktierte Amadis Rochelle Briefe, während in der Kneipe unten dieser Schuft von Arland einen trank, bevor er Marin und Carlo wieder anschnauzen ging. Über sich hörte Angel die Schritte von Professor Frißtfrist dröhnen, der den ganzen Speicher zu einem vorbildlichen Krankenrevier umgebaut hatte. Da niemand krank war, benutzte er den Operationstisch, um darauf seine kleinen Flugzeuge zu bauen. Von Zeit zu Zeit hörte Angel ihn vor Freude in die Luft springen, und manchmal drang Geschrei mit einem heftigen Geräusch in die Zimmerdecke, nämlich dann, wenn er den Assistenzarzt anschnauzte, dessen jammerndes Timbre darauf eine Weile summte.

Von neuem beugte sich Angel über sein Zeichenbrett. Wenn man sich an die Angaben Amadis Dudus hielt, konnte es nicht den geringsten Zweifel geben. Er schüttelte den

Kopf und legte seine Reißfeder hin. Er streckte sich und ging mit gelangweiltem Schritt zur Tür.

»Kann ich hereinkommen?«

Es war Angels Stimme. Anne sah auf und sagte ja.

»Grüß dich, alter Junge.«

»Guten Tag«, sagte Angel. »Kommst du voran?«

»Ja«, sagte Anne. »Ich bin fast fertig.«

»Eines finde ich unangenehm.«

»Was?«

»Man wird Barrizone enteignen müssen.«

»Sag nur?« sagte Anne. »Ist das sicher?«

»Absolut sicher. Ich habe meine Dings zweimal gemacht.«

Anne schaute sich die Berechnungen und die Zeichnung an.

»Du hast recht«, sagte er. »Die Bahnlinie wird mitten durchs Hotel führen.«

»Was sollen wir tun?« sagte Angel. »Wir müssen sie umleiten.«

»Amadis wird nicht wollen.«

»Sollen wir ihn fragen gehen?«

»Gehen wir«, sagte Anne.

Er entfaltete seinen massigen Körper und stieß den Stuhl zurück.

»So was Blödes«, sagte er.

»Ja«, sagte Angel.

Anne ging hinaus. Angel folgte ihm und schloß die Tür. Anne gelangte vor der Tür von Amadis an, hinter der man ein Stimmengewirr hörte und die kurzen Explosionen der Schreibmaschine. Er klopfte zweimal.

»Herein!« rief Amadis.

Die Maschine setzte aus. Anne und Angel gingen hinein, und Angel schloß die Tür.

»Was ist los?« fragte Amadis. »Ich mag es nicht, wenn man mich stört.«

»Es haut nicht hin«, sagte Anne. »Nach Ihren Angaben wird die Eisenbahnlinie das Hotel durchschneiden.«

»Welches Hotel?«

»Dieses hier. Das Hotel Barrizone.«

»Na und«, sagte Amadis. »Was macht das schon? Wir werden ihn enteignen lassen.«

»Kann man die Linie nicht umleiten?«

»Sie sind wohl krank, mein Freund«, sagte Amadis. »Und überhaupt, warum mußte sich Barrizone ausgerechnet mitten in der Wüste niederlassen, ohne sich zu fragen, ob das niemanden stören würde?«

»Es störte niemanden«, bemerkte Angel.

»Sie sehen, daß es doch stört«, sagte Amadis. »Meine Herren, Sie werden bezahlt, um Berechnungen anzustellen und Pläne zu zeichnen. Ist das geschehen?«

»Wir sind dabei«, sagte Anne.

»Nun, wenn Sie noch nicht fertig sind, dann sehen Sie zu, daß Sie damit fertig werden. Ich werde den großen Verwaltungsrat mit dieser Angelegenheit befassen, aber es steht außer Zweifel, daß die vorgesehene Trassierung beibehalten werden muß.«

Er wandte sich an Rochelle.

»Machen wir weiter, Mademoiselle.«

Angel sah Rochelle an. Im Licht der heruntergelassenen Jalousie hatte sie ein sanftes, regelmäßiges Gesicht, doch die Müdigkeit hatte ihre Augen ein wenig überanstrengt. Sie lächelte Anne zu. Die beiden Burschen verließen Amadis' Büro.

»Na?« sagte Angel.

»Wir machen eben weiter«, sagte Anne und zuckte die Achseln. »Was kann uns eigentlich daran liegen?«

»Oh, nichts«, murmelte Angel.

Am liebsten wäre er zu Amadis reingegangen, hätte ihn getötet und Rochelle geküßt. Der Fußboden im Flur aus ungehobelten Brettern roch ein wenig nach Waschbrühe, und gelber Sand kam aus den Ritzen. Am Ende des Flurs bewegte ein leichter Luftzug einen schweren Moosblumenzweig vor dem Fenster. Angel hatte von neuem dieses Gefühl wachzuwerden, das er an jenem Abend gehabt hatte, als sie Claude Léon einen Besuch abstatteten.

»Ich habe die Nase voll«, sagte er. »Komm, wir machen einen Spaziergang.«

»Wieso das?«

»Laß deine Berechnungen. Wir machen einen Gang.«

»Wir müßten sie trotzdem abschließen«, sagte Anne.

»Wir werden sie hinterher abschließen.«

»Ich bin völlig kaputt«, sagte Anne.

»Deine eigene Schuld.«

Anne lächelte selbstgefällig.

»Es ist meine eigene Schuld«, sagte er, »aber nicht ganz. Wir sind zu zweit bei der Sache.«

»Du hättest sie ja nicht mitzunehmen brauchen«, sagte Angel.

»Dann hätte ich nicht so großen Schlaf.«

»Niemand zwingt dich, jeden Abend mit ihr zu schlafen.«

»Sie hat das gern«, sagte Anne.

Angel zögerte, bevor er es sagte.

»Sie hätte das auch mit jedem andern gern.«

»Das glaube ich nicht«, antwortete Anne.

Er dachte ein wenig nach. Er sprach ohne Überheblichkeit.

»Mir wäre es lieber, sie würde es so ziemlich mit jedem treiben, und es wäre mir egal. Aber sie will es nur mit mir machen; außerdem wäre es mir noch nicht egal.«

»Warum heiratest du sie nicht?«

»Oh«, sagte Anne, »weil ein Augenblick kommen wird, wo es mir egal ist. Auf diesen Augenblick warte ich.«

»Und wenn er nicht kommt?«

»Es wäre möglich, daß er nicht käme«, sagte Anne, »wenn sie meine erste Frau wäre. Aber es gibt immer so etwas wie einen Abbau. Die erste liebst du sehr heftig, meinetwegen zwei Jahre lang. Und dann stellst du fest, daß sie nicht mehr so auf dich wirkt wie früher.«

»Warum denn nicht?« sagte Angel. »Wenn du sie liebst.«

»Glaub mir«, sagte Anne. »Es ist so. Es kann länger dauern als zwei Jahre, oder weniger lang, falls du eine schlechte Wahl getroffen hast. Du stellst dann fest, daß eine andere so auf dich wirkt, wie die erste auf dich gewirkt hat. Und so fort. Wohlgemerkt, du kannst die erste nach wie vor treffen, lieben, mit ihr schlafen, aber es ist nicht mehr das gleiche. Es wird so etwas wie ein Reflex.«

»Deine Geschichte ist uninteressant«, sagte Angel. »Ich glaube nicht, daß ich so bin.«

»Du kannst gar nichts dagegen tun«, sagte Anne. »Wir sind alle so. Im Grunde braucht man nicht eigens eine Frau.«

»Physisch«, sagte Angel, »vielleicht.«

»Nein«, sagte Anne. »Nicht nur physisch; selbst intellektuell gesehen ist keine Frau unentbehrlich. Sie sind zu verquer.«

Angel sagte nichts. Sie waren im Flur stehengeblieben, Anne lehnte sich an den Rahmen der Tür seines Büros. Angel schaute ihn an. Er atmete etwas heftiger und dann sprach er.

»Das sagst ausgerechnet du, Anne . . . Das sagst ausgerechnet du? . . .«

»Ja«, sagte Anne. »Ich weiß.«

»Wenn man mir Rochelle geben würde«, sagte Angel, »wenn sie mich lieben würde, bräuchte mich nie eine andere Frau zu lieben.«

»Doch, in zwei, drei oder vier Jahren. Und wenn sie dich dann noch genauso lieben würde, würdest du es einzurichten wissen, dich zu verändern.«

»Warum?«

»Damit sie dich nicht mehr liebt.«

»Ich bin nicht wie du«, sagte Angel.

»Sie haben keine Phantasie«, sagte Anne, »und sie glauben, daß sie ausreichen, um ein Leben zu erfüllen. Aber es gibt noch soviele andere Dinge.«

»Nein«, sagte Angel. »Ich habe das auch gesagt, bevor ich Rochelle gekannt habe.«

»Daran hat sich nichts geändert. Das hat nicht aufgehört, wahr zu sein, weil du Rochelle kennst. Es gibt soviele andere Dinge. Allein schon dieses grüne, spitze Gras. Allein schon dieses Gras anfassen und zwischen den Fingern ein gelbes Schneckenhaus zu zerbrechen, hier, auf diesem gelben, heißen Sand, und die kleinen, leuchtenden, braunen Körner anzuschauen, die in diesem trockenen Sand sind, und sie zwischen den Fingern zu spüren. Und eine nackte, blaue, kalte Schiene zu sehen, die hell klingt, und Dampf aus einem Auspuff kommen zu sehen oder was weiß ich was sonst noch . . .«

»Und das sagst ausgerechnet du, Anne . . .«

»Oder diese Sonne und die schwarzen Zonen . . . und wer weiß, was dahinter ist . . . Oder die Flugzeuge von Professor Frißtfrist, oder eine Wolke oder in der Erde graben und Dinge finden. Oder eine Musik hören.«

Angel schloß die Augen.

»Laß mir Rochelle«, flehte er. »Du liebst sie doch nicht.«

»Ich liebe sie«, sagte Anne. »Aber mehr kann ich nicht tun, auch nicht, daß alles andere nicht mehr existiert. Ich lasse sie dir, wenn du willst. Sie will nicht. Sie will, daß ich die ganze Zeit über an sie denke und daß ich nur für sie und durch sie lebe.«

»Weiter«, sagte Angel. »Sag mir, was sie will.«

»Sie will, daß die übrige Welt tot und abgestumpft ist. Sie will, daß alles vernichtet wird und wir beide allein zurückbleiben. Sie will, daß ich Amadis Dudus Stelle einnehme. Dann wird sie meine Sekretärin sein.«

»Du richtest sie zugrunde«, murmelte Angel.

»Möchtest du, daß du es tust?«

»Ich würde sie nicht zugrunderichten«, sagte Angel. »Ich würde sie nicht berühren. Sie nur küssen und sie nackt in ein weißes Tuch einschlagen.«

»Sie sind nicht so«, sagte Anne. »Sie wissen nicht, daß es etwas anderes gibt. Sehr wenige wissen es jedenfalls. Es ist nicht ihre Schuld. Sie trauen sich nicht. Sie haben nicht einmal eine Vorstellung von dem, was es zu tun gibt.«

»Aber was gibt es denn zu tun?«

»Auf der Erde sein«, sagte Anne. »Auf der Erde sein auf diesem Sand mit ein wenig Wind und leerem Kopf; oder umhergehen und alles sehen und Dinge tun, Steinhäuser bauen für die Leute, ihnen Autos geben, Licht, alles, was jeder haben kann, damit sie ebenfalls nichts zu tun brauchen und auf dem Sand liegen, in der Sonne, mit leerem Kopf und mit Frauen schlafen.«

»Mal willst du«, sagte Angel, »und mal nicht.«

»Ich will ständig«, sagte Anne, »aber ich will das Übrige ebenfalls.«

»Richte Rochelle nicht zugrunde«, sagte Angel.

Er flehte mit zitternder Stimme. Anne fuhr sich mit der Hand über die Stirn.

»Sie richtet sich selber zugrunde«, sagte er. »Du wirst sie nicht daran hindern können. Hinterher, wenn ich sie verlassen haben werde, wird sie sehr ramponiert aussehen, aber wenn sie dich liebt, wird sie sich sehr schnell wieder erholen. Sie wird fast aussehen wie vorher. Allerdings wird sie sich von neuem verbrauchen, und zwar doppelt so schnell, und das wirst du nicht ertragen können.«

»Und dann . . .?« sagte Angel.

»Und dann, ich weiß nicht, was du dann tun wirst«, sagte Anne. »Jedenfalls wird sie sich mit einer Geschwindigkeit verbrauchen, die mit geometrischer Progression zunimmt.«

»Versuch häßlich zu ihr zu sein«, sagte Angel.

Anne lachte.

»Ich kann noch nicht, ich liebe sie noch, ich schlafe noch gern mit ihr.«

»Halt den Mund«, sagte Angel.

»Ich werde meine Berechnungen fertigstellen«, sagte Anne. »Du bist ein Dummkopf. Hübsche Mädchen gibt es überall.«

»Sie langweilen mich«, sagte Angel. »Mein Kummer ist zu groß.«

Anne drückte mit seiner starken Hand seine Schulter.

»Mach einen Spaziergang«, sagte er. »Geh etwas Luft schöpfen. Und denk an was anderes.«

»Ich wollte ja spazierengehen«, sagte Angel. »Aber du hast nicht gewollt. An etwas anderes kann ich nicht denken. Sie hat sich so stark verändert.«

»Aber nein«, sagte Anne. »Sie weiß nur etwas besser, wie sie sich in einem Bett zu verhalten hat.«

Angel schnuffte und ging weg. Anne lachte. Er machte die Tür auf und ging in sein Büro.

II

Angels Füße rutschten im heißen Sand aus und er spürte, wie durch das Ledergitter seiner Reformsandalen hindurch die winzigen Körnchen zwischen seine Zehen rannen. Er hatte noch Annes Worte und Annes Stimme in seinen Ohren, aber seine Augen sahen das sanfte, frische Gesicht Rochelles, die in Amadis Dudus Büro vor der Schreibmaschine saß, den klaren Bogen ihrer Augenbrauen und ihren glänzenden Mund.

Weit vor ihm fiel der erste schwarze Streifen faltenlos herab und zerschnitt den Boden mit einer dunklen Linie, die sich gerade und unflexibel eng an die Windungen der Dünen schmiegte. Er ging schnell, so schnell er es auf diesem unbeständigen Gelände tun konnte, wobei er bergan bei jedem Schritt einige Zentimeter verlor, um dann mit hoher Geschwindigkeit die sanft gerundeten Abhänge wieder herunterzupurzeln, physisch glücklich, daß seine Fußspuren die ersten waren, die den gelben Trampelpfad markierten. Allmählich beruhigte sich sein Schmerz, heimtückisch ausgedörrt von der porösen Reinheit all dessen, was ihn umgab, von der absorbierenden Gegenwart der Wüste.

Die Schattenfranse kam näher, errichtete für alle Zeit eine kahle, matte Mauer, die anziehender war als ein richtiger Schatten, denn es war eher das Fehlen eines Lichtes, eine kompakte Leere, eine Unterbrechung der Kontinuität, deren Strenge nichts zu stören vermochte.

Es blieben Angel nur noch einige Schritte zu tun, bevor er in die Dunkelheit eintauchen würde. Er stand am Fuße der Mauer und schüchtern streckte er die Hand aus. Seine Hand verschwand vor seinen Augen, und er spürte die Kälte der anderen Zone. Ohne zu zögern, drang er völlig ein, und der dunkle Schleier umhüllte ihn plötzlich.

Er ging langsam. Ihm war kalt; sein Herz schlug stärker. Er wühlte in seiner Tasche, fand eine Schachtel Streichhölzer, zündete eins davon an. Er hatte den Eindruck, daß es aufflammte, doch die Nacht blieb total. Ein wenig entsetzt ließ er das Streichholz fallen und rieb sich die Augen. Von neuem strich er sorgfältig mit dem kleinen Stück Phosphor über die rauhe Fläche der Schachtel. Er hörte das Zischen des Streichholzes, das Feuer fing. Er steckte die Schachtel wieder in seine linke Tasche, und tastend, nach Gefühl, näherte er seinen freien Zeigefinger dem dünnen Holzspan. Er zog ihn sofort von der Brandstelle zurück und ließ das zweite Streichholz fallen.

Vorsichtig drehte er sich um und versuchte, an seinen Ausgangspunkt zurückzugehen. Er hatte den Eindruck, daß er länger ging als auf dem Hinweg, und immer noch herrschte undurchdringliche Nacht. Er blieb ein zweites Mal stehen. Sein Blut kreiste schneller in seinen Adern, und seine

Hände waren eiskalt. Er setzte sich hin; er mußte sich beruhigen; er schob seine Hände unter die Achselhöhlen, um sich zu wärmen.

Er wartete. Das Klopfen seines Herzens ließ nach. In seinen Gliedern hielt sich der Eindruck der Bewegungen, die er seit seinem Eintritt in die Dunkelheit ausgeführt hatte. Bedächtig, ohne Hast, orientierte er sich von neuem, und mit entschlossenem Schritt ging er der Sonne entgegen. Einige Sekunden später spürte er die Berührung mit dem heißen Sand, und reglos und gelb loderte vor seinen blinzelnden Augen die Wüste. In sehr weiter Entfernung sah er das Flimmern über dem Flachdach des Hotels Barrizone.

Er entfernte sich von der Schattenmauer und ließ sich in den fließenden Sand fallen. Vor seinen Augen glitt eine Brimme träge auf ein langes, gebogenes Gras, das sie mit einem schillernden Film bedeckte. Er streckte sich aus, wobei er für jedes seiner Glieder einen Platz grub, und seine Muskeln und sein Gehirn völlig entspannend, ließ er sich atmen, ruhig und traurig.

III

Versammlung

1)

Präsident Ursus de Janpolent runzelte die Stirn, als er ankam, denn der Amtsdiener war nicht auf seinem Posten. Dennoch ging er hinein und betrat den Versammlungsraum. Er runzelte die Stirn erneut: niemand um den Tisch. Er erreichte mit Daumen und Zeigefinger den Anfang seiner goldenen Uhr, ein Anfang, der sich in Form einer Kette aus dem gleichen Metall materialisierte, und zog daran. Sonderbarerweise zeigte dieses untadelige Getriebe die gleiche Stunde an, die ihn kurz zuvor zu solcher Eile angetrieben hatte. Da er sich somit die kombinierte, nicht aber komplottierte, wie ihm der Verdacht gekommen war, Abwesenheit des Amtsdieners und der Mitglieder des Verwaltungsrats erklären konnte, trat er laufend den Rückweg zu seiner Limousine an und befahl seinem diensteifrigen Chauffeur ausdrücklich, ihn irgendwohin zu fahren, weil es nämlich nicht sein durfte, daß man den Präsidenten eines Verwaltungsrates als ersten ankommen sah, zum Donnerwetter, nein!

2)

Der Amtsdiener, ein müdes Grinsen auf den Lippen, tauchte rechtzeitig aus dem Buen Retiro auf, um sich ohne zu trödeln zu dem großen Schrank zu begeben, in dem die Kollektionen mit den obszönen Postkarten verwahrt waren. Ein müdes Grinsen auf den Lippen, mit zitternden Händen und feuchtem Hosenlatz, denn es war sein Tag. Es tropfte noch ein wenig, entflammte sein verlängertes Rückgrat mit disharmonischen und abnehmenden Blitzen und versteifte seine alten Hinterbackenmuskeln, die von Stuhljahren gegerbt waren.

3)

Die Lungen des kleinen Hundes, den Agathe Marion, der wie gewöhnlich ohne hinzusehen drauflosfuhr, überfahren hatte, waren von einer seltsamen grünen Farbe, wie der Straßenaufseher feststellte, dessen behender Besen das Aas in den Gully beförderte. Kurz darauf fing der Gully an sich zu erbrechen, und man mußte den Verkehr für einige Tage umleiten.

4)

Nach verschiedenen Schwierigkeiten, die sowohl von der Tücke der Menschen oder der Dinge als auch von den unerbittlichen Gesetzen der Wahrscheinlichkeit hervorgerufen worden waren, traf sich vor der Tür die Quasi-Totalität der dorthin Beorderten und betrat diesen Raum nach dem in der zivilisierten Gesellschaften üblichen Handflächengereibe und Auswurf von Speichelteilchen, was die militarisierte Gesellschaft durch das Führen der Hände an den Kopf und sonniges Hakenklappen ersetzt, das in gewissen Fällen begleitet wird von kurzen aus der Ferne geschrienen Zurufen, weswegen man zu der Meinung gelangen könnte, das Militär sei hygienisch, eine Meinung, von der man sich dennoch freimachen muß, wenn man die Latrinen desselben sieht, ausgenommen die Ami-Soldaten, die in der Reihe scheißen und ihre Kackräume in einem Zustand stetiger Sauberkeit und desinfizierenden Geruchs halten, wie es in manchen Ländern vorkommt, wo man viel von Werbung hält und wo man das Glück hat, durch solche Mittel an überzeugbare Bewohner zu geraten, was in der Regel der Fall ist, vorausgesetzt, die so betriebene Werbung wird nicht blindlings betrieben, sondern trägt den von Marktforschungs- und Meinungsinstituten ermittelten Wünschen Rechnung, wie auch den Ergebnissen der Volksbefragungen, welche die glücklichen Regierungen zum noch größeren Glück der von ihnen verwalteten Volksstämme häufig zu veranstalten nicht verfehlen. So begann der Verwaltungsrat. Es fehlte nur ein Mitglied, das verhindert war und sich zwei Tage danach entschuldigen kam, doch der Amtsdiener war streng.

5)

»Meine Herren, ich erteile unserem ergebenen Sekretär das Wort.«

»Meine Herren, bevor ich Ihnen die Rohergebnisse der ersten Arbeitswochen mitteile, möchte ich Ihnen, da der Berichterstatter abwesend ist, den aus Exopotamien erhaltenen Bericht vorlesen, den er mir glücklicherweise zur rechten Zeit hat zukommen lassen, und ich möchte an dieser Stelle seine Klugheit anerkennen, die seiner Voraussicht zur Ehre gereicht, denn niemand ist gegen eine Verhinderung gefeit.«

»Völlig Ihrer Meinung!«

»Worum handelt es sich?«

»Das wissen Sie doch.«

»Ach ja! Ich erinnere mich!«

»Meine Herren, hier nun die betreffende Aufzeichnung.«

»Trotz der Schwierigkeiten aller Art haben die Bemühungen und der Einfallsreichtum des technischen Direktors Amadis Dudu zur Bereitstellung des gesamten notwendigen Materials geführt, und es braucht wohl nicht ausdrücklich auf die Fähigkeit zur Opferbereitschaft und Selbstverleugnung sowie auf den Mut und die berufliche Geschicklichkeit des technischen Direktors Dudu hingewiesen werden, denn die ungeheueren Schwierigkeiten, die auftraten, sowie ferner die heimtückische Feigheit der ausführenden Organe, der Elemente und der Ingenieure im allgemeinen, mit Ausnahme des Vorarbeiters Arland, bringen es mit sich, daß diese fast unmögliche Aufgabe nur von ihm zu Ende geführt werden konnte.«

»Völlig Ihrer Meinung!«

»Dieser Bericht ist ausgezeichnet.«

»Ich habe nicht begriffen. Worum handelt es sich?«

»Aber ja, das wissen Sie doch!«

»Ach ja! Geben Sie mir Ihre Karten.«

»Meine Herren, nun ist ein Umstand eingetreten, dem weder durch vorbeugende noch durch modifizierende Mittel beizukommen war, und zwar handelt es sich um das Vorhandensein eines ›Hotel Barrizone‹ genannten Hotels am dortigen Ort, und zwar genau in der Mitte der künftigen Bahnlinie, das, wie unser Direktor Dudu vorschlägt, enteignet und dann mit den angemessensten Mitteln teilweise zerstört werden muß.«

»Wissen Sie, was eine Brimme ist?«

»Diese Stellung ist umwerfend!«

»Ich glaube, daß wir unsere Zustimmung dazu geben sollten.«

»Meine Herren, ich werde jetzt zu einer Abstimmung mit erhobener Hand schreiten.«

»Das ist unnötig.«

»Wir sind alle völlig einverstanden.«

»Ganz recht, Barrizone muß enteignet werden.«

»Meine Herren, Barrizone wird also enteignet werden. Unser Sekretär wird sich um die notwendigen Schritte kümmern. Da es sich um ein Unternehmen von öffentlichem Interesse handelt, besteht kein Zweifel, daß die Formalitäten, die zu erfüllen sind, auf ein Mindestmaß beschränkt werden.«

»Meine Herren, ich schlage Ihnen vor, über ein Glückwunschschreiben an die Adresse des Verfassers dieses Berichts abzustimmen, der kein anderer ist als unser technischer Direktor Amadis Dudu.«

»Meine Herren, ich denke, daß Sie alle damit einverstanden sind, ein Glückwunschschreiben an Dudu zu richten, wie es unser trefflicher Kollege Marion vorschlägt.«

»Meine Herren, nach dem Wortlaut des Berichts erweist sich das Verhalten der Untergebenen Dudus als verabscheuenswürdig. Ich glaube, es wäre klug, ihre Gehälter um zwanzig Prozent zu kürzen.«

»Man könnte die gemachten Einsparungen auf das Konto Monsieur Dudus überweisen, und zwar zur Verbesserung seiner Aufwandsentschädigung.«

»Meine Herren, Dudu wird sich mit Sicherheit weigern, auch nur das Geringste anzunehmen.«

»Ich bin völlig Ihrer Meinung.«

»Und außerdem ergeben sich dadurch Einsparungen.«

»Wird Arland auch keine Gehaltserhöhung bekommen?«

»Das ist völlig unnötig. Diese Leute haben ihr Berufsethos.«

»Aber die Gehälter der anderen werden natürlich gekürzt.«

»Meine Herren, alle diese Beschlüsse werden vom Sekretär ins Sitzungsprotokoll aufgenommen. Gibt es irgendeine Bemerkung zur Tagesordnung?«

»Was sagen Sie zu dieser Stellung?«

»Sie ist umwerfend!«

»Meine Herren, die Sitzung ist aufgehoben.«

IV

Cuivre und Athanagoras eilten Arm in Arm über die Piste in Richtung auf das Hotel Barrizone. Sie hatten Brice und Bertil im Stollen zurückgelassen. Die beiden wollten nicht eher herauskommen, bis sie den einige Tage zuvor entdeckten riesigen Saal völlig freigelegt hatten. Die Maschinen schürften ununterbrochen, und neue Gänge, neue Säle kamen zum Vorschein, die untereinander durch säulenbestandene Zugänge miteinander in Verbindung standen und von kostbaren Gegenständen nur so strotzten, wie Haarnadeln, Spangen aus Seife und Schmiedebronze, Votivstatuetten, ohne Urnen oder mit, und einem Haufen Töpfe. Athas Hammer war nicht arbeitslos. Aber der Archäologe brauchte ein wenig Ruhe und mußte auf andere Gedanken kommen, und Cuivre kam mit ihm.

Sie gingen die sanft gerundeten Abhänge hinauf und hinunter, und die Sonne hüllte sie mit Gold ein. Von der Anhöhe der Düne herab, von wo aus man auch die Baustelle der Eisenbahn übersah, erblickten sie die Fassade des Hotels und die roten Blumen. Die ausführenden Organe machten sich eifrig um riesige Stapel Eisenbahnschienen und -schwellen herum zu schaffen, und Cuivre erkannte die schmächtigeren Silhouetten von Didiche und Olive, die auf den Holzhaufen spielten. Ohne sich aufzuhalten, gingen sie in die Hotelbar.

»Grüß Gott, Pippo«, sagte Athanagoras.

»Bon giorno«, sagte Pippo ... »Faccè la barba heute Matteigno um sechs Uhra?«

»Nein«, sagte Athanagoras.

»Porca Madonna beim Sankto Benedetto! ...« rief Pippo aus ... »Schämen Sie sich nicht, Chef?«

»Nein«, sagte Athanagoras. »Gehen die Geschäfte?«

»Es ist ein Elend«, sagte Pippo. »Es ist ein Elend, das uns verrückt macht. Als ich in Spa Cheftranchierer war, da hätten Sie mal sehen müssen! ... Aber hier! ... Alles porrrrqui! ...«

»Was?« fragte Cuivre.

»Porrrrqui. Schweine, mit einem Wort!«

»Gib uns was zu trinken«, sagte der Archäologe.

»Denen würge ich einen von diesen diplomatischen Fladen rein, daß sie bis in die Warschauer Wüste fliegen«, sagte Pippo.

Er illustrierte diese Drohung mit der entsprechenden Mimik, die darin bestand, die rechte Hand vorzustrecken und dabei den Daumen über die Handfläche zu legen.

Athanagoras lächelte.

»Gib uns zwei Turinos.«

»Hier, Chef«, sagte Pippo.

»Und was haben sie Ihnen getan?« fragte Cuivre.

»Nun«, sagte Pippo. »Die wollen meine Bude in die Luft sprengen. Aus. Sie ist im Eimer.«

Er begann zu singen.

»Als Wilhelm einstmals sah
Daß ihn der Viktor fallen ließ
Schickt' er nach Rom mit viel trara
Den Bülow, daß er das Bündnis pries.«

»Das ist hübsch«, sagte der Archäologe.

»Gib ihm Trient und auch Triest
Und ganz Trentino, wenn's muß sein
Nur mach ihm klar, dem Vittorio
Ich fühl mich ohne ihn ja so allein.
Doch in seinem Bungalow
Sang Gabriel d'Annunzio dieser Gigolo
Chi va piano va sano . . .«

»Das habe ich irgendwo schon mal gehört«, sagte der Archäologe.

»Chi va sano va lontano
Chi va forte va à la morte.
Evviva la liberta!«

Cuivre klatschte Beifall. Pippo sang Tenor mit dem, was ihm noch an Stimme verblieb, die einigermaßen heiser war. Man hörte dumpfe Schläge an der Decke.

»Was ist das?« fragte der Archäologe.

»Oh, das ist das andere Porco!« sagte Pippo.

Er machte wie immer ein zugleich wütendes und frohes Gesicht. Er fuhr fort:

»Amapolis Dudu. Er mag es nicht, wenn ich singe.«

»Amadis«, berichtigte Cuivre.

»Amadis, Amapolis, Amadou, was kann uns das ausmachen?«

»Was ist denn das für eine Geschichte mit der Bude?« sagte Atha.

»Das sind so die diplomatischen Geschichten von Amapolis«, sagte Pippo. »Er will mich enteiern . . . Hols der Teufel, er führt nur solche Wörter im Maul, das Schwein! Er sagt, daß er nichts anderes im Sinn hat.«

»Als dich zu enteignen?« sagte Atha.

»Ganz richtig«, sagte Pippo. »Das ist das irdische Wort.«

»Dann brauchst du nicht mehr zu arbeiten«, sagte Atha.

»Was habe ich denn mit denen ihren Ferien zu schaffen?« sagte Pippo.

»Trink einen mit uns«, sagte Atha.

»Danke, Chef.«

»Steht dein Hotel der Eisenbahn im Wege?« fragte Cuivre.

»Ja«, sagte Pippo. »Ihrer Hureneisenbahn. Prost.«

»Prost«, wiederholte Cuivre, und sie leerten alle drei ihre Gläser.

»Ist Angel da?« fragte Atha.

»Ich glaube, er ist in seinem Zimmer«, sagte Pippo. »Ich bin nicht sicher, ja. Ich glaube nur. Er zeichnet noch.«

Er drückte auf eine Klingel hinter der Bar.

»Wenn er da ist, wird er kommen, ja.«

»Danke«, sagte der Archäologe.

»Dieser Amapolis«, schloß Pippo, »ist ein Porco.«

Er begann wieder zu trällern, während er Gläser abtrocknete.

»Was bekommst du?« sagte der Archäologe, als er sah, daß Angel nicht herunterkam.

»Dreißig Francs«, sagte Pippo. »Es ist ein Elend.«

»Hier«, sagte der Archäologe. »Kommst du mit uns, um dir die Baustelle anzusehen? Angel ist bestimmt nicht auf seinem Zimmer.«

»Ach! Ich kann nicht!« sagte Pippo. »Die schwirren alle wie die Fliegen um mich herum, und wenn ich weggehe, dann trinken sie alles weg.«

»Dann bis bald«, sagte der Archäologe.

»Bis bald, Chef.«

Cuivre schenkte ihm ein schönes Lächeln, und Pippo fing zu stottern an; dann ging sie hinter Atha hinaus, und sie schlugen den Weg zur Baustelle ein.

Die Luft roch nach Blumen und Harz. Grüne Gräser, gefühllos abgeschnitten, häuften sich zu beiden Seiten einer Art von Planierraupen trassierten Piste zu Haufen auf, und aus ihren steifen Stengeln sonderten sie langsam dicke, glasige, duftende Tropfen ab, die in den Sand rollten und sich mit gelben Körnchen überzogen. Die Eisenbahnlinie folgte dieser von den Maschinen nach den Anweisungen von Amadis begonnenen Trassierung. Athanagoras und Cuivre betrachteten mit einer unbestimmten Traurigkeit die geschmacklos hier und da am Weg abgelegten, harten Grasmassen und die auf der glatten Oberfläche der Dünen angerichteten Verwüstungen. Sie stiegen bergan, dann stiegen sie bergab, stiegen wieder bergan und sahen endlich die Baustelle.

Nackt bis zum Gürtel, umklammerten Carlo und Marin, tief gebeugt unter einer Sonne ohne Persönlichkeit, zwei schwerkalibrige Preßlufthämmer. Die Luft hallte vom harten Geknatter der Apparate und vom Brummen des Kompressors wider, der sich in einiger Entfernung von dort drehte. Sie arbeiteten ununterbrochen, halb blind von dem Sandstrahl, den der Auspuff aufwirbelte und der an ihren feuchten Körpern klebenblieb. Ein Maß der Linie war bereits planiert, und die beiden Seiten des Aushubs erhoben sich klar und scharfkantig. Sie hatten sich in die Düne hineingegraben und stabilisierten sich auf dem von Anne und Angel nach den zuvor erfolgten topographischen Landaufnahmen errechneten mittleren Niveau der Wüste, das sehr viel niedriger lag als die Oberfläche des Bodens, auf den sie gewöhnlich den Fuß setzten. Man würde sicherlich diesen ganz Teil der Eisenbahnlinie tiefer legen müssen, und die Sandhaufen sammelten sich auf beiden Seiten an.

Athanagoras runzelte die Stirn.

»Das wird ja hübsch! . . .« murmelte er.

Cuivre gab keine Antwort. Sie traten an die beiden Männer heran.

»Guten Tag«, sagte der Archäologe.

Carlo sah auf. Er war groß und blond, und seine blutunterlaufenen blauen Augen schienen ihren Gesprächspartner nicht zu sehen.

»Servus! . . .« murmelte er.

»Es geht schön voran . . .«, urteilte Cuivre.

»Es ist hart«, sagte Carlo. »Ganz hart. Wie Stein. Nur die obere Schicht ist Sand.«

»Das ist zwangsläufig«, erklärte Athanagoras. »Es geht ja nie ein Wind; der Sand ist versteinert.«

»Warum dann nicht an der Oberfläche?« fragte Carlo.

»Bis zu der Stelle, wo keine Sonnenhitze mehr hindringt«, erklärte der Archäologe, »konnte keine Versteinerung stattfinden.«

»Ach so!« sagte Carlo.

Marin hörte nun ebenfalls zu arbeiten auf.

»Wenn wir aufhören«, sagte er, »werden wir Arland, diesen Drecksack, auf dem Hals haben.«

Carlo setzte seinen Preßlufthammer wieder in Gang.

»Seid ihr ganz allein für diese Arbeit?« fragte Athanagoras.

Er mußte schreien, um den höllischen Lärm des Hammers zu übertönen. Der lange Stahlbohrer griff den Sand an und ließ dabei bläulichen Staub hochsprühen, und auf den beiden waagrechten Griffen verkrampften sich die harten Hände Carlos mit einer Art Verzweiflung.

»Ganz allein . . .«, sagte Marin. »Die andern holen den Schotter.«

»Die drei Lastwagen?« brüllte Athanagoras.

»Ja«, antwortete Marin im gleichen Ton.

Er hatte einen braunen, struppigen Haarschopf, Haare auf der Brust und das Gesicht eines verunstalteten Kindes. Seine Augen verließen den Archäologen und verweilten auf der jungen Frau.

»Wer ist das?« fragte er den Archäologen und stellte nun ebenfalls seinen Preßlufthammer ab.

»Ich heiße Cuivre«, sagte sie und hielt ihm die Hand hin. »Wir haben die gleiche Arbeit gemacht wie Sie, aber untendrunter.«

Marin lächelte und drückte ihre kraftvollen Finger in seiner trockenen, rissigen Hand.

»Servus . . .«, sagte er nun ebenfalls.

Carlo arbeitete weiter. Marin sah Cuivre bedauernd an.

»Wir können nicht aufhören, wegen Arland, andernfalls wären wir zusammen einen trinken gegangen.«

»Und deine Frau? . . .« schrie Carlo.

Cuivre begann zu lachen.

»Ist sie so eifersüchtig?«

»Aber nein‹, sagte Marin, »sie weiß ganz genau, daß ich seriös bin.«

»Es würde dir auch schwerfallen«, bemerkte Carlo. »Keine große Auswahl in der Gegend . . .«

»Wir werden uns am Sonntag sehen«, versprach Cuivre.

»Nach der Messe«, sagte Marin, um einen Spaß zu machen.

»Hierzulande geht man nicht zur Messe.«

»Es gibt einen Eremiten«, sagte Athanagoras. »Im Prinzip suchen wir sonntags den Eremiten auf.«

»Wer hat denn das gesagt?« protestierte Marin. »Ich gehe lieber mit der Kleinen einen trinken.«

»Der Abbé wird euch das alles erklären kommen«, sagte der Archäologe.

»Oh, kommt gar nicht in die Tüte«, sagte Marin. »Ich mag keine Pfarrer.«

»Was willst du denn sonst tun?« gab ihm Carlo zu bedenken.

»Willst du mit deiner Frau und den Kindern spazierengehen?«

»Ich mag die Pfarrer auch nicht«, sagte Athanagoras, »aber der hier ist nicht wie die andern.«

»Ich weiß«, sagte Marin, »aber er trägt trotzdem eine Soutane.«

»Er ist ein Spaßvogel«, sagte Cuivre.

»Das sind die gefährlichsten.«

»Mach Dampf dahinter, Marin«, sagte Carlo, »Arland, dieser Schweinehund, wird uns auf die Pelle rücken.«

»Dann also ran . . .«, murmelte der andere.

Die Preßlufthämmer nahmen ihr brutales Klopfen wieder auf, und von neuem schoß der Sand in die Luft.

»Auf Wiedersehen, Jungens«, sagte Athanagoras. »Trinkt einen bei Barrizone und laßt es auf meine Rechnung setzen.«

Er entfernte sich. Cuivre bewegte die Hand in Richtung auf Carlo und Marin.

»Bis Sonntag!« sagte Marin.

»Halt's Maul!« sagte Carlo. »Die ist nichts für dich Dussel!«

»Das ist ein altes Arschloch«, sagte Marin.

»Nein«, sagte Carlo. »Er sieht brav aus.«

»Er ist ein gutes, altes Arschloch«, sagte Marin. »Die gibt es auch.«

»Du gehst mir auf die Eier«, sagte Carlo.

Er wischte sich mit dem Armrücken den Schweiß vom Gesicht. Sie drückten leicht auf die schweren Massen. Kompakte Blöcke lösten sich und stürzten vor ihnen herab, und der Sand verbrannte ihnen die Kehle. Ihre Ohren waren an den gleichmäßigen Lärm der Preßlufthämmer gewöhnt, so daß sie murmeln und sich doch verstehen konnten.

Gewöhnlich sprachen sie bei der Arbeit miteinander, um sich die Schwerarbeit leichter zu machen, denn es würde kein Ende geben, und schon träumte Carlo laut vor sich hin.

»Wenn wir einmal fertig sind . . .«

»Wir werden nicht fertig werden.«

»Die Wüste dauert nicht die ganze Strecke lang . . .«

»Dann gibt es andere Arbeit.«

»Wir werden uns ein wenig ausstrecken dürfen . . .«

»Wir könnten aufhören zu arbeiten . . .«

»Wir hätten unsere Ruhe . . .«

»Es gäbe Land, Wasser, Bäume und das schöne Mädchen.«

»Aufhören zu graben . . .«

»Wir werden nie fertigwerden.«

»Da ist Arland, dieser Schweinehund.«

»Er tut nichts und er verdient mehr.«

»Das wird nie passieren.«

»Vielleicht dauert die Wüste bis ans Ende.«

Ihre harten Finger umschlossen die Griffe, das Blut trocknete in ihren Adern, und ihre Stimmen waren nicht mehr vernehmbar, ein Gemurmel, ein verhaltener Klagelaut, übertönt von der Vibration ihrer Preßlufthämmer, und summend tanzten die Stimmen um ihre schweißgebadeten Gesichter herum, im Winkel ihrer verbrannten Lippen. Im dichten Gewebe ihrer braunen Haut spielten knotige Muskeln, in gerundeten Erhebungen, die sich wie zusammengespannte Tiere bewegten.

Carlos Augen schlossen sich halb, er spürte in seinen Armen alle Bewegungen des Stahlbohrers und führte ihn, ohne ihn zu sehen, instinktiv.

Hinter ihnen öffnete sich der große Schattenteil des bereits ausgebaggerten Einschnitts, mit dem grob eingeebneten Boden, und sie drangen immer tiefer in die versteinerte Düne ein. Ihre Köpfe reichten gerade noch bis zur Höhe ihres neuen Einschnitts, und weit auf der anderen Düne erblickten sie einen Augenblick lang die verkürzten Gestalten des Archäologen und des orangefarbenen Mädchens. Und dann lösten sich die Blöcke und rollten hinter sie. Bald würden sie aufhören müssen, um den riesigen Haufen Erdaushub wegzuschaffen; die Lastwagen waren noch nicht zurückgekommen. Die wiederholten Stöße des Stahlkolbens auf den

Schaft des Bohrers hallten von den Wänden des Einschnitts mit unerträglicher Lautstärke wider, aber weder Marin noch Carlo hörten das noch. Vor ihren Augen lagen frische, grüne Ebenen und stämmige Mädchen, die nackt im Gras auf sie warteten.

V

Amadis Dudu las noch einmal die Botschaft, die er gerade erhalten hatte und die den Briefkopf der Hauptgesellschaft und die Unterschrift von zwei Mitgliedern des Verwaltungsrates, darunter die des Präsidenten trug. Seine Augen verweilten mit genießerischer Zufriedenheit auf bestimmten Wörtern, und er begann Sätze in seinem Kopf vorzubereiten, um seine Zuhörer zu beeindrucken. Er mußte sie im großen Saal des Hotels Barrizone zusammenrufen; je früher, umso besser. Am besten und auf jeden Fall nach der Arbeit. Und zuvor einmal nachsehen, ob Barrizone ein Podium besaß. Eine Klausel des Briefes betraf Barrizone selbst und sein Hotel. Mit den Maßnahmen ging es ganz schnell, wenn sich eine große Gesellschaft darum kümmerte. Die Pläne für die Eisenbahn waren praktisch abgeschlossen, aber immer noch kein Schotter. Die Lastwagenfahrer suchten ununterbrochen; manchmal ließen sie etwas von sich hören oder aber einer von ihnen tauchte unverhofft mit seinem Lastwagen auf und fuhr fast gleich darauf wieder ab. Amadis war etwas aufgebracht über diese Schottergeschichte, aber die Eisenbahnlinie wurde trotzdem gebaut, in einiger Entfernung vom Boden, auf Unterlagen. Carlo und Marin machten nichts. Zum Glück gelang es Arland, das Höchstmaß aus ihnen herauszuholen, und sie brachten es beide fertig, dreißig Meter Eisenbahnlinie am Tag zu verlegen; in achtundvierzig Stunden würde man damit anfangen, das Hotel zu durchschneiden.

Es klopfte an die Tür.

»Herein!« sagte Amadis knapp.

»Bon giorno«, sagte die Pfeife, als sie hereinkam.

»Guten Tag, Barrizone«, sagte Amadis. »Sie wünschen mich zu sprechen?«

»Ja«, sagte Pippo. »Was fällt denn diesen Säuen von der Eisenbahn ein, daß sie sie direkt vor mein Hotel legen? Was habe ich denn damit zu schaffen?«

»Der Minister hat gerade ein Enteignungsdekret unterschrieben, das Sie betrifft«, sagte Amadis. »Ich hatte die Absicht, Sie heute abend davon zu verständigen.«

»Das sind wieder so großkopfete diplomatische Geschichten«, sagte Pippo. »Wann wird das da weggeschafft?«

»Wir werden gezwungen sein, das Hotel abzureißen, um die Eisenbahnlinie mitten hindurchgehen zu lassen«, sagte Amadis. »Ich mußte Ihnen Bescheid sagen.«

»Was?« sagte Pippo. »Das berühmte Hotel Barrizone abreißen? Wo alle, die meine Spaghetti à la Bolognese versucht haben, ihr Leben lang bei Pippo geblieben sind?«

»Das ist bedauerlich«, sagte Amadis, »aber das Dekret ist unterzeichnet. Betrachten Sie das Hotel als zu Gunsten des Staates beschlagnahmt.«

»Ja und ich? « sagte Pippo. »Was geschieht mit mir? Ich kann wohl wieder Cheftranchierer werden, wie?«

»Sie werden entschädigt werden«, sagte Amadis. »Sicherlich nicht sofort.«

»Diese Schweine!« murmelte Pippo.

Er drehte Amadis den Rücken zu und ging hinaus, ohne die Tür hinter sich zuzumachen. Amadis rief ihn zurück.

»Machen Sie die Tür zu!«

»He, das ist nicht mehr meine Tür«, sagte Pippo wütend. »Machen Sie sie selber zu!«

Er ging weg, wobei er Flüche mit meridionalem Klang vor sich hin murmelte.

Amadis dachte, daß er Pippo zusammen mit dem Hotel hätte beschlagnahmen lassen sollen, doch das Verfahren war komplizierter, und die Formalitäten hätten zu viel Zeit in Anspruch genommen. Er stand auf und machte einen Gang durch sein Büro. Er stand Auge in Auge vor Angel, der ohne anzuklopfen hereingekommen war, und das aus gutem Grund.

»Guten Tag, Monsieur«, sagte Angel.

»Guten Tag«, sagte Amadis, ohne ihm die Hand zu geben. Er beendete seinen Gang und setzte sich wieder.

»Machen Sie bitte die Tür zu«, sagte er. »Sie wünschen mich zu sprechen?«

»Ja«, sagte Angel. »Wann werden wir bezahlt?«

»Sie haben es aber sehr eilig.«

»Ich brauche das Geld, und wir sollten schon seit drei Tagen bezahlt sein.«

»Ist Ihnen eigentlich klar, daß wir hier in einer Wüste sind?«

»Nein«, sagte Angel. »In einer richtigen Wüste gibt es keine Eisenbahn.«

»Das ist ein Sophismus«, meinte Amadis.

»Und genau das wollen wir von Ihnen«, sagte Angel. »Der 975 kommt oft hier vorbei.«

»Ja«, sagte Amadis, »aber man kann einem verrückten Fahrer keine Sendung anvertrauen.«

»Der Schaffner ist nicht verrückt.«

»Ich bin mit ihm gefahren«, sagte Amadis. »Ich kann Ihnen versichern, daß er nicht normal ist.«

»Das ist lange her«, sagte Angel.

»Sie sind ein netter Junge«, sagte Amadis . . . »Physisch, meine ich. Sie haben . . . eine ziemlich angenehme Haut. Deshalb werde ich Ihnen anvertrauen, was Sie erst heute abend wissen werden.«

»Aber nein«, sagte Angel, »denn Sie werden es mir ja jetzt sagen.«

»Ich werde es Ihnen nur sagen, wenn Sie wirklich ein netter Junge sind. Kommen Sie her.«

»Ich rate Ihnen, mich nicht anzurühren«, sagte Angel.

»Jetzt schau sich das einer an! Er ist sofort eingeschnappt!« rief Amadis aus. »Seien Sie doch nicht so steif, Mann!«

»Das sagt mir überhaupt nichts.«

»Sie sind jung. Sie haben noch Zeit genug, sich zu ändern.«

»Sagen Sie mir jetzt, was Sie mir zu sagen haben oder soll ich gehen?« sagte Angel.

»Nun gut, Ihr Gehalt wird um zwanzig Prozent gekürzt werden.«

»Wessen Gehalt?«

»Ihres, das von Anne, den ausführenden Organen und Rochelle. Ausgenommen Arland.«

»So ein Schweinehund, dieser Arland!« murmelte Angel.

»Wenn Sie etwas guten Willen zeigen würden«, sagte Amadis, »hätte ich Ihnen das ersparen können.«

»Ich bin voll guten Willens«, sagte Angel. »Ich war mit meiner Arbeit drei Tage früher fertig, als Sie es von mir verlangt hatten, und mit der Berechnung der Elemente für den Hauptbahnhof bin ich fast fertig.«

»Ich will nicht näher darauf eingehen, was ich unter gutem Willen verstehe«, sagte Amadis. »Wenn Sie näher darüber aufgeklärt werden wollen, könnten Sie sich an Dupont wenden.«

»Wer ist Dupont?«

»Der Koch des Archäologen«, sagte Amadis. »Ein netter Junge, dieser Dupont, aber ein böses Luder!«

»Ach ja! Ich weiß jetzt, wen Sie meinen.«

»Nein«, sagte Amadis. »Sie verwechseln ihn mit Lardier. Lardier widert mich an.«

»Dabei . . .«, sagte Angel.

»Nein, wirklich, Lardier ist ekelhaft. Außerdem ist er verheiratet gewesen.«

»Ich verstehe.«

»Sie können mich nicht riechen, wie?« fragte Amadis.

Angel gab keine Antwort.

»Ich weiß genau. Das ist Ihnen unangenehm. Wissen Sie, es ist nicht meine Art, jedem beliebigen vertrauliche Dinge zu erzählen, aber ich werde Ihnen das Geständnis machen, daß es mir völlig klar ist, was ihr alle von mir denkt.«

»Na und?« sagte Angel.

»Nun, es ist mir wurscht«, sagte Amadis. »Ich bin nun mal Päderast, was wollen Sie daran ändern?«

»Ich will nichts daran ändern«, sagte Angel. »In gewisser Hinsicht ist es mir sogar lieber.«

»Wegen Rochelle?«

»Ja«, sagte Angel. »Wegen Rochelle. Es ist mir lieber, daß Sie sich nicht um sie kümmern.«

»Weil ich verführerisch bin?« fragte Amadis.

»Nein«, sagte Angel. »Sie sind abscheulich, aber Sie sind eben der Chef.«

»Sie haben eine merkwürdige Art sie zu lieben«, sagte Amadis.

»Ich weiß, wie sie ist. Auch wenn ich sie liebe, sehe ich sie dennoch.«

»Wie können Sie nur eine Frau lieben?« sagte Amadis.

Er schien zu sich selber zu reden.

»Das ist unvorstellbar! Diese weichen Dinge, die sie überall haben. Diese feuchten Falten, wie man es nennen könnte...«

Es lief ihm kalt über den Rücken.

»Entsetzlich . . .«

Angel begann zu lachen.

»Nun«, sagte Amadis, »auf jeden Fall sagen Sie Anne nicht Bescheid, daß Ihr Gehalt gekürzt wird. Ich habe Ihnen das ganz im Vertrauen gesagt. Von Frau zu Mann.«

»Danke«, sagte Angel. »Und Sie wissen nicht, wann das Geld kommen wird?«

»Ich weiß es nicht. Ich warte darauf.«

»Gut.«

Angel senkte den Kopf, schaute auf seine Füße, fand nichts Besonderes an ihnen und hob wieder den Kopf.

»Auf Wiedersehen«, sagte er.

»Auf Wiedersehen«, sagte Amadis. »Und denken Sie nicht an Rochelle.«

Angel ging hinaus und kam sofort wieder herein.

»Wo ist sie?«

»Ich habe sie an die Haltestelle des 975 geschickt, um die Post abzugeben.«

»Gut«, sagte Angel.

Er verließ den Raum und machte die Tür zu.

VI

Warum hatte sich dieser Invarianz-
typus der gewöhnlichen Tensoren-
rechnung entzogen?
G. Whitrow, »Die Struktur des
Universums«, Gallimard, éd.,
Seite 144

»Fertig!« sagte der Assistenzarzt.

»Drehen Sie«, sagte Frißtfrist.

Mit einer energischen Bewegung warf der Assistenzarzt den Propeller aus Hartholz an. Der Motor nieste, gab einen bösen Rülpser von sich, und der Propeller schnellte zurück. Der Assistenzarzt stieß ein Gekreisch aus und nahm seine rechte Hand in die linke Hand.

»Da haben wir's!« sagte Frißtfrist. »Ich hatte Ihnen gesagt, daß Sie sich in acht nehmen sollen.«

»Herrgottnochmal!« sagte der Assistenzarzt. »Herrgottnochmal verfluchte Scheiße! Was ändert das jetzt noch!«

»Lassen Sie sehen!«

Der Assistenzarzt hielt die Hand hin. Der Fingernagel seines Zeigefingers war ganz schwarz.

»Das ist nicht schlimm«, sagte Frißtfrist. »Sie haben immerhin noch Ihren Finger. Der ist erst beim nächsten Mal dran.«

»Nein.«

»Doch«, sagte Frißtfrist. »Oder aber Sie passen auf.«

»Aber ich passe doch auf«, sagte der Assistenzarzt. »Ich passe unaufhörlich auf, und dieser gottverdammte Scheißmotor haut mir ständig in die Flossen. Ich habe langsam die Nase voll.«

»Wenn Sie nicht getan hätten, was Sie getan haben . . .«, sagte der Professor schulmeisterlich.

»Oh, zum Teufel mit diesem Stuhl . . .«

»Gut.«

Frißtfrist trat zurück, nahm einen Anlauf und versetzte dem Assistenzarzt einen geraden Schwinger mitten auf die Kinnlade.

»Oh! . . .« wimmerte der Assistenzarzt.

»Jetzt spüren Sie Ihre Hand nicht mehr, wie?«

»Grrr . . .«, machte der Assistenzarzt.

Er schien beißen zu wollen.

»Drehen Sie!« sagte Frißtfrist.

Der Assistenzarzt hörte auf und begann zu weinen.

»Ah! Nein!« schrie Frißtfrist. »Genug! Sie tun ja nichts anderes als weinen! Das wird noch zur Manie. Lassen Sie mich in Frieden und drehen Sie diesen Propeller . . . Ihre Tränen ziehen nicht mehr.«

»Aber das hat doch noch nie gezogen«, sagte der Assistenzarzt verärgert.

»Eben. Ich verstehe nicht, wo Sie die Dreistigkeit hernehmen, es immer wieder zu versuchen.«

»Oh, es reicht«, sagte der Assistenzarzt. »Ich versuche es nicht mehr.«

Er wühlte in seiner Tasche und zog ein sehr unappetitliches Taschentuch hervor. Frißtfrist wurde ungeduldig.

»Geht es nun weiter, ja oder wie?«

Der Assistenzarzt schneuzte sich und steckte das Taschentuch wieder in die Tasche. Dann ging er wieder an den Motor heran und mit zurückhaltendem Ausdruck schickte er sich an, den Propeller anzuwerfen.

»Los!« befahl Frißtfrist.

Der Propeller machte zwei Umdrehungen, der Motor spuckte plötzlich ein wenig und sprang an und die gelackten Propellerblätter verschwanden in einem grauen Wirbel.

»Erhöhen Sie den Druck«, sagte Frißtfrist.

»Ich werde mich verbrennen!« protestierte der Assistenzarzt.

»Oh! . . .« sagte der Professor aufgebracht, »sind Sie aber . . .«

»Danke«, sagte der Assistenzarzt.

Er regulierte den kleinen Hebel.

»Stellen Sie ihn ab!« sagte Frißtfrist.

Der Assistenzarzt drosselte die Benzinzufuhr, indem er am Brennstoffventil drehte, und der Motor blieb stehen, wobei er seinen Propeller unschlüssig nachlaufen ließ.

»Gut«, sagte der Professor. »Wir werden ihn draußen ausprobieren.«

Der Assistenzarzt machte weiterhin ein verstimmtes Gesicht.

»Na, na«, sagte Frißtfrist. »Etwas Schwung, zum Teufel! Das ist keine Beerdigung.«

»Noch nicht«, machte der Assistenzarzt deutlich, »aber das kommt noch.«

»Nehmen Sie dieses Flugzeug und kommen Sie her«, sagte der Professor.

»Sollen wir es frei fliegen lassen oder festbinden?«

»Frei natürlich. Sonst bräuchten wir ja nicht in der Wüste zu sein.«

»Ich habe mich nie so allein gefühlt wie in dieser Wüste.«

»Schluß mit dem Gejammer«, sagte Frißtfrist. »Sie wissen, daß hier in der Gegend ein schönes Mädchen ist. Ihre Haut hat zwar eine komische Farbe, aber über die Figur ist nichts zu sagen.«

»Ja?« fragte der Assistenzarzt.

Er schien verständnisvoller.

»Aber gewiß ja«, sagte Frißtfrist.

Der Assistenzarzt sammelte die Einzelteile des Flugzeugs ein, die er draußen zusammensetzen sollte. Der Professor betrachtete den Raum voller Zufriedenheit.

»Ein nettes, kleines Krankenrevier, das wir hier haben«, sagte er.

»Ja«, sagte der Assistenzarzt. »Für das, was wir darin tun. Niemand ist in dieser verdammten Gegend krank. Ich bin gerade dabei, alles zu vergessen, was ich wußte.«

»Dann werden Sie nicht mehr so gefährlich sein«, versicherte Frißtfrist.

»Ich bin nicht gefährlich.«

»Nicht alle Stühle sind dieser Meinung.«

Der Assistenzarzt wurde königsblau, und die Adern an seinen Schläfen begannen krampfhaft zu schlagen.

»Hören Sie«, sagte er. »Noch ein Wort über diesen Stuhl und ich . . .«

»Ich was?« spottete Frißtfrist.

»Ich werde noch einen umbringen . . .«

»Wann Sie wollen«, sagte Frißtfrist. »Was glauben Sie eigentlich, was mir daran liegt? Los, kommen Sie.«

Er ging hinaus, und sein gelbes Hemd warf auf der Speichertreppe ausreichend Licht, daß er nicht über die ungleichmäßigen Stufen stolperte. Doch der Assistenzarzt ließ die Gelegenheit nicht aus und peng, auf den Hintern, zum Glück für das Flugzeug. Er kam fast zur gleichen Zeit wie der Professor unten an.

»Sehr schlau«, sagte dieser. »Können Sie sich nicht Ihrer Füße bedienen?«

Der Assistenzarzt rieb sich mit einer einzigen Hand den Hintern. Mit der anderen hielt er die Flügel und das Fahrgestell der Ping 903 fest.

Sie nahmen noch eine Treppe und fanden sich im Erdgeschoß. Pippo leerte hinter seiner Theke methodisch eine Flasche Turino.

»Servus!« sagte der Professor.

»Guten Tag, Chef«, sagte Pippo.

»Wie gehn die Geschäfte?«

»Amapolis schmeißt mich raus.«

»Das darf doch nicht wahr sein?«

»Er enteiert mich. Wieder so was Großkopfetes. Es ist wirklich ernst.«

»Er enteignet dich?«

»Ha, genauso sagte er, der Pfeifenkopf. Er enteiert mich.«

»Was wirst du tun?«

»Ha, das weiß ich auch nicht. Mir bleibt nichts anderes mehr übrig, als mich auf dem Lokus zu verstecken, und dann hat sich's, das Haus ist tot.«

»Der ist ja idiotisch«, sagte Frißtfrist, »dieser Kerl.«

Der Assistenzarzt wurde ungeduldig.

»Lassen wir das Flugzeug jetzt fliegen?«

»Kommst du mit uns, Pippo?« sagte Frißtfrist.

»Ha, mir ist dieses Schweineflugzeug völlig wurscht.«

»Dann bis nachher«, sagte Frißtfrist.

»Auf Wiedersehen, Chef. Dieses Flugzeug ist schön wie eine Kirsche.«

Frißtfrist ging hinaus, hinter ihm der Assistenzarzt.

»Wann kann man sie denn sehen?« fragte Letzterer.

»Wen?«

»Die hübsche Kleine.«

»Oh, Sie gehen mir auf den Wecker«, sagte Frißtfrist. »Wir lassen unser Flugzeug fliegen, das ist alles.«

»So ein Scheibenhonig«, sagte der Assistenzarzt. »Erst spiegeln Sie mir was vor und dann pffft . . . nichts mehr. Sie sind hart!«

»Und Sie?«

»Na, ist doch verständlich, daß ich es bin«, sagte der Assistenzarzt. »Wir sind jetzt schon drei Wochen hier. Überlegen Sie doch mal richtig, ich hab's nicht ein einziges Mal getan!«

»Ganz gewiß nicht?« sagte Frißtfrist. »Nicht einmal mit den Frauen der ausführenden Organe? Was tun Sie denn morgens im Krankenrevier, wenn ich schlafe?«

»Ich . . .«, sagte der Assistenzarzt.

Frißtfrist sah ihn an, ohne zu begreifen, dann brach er in lautes Gelächter aus.

»Donnerwetter!« sagte er. »Sie Sie . . . dann . . . Es ist zum

Totlachen! ... Deshalb sind Sie immer so schlecht gelaunt! ...«

»Glauben Sie?« fragte der Assistenzarzt ein wenig beunruhigt.

»Mit Sicherheit. Das ist sehr ungesund.«

»Oh!« sagte der Assistenzarzt. »Haben Sie das etwa nie gemacht, wie?«

»Nie allein«, sagte Frißtfrist.

Der Assistenzarzt schwieg, denn er kletterte eine hohe Düne hinauf und brauchte seinen ganzen Atem. Frißtfrist begann wieder zu lachen.

»Was gibts denn?« fragte der Assistenzarzt.

»Nichts. Ich denke nur an das Gesicht, das Sie machen müssen.«

Er lachte so laut, daß er sich in den Sand fallen ließ. Dicke Tränen schossen aus seinen Augen und seine Stimme erstickte in einem Gebrüll der Heiterkeit. Der Assistenzarzt drehte schmollend den Kopf um, legte die Flugzeugteile auf den Boden und begann damit, kniend das Ganze recht und schlecht zusammenzusetzen. Frißtfrist beruhigte sich wieder.

»Sie sehen übrigens sehr schlecht aus.«

»Sind Sie sicher?«

Der Assistenzarzt beunruhigte sich immer mehr.

»Vollkommen sicher. Wissen Sie, Sie sind nicht der erste!«

»Ich glaubte ...«, murmelte der Assistenzarzt.

Er betrachtete die Flügel und den Flugzeugrumpf.

»Dann meinen Sie, daß andere es schon vor mir getan haben?«

»Natürlich.«

»Selbstverständlich habe ich das auch gemeint«, sagte der Assistenzarzt. »Aber unter den gleichen Bedingungen? In der Wüste, weil es keine Frauen gibt?«

»Ohne Zweifel«, sagte Frißtfrist. »Glauben Sie, daß das Symbol des Säulenheiligen Simeon etwas anderes bedeutet? Diese Säule? Dieser ständig mit seiner Säule beschäftigte Kerl? Aber das ist doch durchsichtig! Ich nehme an, Sie haben Freud gelesen?«

»Aber nein«, sagte der Assistenzarzt. »Das ist doch längst überholt. Nur Zurückgebliebene glauben noch an diese Geschichten.«

»Das ist das eine«, sagte Frißtfrist, »und die Säule ist das andere. Schließlich gibt es in Ihrem besonderen Falle auch Vorstellungen und Übertragungen, wie die Philosophen sagen, und Komplexe und Verdrängung und Onanie.«

»Sie«, sagte der Assistenzarzt, »werden mir natürlich wieder sagen, daß ich ein Kretin bin.«

»Aber nein«, sagte Frißtfrist. »Sie sind eben nicht sehr intelligent, das ist alles. Das kann man Ihnen verzeihen.«

Der Assistenzarzt hatte die Flügel und den Flugzeugrumpf zusammengefügt und brachte nun mit viel Geschmack das Leitwerk an. Er unterbrach sich einige Augenblicke, um über die Worte Frißtfrists nachzudenken.

»Aber Sie«, sagte er zu ihm. »Wie machen Sie es denn?«

»Wie ich was mache? . . .«

»Ich weiß nicht . . .«

»Eine verschwommene Frage«, sagte Frißtfrist. »So verschwommen, würde ich sogar sagen, daß sie schon indiskret wird.«

»Ich wollte Sie nicht verärgern«, sagte der Assistenzarzt.

»Oh, das weiß ich. Aber Sie haben eben die Gabe, sich in Dinge einzumischen, die Sie nichts angehen.«

»Ich fühlte mich dort wohler«, sagte der Assistenzarzt.

»Ich auch«, sagte Frißtfrist.

»Ich hab' Heimweh.«

»Das wird vorbeigehen. Es ist der Sand.«

»Es ist nicht der Sand. Es fehlt einfach an Krankenschwestern, Assistenzärzten, Kranken . . .«

»Auch an Stühlen, wie?« sagte Frißtfrist.

Der Assistenzarzt schüttelte mißbilligend den Kopf, und ein Ausdruck der Bitterkeit breitete sich scheibenweise auf seinem Gesicht aus.

»Sie werden mir diesen Stuhl wohl mein ganzes Leben lang zum Vorwurf machen?«

»Es ist noch nicht sehr lange her«, sagte Frißtfrist. »Sie werden nicht alt werden. Sie haben zu schlechte Gewohnheiten.«

Der Assistenzarzt zögerte, öffnete den Mund und schloß ihn wieder, ohne etwas zu sagen. Er begann, am Zylinder und am Motor herumzufummeln, und Frißtfrist sah, wie er zusammenzuckte, dann seine Hand betrachtete, wie er es eine halbe Stunde zuvor getan hatte. Auf seiner Handfläche blutete ein breiter Riß. Er wandte sich nach Frißtfrist um. Er weinte nicht, aber er war sehr blaß und seine Lippen waren grün.

»Er hat mich gebissen . . .«, murmelte er.

»Was haben Sie ihm denn wieder gemacht?« fragte Frißtfrist.

»Aber . . . gar nichts . . .«, sagte der Assistenzarzt.

Er stellte das Flugzeug auf den Tisch.

»Es tut weh.«

»Lassen Sie sehen.«

Er hielt die Hand hin.

»Geben Sie mir Ihr Taschentuch«, sagte Frißtfrist.

Der Assistenzarzt hielt ihm seine unappetitliche Rotzfahne hin, und Frißtfrist verband ihm so gut es ging mit allen Anzeichen tiefen Widerwillens die Hand.

»Geht es?«

»Es geht«, sagte der Assistenzarzt.

»Ich werde ihn selbst anwerfen«, sagte der Professor.

Er packte das Flugzeug und brachte geschickt den Motor in Gang.

»Fassen Sie mich um die Taille . . .!« schrie er dem Assistenzarzt zu, um den Lärm des Motors zu übertönen.

Der Assistenzarzt packte ihn mit beiden Armen. Der Professor regulierte die Einlaßschraube, und der Propeller begann sich so schnell zu drehen, daß die äußeren Enden der Propellerblätter anfingen, dunkelrot zu werden. Der Assistenzarzt klammerte sich an Frißtfrist, der schwankte, vom wütenden Wind des Modellflugzeugs geschüttelt.

»Ich lasse los«, sagte Frißtfrist.

Die Ping 903 ging los wie eine Kugel und verschwand innerhalb weniger Sekunden. Ergriffen ließ der Assistenzarzt, der immer noch zog, den Professor los und ging zu Boden. Mit leerem Blick blieb er sitzen, dem Punkt zugewandt, wo das Flugzeug gerade verschwunden war. Frißtfrist zog die Nase hoch.

»Meine Hand tut mir weh«, sagte der Assistenzarzt.

»Machen Sie diesen Fetzen ab«, sagte der Professor.

Die Wunde klaffte und grünliche Wülste standen ringsum hoch. Die Mitte, schwarzrot, kochte bereits mit kleinen, raschen Bläschen.

»He! . . .« sagte Frißtfrist.

Er packte den Assistenzarzt am Arm.

»Kommen Sie, wir müssen das behandeln! . . .«

Der andere stand auf und begann auf seinen weichen Beinen zu galoppieren. Sie liefen beide auf das Hotel Barrizone zu.

»Und das Flugzeug?« sagte der Assistenzarzt.

»Es scheint zu funktionieren«, sagte Frißtfrist.

»Wird es zurückkommen?«

»Ich denke schon. Ich habe es so eingestellt.«

»Es fliegt sehr schnell.«

»Ja.«

»Wie wird es denn zum Halten kommen?«

»Ich weiß nicht . . .«, sagte Frißtfrist. »Daran hatte ich überhaupt nicht gedacht.«

»Das liegt am Sand . . .«, sagte der Assistenzarzt.

Sie hörten ein durchdringendes Geräusch, und ein Meter über ihren Köpfen pfiff etwas dahin, dann gab es eine Art Explosion, und die Fensterscheiben des Schankraums im Erdgeschoß schmückte ein deutliches Loch, das die Form der Ping hatte. Innen hörten sie umeinander Flaschen fallen und auf dem Boden zerschellen.

»Ich laufe schon mal vor«, sagte Frißtfrist.

Der Assistenzarzt blieb stehen und sah die schwarze Gestalt des Professors den Abhang hinunterfegen. Sein grellgelber Kragen leuchtete über seinem altmodischen Gehrock. Er machte die Tür auf und verschwand im Hotel. Dann betrachtete der Assistenzarzt seine Hand und begann wieder mit schwerfälligen, unsicheren Schritten zu galoppieren.

Angel hoffte, Rochelle anzutreffen und sie bis zum Büro von Amadis zu begleiten, und er beeilte sich auf dem Weg durch die Dünen, wobei er aufwärts schnell ausschritt und abwärts mit langen Sätzen lief. Dabei sanken seine Füße mit einem dumpfen, erstickten Geräusch tief in den Sand ein. Manchmal landete er auf einem Grasbüschel und nahm darauf das Knacken der harten Stengel und den Geruch frischen Harzes wahr.

Die Haltestelle des 975 war ungefähr zwei Maßeinheiten vom Hotel entfernt. Bei Angels Tempo brauchte er nicht lange. Er erblickte Rochelle, die zurückkam, in dem Augenblick, in dem sie sich ganz oben auf der Düne abhob. Er war in der Mulde. Er wollte laufen, um den Hang hinaufzukommen, aber er konnte nicht und traf sie auf halber Höhe.

»Guten Tag!« sagte Rochelle.

»Ich bin gekommen, um Sie abzuholen.«

»Arbeitet Anne?«

»Ich glaube.«

Es trat eine Stille ein; die Sache fing schlecht an. Zum Glück verstauchte sich Rochelle den Fuß und hing sich bei Angel ein, um ihrem Gang Sicherheit zu geben.

»In diesen Dünen geht's sich nicht bequem«, sagte Angel.

»Nein, vor allem nicht mit hohen Absätzen.«

»Ziehen Sie immer Schuhe mit hohen Absätzen an, wenn Sie ausgehen?«

»Oh, ich gehe nicht oft aus. Ich bleibe lieber mit Anne im Hotel.«

»Lieben Sie ihn sehr?« fragte Angel.

»Ja«, sagte Rochelle, »er ist sehr sauber und sehr gut gebaut und sehr gesund. Ich schlafe unheimlich gern mit ihm.«

»Aber intellektuell . . .«, sagte Angel.

Er bemühte sich, nicht an die Worte Rochelles zu denken. Sie lachte.

»Intellektuell bin ich bedient. Wenn ich die Arbeit bei Dudu hinter mir habe, fällt es mir im Traum nicht ein, intellektuelle Gespräche zu führen . . .!«

»Er ist dumm.«

»Auf jeden Fall kennt er seinen Beruf«, sagte Rochelle. »Und ich versichere Ihnen, was die Arbeit angeht, da kann ihm keiner was vormachen.«

»Er ist ein gemeiner Kerl.«

»Zu Frauen sind die sehr nett.«

»Er widert mich an.«

»Sie denken nur an das Körperliche.«

»Das ist nicht wahr«, sagte Angel. »Bei Ihnen, ja.«

»Sie gehen mir auf die Nerven«, sagte Rochelle. »Ich unterhalte mich gern mit Ihnen; ich schlafe gern mit Anne; und ich arbeite gern mit Dudu; aber ich kann mir einfach nicht vorstellen, daß ich mit Ihnen schlafen würde. Das käme mir obszön vor.«

»Warum?« sagte Angel.

»Weil Sie dieser Sache eine so große Bedeutung beimessen . . .«

»Nein, ich messe ihr nur mit Ihnen eine Bedeutung bei.«

»Sagen Sie das nicht. Es . . . es ist mir unangenehm . . . es widert mich ein wenig an.«

»Aber ich liebe Sie«, sagte Angel.

»Aber ja, Sie lieben mich, selbstverständlich. Es freut mich; ich liebe Sie auch, als ob Sie mein Bruder wären, das habe ich Ihnen schon einmal gesagt; aber ich kann nicht mit Ihnen schlafen.«

»Warum nicht?«

Sie lachte leise.

»Nach Anne«, sagte sie, »hat man zu nichts anderem mehr Lust als zu pennen.«

Angel gab keine Antwort. Es war eine harte Arbeit, sie mitzuziehen, denn ihre Schuhe störten sie beim Gehen. Er betrachtete sie im Profil. Sie trug einen dünnen Strickpullover, unter dem die Warzen ihrer ein wenig schlaffen, aber immer noch verführerischen Brüste vorstanden. Ihr Kinn hatte eine ordinäre Rundung, und Angel liebte sie mehr als sonst irgend jemanden.

»Was müssen Sie denn für Amadis tun?«

»Er diktiert mir Briefe oder Berichte. Er hat immer Arbeit für mich. Vermerke über den Schotter, über die ausführenden Organe, über den Archäologen, über alles.«

»Ich möchte nicht, daß Sie . . .«

Er sprach nicht weiter.

»Daß ich was?«

»Nichts ... Wenn Anne weggehen würde, würden Sie mit ihm gehen?«

»Warum sollte Anne denn weggehen? Die Arbeiten sind noch lange nicht abgeschlossen.«

»Oh«, sagte Angel, »ich will nicht, daß Anne weggeht. Aber wenn er Sie nicht mehr lieben würde?«

Sie lachte.

»Das würden Sie nicht sagen, wenn Sie ihn sehen könnten ...«

»Ich will ihn nicht sehen«, sagte Angel.

»Natürlich nicht«, sagte Rochelle. »Das wäre widerlich. Wir verhalten uns nicht immer sehr anständig.«

»Halten Sie den Mund!« sagte Angel.

»Sie gehen mir auf die Nerven. Sie sind immer traurig. Das ist unerträglich.«

»Aber ich liebe Sie! ...« sagte Angel.

»Aber ja. Das ist unerträglich. Wenn Anne genug von mir hat, sage ich Ihnen Bescheid.«

Sie lachte wieder.

»Sie werden noch lange Junggeselle bleiben! ...«

Angel gab keine Antwort. Sie näherten sich dem Hotel. Plötzlich hörten sie ein heftiges Pfeifen und den Krach einer Explosion.

»Was ist das?« sagte Rochelle zerstreut.

»Ich weiß nicht ...«, sagte Angel.

Sie blieben stehen, um zu lauschen. Es herrschte nur eine tiefe, majestätische Stille, dann hörte man ein unbestimmtes Klirren von Glas.

»Da ist was passiert ...«, sagte Angel. »Wir müssen uns beeilen! ...«

Es war nur ein Vorwand, um sie noch etwas enger an sich zu drücken.

»Lassen Sie mich los ...«, sagte Rochelle. »Laufen Sie hin. Ich würde Sie nur aufhalten.«

Angel seufzte und lief los, ohne sich umzudrehen. Sie ging auf ihren viel zu hohen Absätzen vorsichtig weiter. Jetzt hörte man Stimmengewirr.

Er sah in der Glaswand ein Loch von präziser Form.

Glassplitter bedeckten den Boden. Leute liefen im Schankraum hin und her. Angel stieß die Tür auf und ging hinein. Amadis, der Assistenzarzt, Anne und Doktor Frißtfrist waren da. Vor der Theke lag der Körper Joseph Barrizones. Die obere Hälfte seines Kopfes fehlte.

Angel sah auf und erblickte in der Wand, die der Glasfassade gegenüberlag, die Ping 903, die bis zum Fahrgestell im Mauerwerk steckte. Auf der linken oberen Tragfläche lag der Rest von Pippos Schädel, der langsam bis zum schlank zulaufenden äußeren Ende des Flügels abrutschte und mit einem dumpfen Schlag, der vom schwarzen Lockenhaar Pippos gedämpft wurde, auf den Boden fiel.

»Was ist passiert?« sagte Angel.

»Das Flugzeug«, erklärte der Assistenzarzt.

»Ich gedachte gerade«, sagte Amadis, »ihm beizubringen, daß die ausführenden Organe morgen abend damit beginnen werden, das Hotel zu durchschneiden. Es waren Anordnungen zu treffen. Das ist unerträglich, hören Sie.«

Er schien sich an Frißtfrist zu wenden. Dieser hänselte nervös seinen Spitzbart.

»Man muß ihn wegbringen«, sagte Anne. »Helfen Sie mir.«

Er packte den Leichnam unter den Achselhöhlen, und der Assistenzarzt ergriff ihn bei den Füßen. Anne ging rückwärts zur Treppe. Er stieg langsam nach oben; er hielt den blutenden Kopf Pippos weit von sich, und der Körper hing zwischen ihren Armen durch und schleifte reglos und haltlos fast über die Stufen. Der Assistenzarzt hatte große Schmerzen wegen seiner Hand.

Amadis betrachtete den Schankraum. Er betrachtete Doktor Frißtfrist. Er betrachtete Angel. Rochelle, die ganz gemütlich ankam, betrat den Raum.

»Ach!« sagte Amadis. »Da sind Sie ja! Ist Post gekommen?«

»Ja«, sagte Rochelle. »Was ist los?«

»Nichts«, sagte Amadis. »Ein Unfall. Kommen Sie, ich habe Ihnen dringende Briefe zu diktieren. Das hier werde ich Ihnen schon noch erklären.«

Er ging rasch zur Treppe. Rochelle folgte ihm. Solange sie sichtbar war, ließ Angel sie nicht aus den Augen, dann richtete er seinen Blick wieder auf den schwarzen Fleck vor der Theke. Einer der weißen Lederstühle war ganz mit ungleichmäßigen Tröpfchen in lockerer Linie bespritzt.

»Kommen Sie«, sagte Professor Frißtfrist.

Sie ließen die Tür offenstehen.

»War es das Flugzeugmodell?« sagte Angel.

»Ja«, antwortete Frißtfrist. »Es funktionierte gut.«

»Zu gut«, sagte Angel.

»Nein, nicht zu gut. Als ich meine Arztpraxis aufgegeben habe, dachte ich, in die Wüste zu kommen. Woher soll ich wissen, daß mitten in der Wüste ein Restaurant steht?«

»Das ist reiner Zufall«, sagte Angel. »Niemand macht Ihnen einen Vorwurf.«

»Glauben Sie? . . .« sagte Frißtfrist. »Ich werde Ihnen das erklären. Wenn man sich nie mit Modellflugzeugen befaßt hat, stellt man sich vor, das sei ein etwas kindischer Zeitvertreib. Aber das ist unrichtig. Da steckt was anderes dahinter. Haben Sie sich je damit befaßt?«

»Nein.«

»Dann können Sie sich auch keine Vorstellung davon machen. Es gibt tatsächlich eine Modellflugzeugtrunkenheit. Hinter einem Modellflugzeug herlaufen, das schnurgerade vor Ihnen dahinsaust und sich langsam in die Lüfte erhebt oder das mit einem leichten Vibrieren um Ihren Kopf schwebt, so steif und linkisch in der Luft, und das fliegt . . . Ich dachte zwar, daß die Ping schnell fliegt, aber nicht so schnell. Es liegt wohl am Motor.«

Er unterbrach sich plötzlich.

»Ich dachte nicht mehr an den Assistenzarzt.«

»Schon wieder ein Unfall?« fragte Angel.

»Er hat sich vom Motor beißen lassen«, sagte Frißtfrist. »Ich habe ihn Pippos Leiche hinauftragen lassen. Er hat das ganz automatisch getan.«

Sie gingen wieder zurück.

»Ich muß ihn behandeln gehen. Können Sie hier auf mich warten? Es dauert nicht lange . . .«

»Ich warte«, sagte Angel.

Doktor Frißtfrist lief im Laufschritt weg, und Angel sah, wie er das Hotel betrat.

Leuchtend und farbenfroh öffneten sich die Blüten der Moosblumen weit den gelben Lichtpfützen, die auf die

Wüste herabfielen. Angel setzte sich in den Sand. Er hatte den Eindruck, im Zeitlupentempo zu leben. Er bedauerte, daß er dem Assistenzarzt nicht geholfen hatte, Pippo zu tragen.

Von seinem Platz aus hörte er die gedämpften Schläge der schweren Hämmer Marins und Carlos, die in die wuchtigen Schwellen die Schwellenschrauben mit den gekrümmten Köpfen einschlugen, die die Schienen zusammenhalten sollten. Von Zeit zu Zeit traf eine der Eisenmassen auf den Stahl der Schienen und entrang ihm einen langen, vibrierenden Schrei, der die Brust durchbohrte. Noch weiter fort vernahm er das fröhliche Lachen Didiches und Olives. Zur Abwechslung jagten sie die Brimme.

Rochelle war ein gemeines Luder. Wie man sie auch nahm. Und ihre Brüste ... Immer tiefer. Anne wird sie völlig kaputtmachen. Sie ausdehnen. Sie aufweichen. Sie auspressen. Eine halbe Zitronenschale. Sie hat immer noch schöne Beine. Das erste, was man ...

Er unterbrach sich und begann 45 Grad weiter links zu denken. Es ist vollkommen sinnlos, obszöne Kommentare über ein Mädchen zu formulieren, das im Grunde nichts weiter als ein Loch mit Haaren drum herum ist und das ... Noch einmal 45 Grad, denn das genügt nicht. Man muß sie packen und ihr alles vom Leib reißen und mit den Fingernägeln hineinkrallen und sie nun ebenfalls ruinieren. Aber wenn sie einmal den Händen Annes entronnen wäre, würde nicht mehr viel übrigbleiben. Schon derart ramponiert, derart entstellt, Ringe um die Augen, blaue Flecken, schlaffe Muskeln, abgeschliffen, besudelt, weggeworfen. Die Glocke und ihr Klöppel. Platz dazwischen. Nichts Frisches mehr. Nichts Neues mehr. Sie vor Anne gehabt haben. Das erste Mal. Ihr neuer Geruch. Das hätte zum Beispiel geschehen können, nach dem Besuch in einer kleinen Tanzbar, auf dem Heimweg im Auto, den Arm um ihre Taille gelegt, ein Unfall, sie hat Angst. Sie haben gerade Cornélius Onte überfahren, der auf dem Bürgersteig liegt. Er ist glücklich. Er braucht nicht nach Exopotamien zu gehen, und, meine Damen und Herren, wenn Sie sehen wollen, wie der Mann die Frau küßt, brauchen Sie sich nur umzudrehen; oder im Zug in dem Augenblick anzukommen, in dem der Mann die Frau küßt, denn der Mann küßt die Frau ständig und packt sie mit seinen Händen am ganzen Körper und sucht den Geruch der Frau am ganzen Körper der Frau; aber es ist nicht der richtige Mann. Daraus ergibt sich praktisch der Eindruck der Möglichkeit, und es genügt, sein Leben bäuchlings auf etwas zum Hinlegen zu beenden, und zu sabbern und dabei den Kopf hängen zu lassen und sich vorzustellen, daß man sein ganzes Leben lang sabbern kann; eine unvernünftige Vorstellung allerdings, denn dazu hat man nicht genug Speichel zur Verfügung. Mit hängendem Kopf sabbern hat indes etwas Beruhigendes, und die Leute tun es nicht oft genug. Zu ihrer Entlastung muß gesagt werden . . .

Es ist vollkommen sinnlos, obszöne Kommentare im Hinblick auf ein Mädchen zu formulieren, das . . .

Professor Frißtfrist schlug Angel, der zusammenzuckte, mit der Faust leicht auf den Kopf.

»Und der Assistenzarzt?« fragte er.

»Hm . . .«, sagte Frißtfrist.

»Was?«

»Ich werde bis morgen abend warten, dann werden wir ihm die Hand abschneiden.«

»Ist es so schlimm?«

»Man kann mit einer Hand leben«, sagte Frißtfrist.

»Das heißt ohne Hand«, sagte Angel.

»Ja«, sagte Frißtfrist. »Wenn man diese Schlußfolgerung weiterführt und gewisse Grundhypothesen berücksichtigt, dürfte es wohl möglich sein, auch völlig ohne Körper zu leben.«

»Das sind keine zulässigen Hypothesen«, sagte Angel.

»Auf jeden Fall«, sagte der Professor, »setze ich Sie davon in Kenntnis, daß man mich bald hinter Schloß und Riegel setzen wird.«

Angel war aufgestanden. Erneut entfernte er sich vom Hotel.

»Warum?«

Professor Frißtfrist holte ein kleines Notizbuch aus seiner linken Innentasche. In zwei Kolumnen standen Namen untereinander. Ein Name mehr in der linken Kolumne als in der rechten.

»Sehen Sie«, sagte der Professor.

»Ist das Ihr Krankenbuch?« sagte Angel.

»Ja. Die von links habe ich geheilt. Die von rechts sind

gestorben. Solange ich links einen Vorsprung habe, kann ich weitermachen.«

»Wieso das?«

»Ich meine, daß ich solange Leute umbringen kann, bis die Zahl der Leute erreicht ist, die ich geheilt habe.«

»Einfach so umbringen?«

»Ja. Natürlich. Ich habe gerade Pippo umgebracht und jetzt stehe ich gleich.«

»Aber hatten Sie denn keinen größeren Vorsprung?«

»Nach dem Tod einer meiner Patientinnen«, sagte Frißtfrist, »vor zwei Jahren, habe ich eine Neurasthenie bekommen, und darauf habe ich eine Menge Leute umgebracht. Dummerweise eigentlich; ich habe wirklich keinen Nutzen davon gehabt.«

»Aber Sie könnten doch neue Kranke heilen«, sagte Angel, »und ein ruhiges Leben führen.«

»Hier ist niemand krank«, sagte der Professor. »Ich kann ja keine Kranken erfinden. Hinzu kommt, daß ich die Medizin nicht mag.«

»Aber der Assistenzarzt?«

»Das ist wieder meine Schuld. Wenn ich ihn heile, steht es gleich. Wenn er stirbt . . .«

»Die abgetrennte Hand, zählt das nicht?«

»Oh, so weit geht es schließlich nicht!« sagte der Professor. »Auch ebenso nicht eine ganz gewöhnliche Hand.«

»Alles klar«, sagte Angel, der hinzufügte: »Warum will man Sie hinter Schloß und Riegel setzen?«

»Das ist das Gesetz. Das müßten Sie doch wissen.«

»Wissen Sie«, sagte Angel, »in der Regel weiß man nichts. Und selbst die Leute, die Bescheid wissen müßten, das heißt jene, die es verstehen, die Ideen zu manipulieren, vorzukauen und sie dergestalt vorzustellen, daß sie sich einbilden, einen originellen Gedanken zu haben, erneuern nie ihre Kenntnis von den Dingen, die sie vorkauen, so daß ihre Ausdrucksweise dem Gegenstand dieses Ausdrucks immer zwanzig Jahre voraus ist. Daraus folgt, daß man von ihnen nichts lernen kann, denn sie begnügen sich mit Wörtern.«

»Ich finde es nicht sehr sinnvoll, daß Sie sich in philosophischen Abhandlungen verlieren, um mir zu erklären, daß Sie das Gesetz nicht kennen«, sagte der Professor.

»Gewiß«, sagte Angel, »aber es ist notwendig, daß diese Betrachtungen irgendwo ihren Platz finden. Falls es sich überhaupt um Betrachtungen handelt. Ich für meinen Teil würde dazu neigen, sie gewöhnliche Reflexe eines gesunden Individuums zu nennen, das in der Lage ist, festzustellen.«

»Was denn festzustellen?«

»Objektiv und ohne Vorurteile festzustellen.«

»Sie können noch hinzufügen: ohne bürgerliche Vorurteile«, sagte der Professor. »Das tut man.«

»Gern«, sagte Angel. »So haben die fraglichen Individuen die Formen des Gedankens so lange und so gründlich untersucht, daß die Formen ihnen den Gedanken selber verstellen. Stößt man sie dann mit der Nase drauf, versperren sie einem die Aussicht mit Hilfe eines anderen Stücks Form. Sie haben die Form selber um eine große Anzahl Zubehörteile und sinnreicher Vorrichtungen bereichert und bemühen sich nun, sie einswerden zu lassen mit dem betreffenden Gedanken, dessen rein physische Anlage als emotionaler und sensorischer Reflex ihnen vollkommen fremd ist.«

»Ich verstehe überhaupt nichts«, sagte Frißtfrist.

»Es ist wie beim Jazz«, sagte Angel. »Die Trance.«

»Mir wird halb klar«, sagte Frißtfrist. »Sie wollen sagen: in der gleichen Weise sind manche Menschen dafür empfänglich und andere nicht.«

»Ja«, sagte Angel. »Es ist höchst seltsam zu sehen, wenn man in Trance ist, wie Leute weiter reden und ihre Formen manipulieren können. Ich meine, wenn man den Gedanken spürt. Die materielle Sache.«

»Sie drücken sich verschwommen aus«, sagte Frißtfrist.

»Ich suche gar nicht, mich klar auszudrücken«, sagte Angel, »denn es kotzt mich derart an, den Versuch zu unternehmen, etwas auszudrücken, was ich so klar verspüre; und außerdem ist es mir völlig wurscht, ob ich den andern meinen Standpunkt mitteilen kann oder nicht.«

»Man kann mit Ihnen nicht diskutieren«, sagte Frißtfrist.

»Ich glaube, daß man das nicht kann«, sagte Angel. »Sie werden mir aber doch diesen mildernden Umstand zugute halten, daß es seit dem Anfang das erste Mal ist, daß ich mich an etwas dieser Art heranwage.«

»Sie wissen nicht, was Sie wollen«, sagte Frißtfrist.

»Wenn ich in meinen Armen und in meinen Beinen zufrieden bin und mich wohlfühle«, sagte Angel, »und wenn ich weich und locker bleiben kann wie ein Sack mit Kleie, dann weiß ich, daß ich das habe, was ich will, denn dann kann ich daran denken, wie ich möchte, daß es sein soll.«

»Ich bin vollkommen erschlagen«, sagte Frißtfrist. »Die unbestimmbare, unbestrittene und unerbittliche Drohung, deren Opfer ich hier und jetzt bin, verzeihen Sie mir die Alliteration, ist sicherlich dem ans Koma grenzenden Zustand des Ekels nicht unbekannt, in dem sich meine Hülle eines bärtigen Vierzigers befindet. Sie würden besser daran tun, über etwas anderes mit mir zu sprechen.«

»Wenn ich über etwas anderes spreche«, sagte Angel, »werde ich über Rochelle sprechen, und das wird das von mir seit einigen Minuten mühsam errichtete Gebäude zum Einstürzen bringen. Ich habe nämlich Lust, Rochelle zu ficken.«

»Aber natürlich«, sagte Frißtfrist. »Ich auch. Ich gedenke es nach Ihnen zu tun, falls Sie nichts dagegen haben sollten und wenn die Polizei mir die Zeit dazu läßt.«

»Ich liebe Rochelle«, sagte Angel. »Es ist wahrscheinlich, daß mich das dazu verleiten wird, Blödsinn zu machen. Denn allmählich bin ich es satt. Mein System ist zu vollkommen, um je verwirklicht werden zu können: außerdem ist es nicht mitteilbar, so daß ich gezwungen wäre, es ganz allein zur Anwendung zu bringen, und die Leute würden da nicht mitmachen. Infolgedessen sind die Dummheiten, die ich machen kann, ohne Bedeutung.«

»Welches System?« sagte Frißtfrist. »Sie erschlagen mich heute buchstäblich.«

»Mein System zur Lösung aller Probleme«, sagte Angel. »Ich habe tatsächlich für alles Lösungen gefunden. Sie sind ausgezeichnet und haben einen hohen Nutzeffekt, aber ich bin der einzige, der sie kennt, und ich habe keine Zeit, die andern damit bekannt zu machen, denn ich bin sehr beschäftigt. Ich arbeite und ich liebe Rochelle. Verstehen Sie?«

»Es gibt Leute, die machen noch sehr viel mehr«, sagte der Professor.

»Ja«, sagte Angel, »aber ich brauche auch noch Zeit, um bäuchlings auf der Erde zu liegen und zu sabbern. Ich werde es bald tun. Ich erwarte mir viel von dieser Übung.«

»Wenn der Kerl morgen kommt, um mich zu verhaften«, sagte Frißtfrist, »werde ich Sie bitten, den Assistenzarzt zu pflegen. Ich werde ihm die Hand abschneiden, bevor ich weggehe.«

»Man kann Sie ja noch gar nicht verhaften«, sagte Angel. »Sie haben noch ein Anrecht auf eine weitere Leiche.«

»Manchmal verhaften sie einen schon im voraus«, gab der Professor zur Antwort. »Im Augenblick läuft das Gesetz völlig verkehrt.«

VIII

Mit großen Schritten durchmaß Abbé Petitjean die Piste. Er trug einen schwer bepackten Bettelsack und schlenkerte nachlässig sein Brevier an einem Stück Schnur, wie es die Büffler mit ihrem Tintenfaß machen. Ferner sang er, um sein Gehör zu verzaubern (aber auch, um sich in den Stand der Heiligkeit zu versetzen), ein altes Kirchenlied:

Eine dicke grüne Mahaus
Lief unverfroren durch das Hahaus
Ich packte sie am Schwanz
Empört von so viel Arroganz
Man sagt mir mit Gegröhöl
Tauch sie doch in heißes Öhöl
Tauch sie drauf in weißen Wein
Dann wird aus ihr ein Vögelein
Du ißt davon ein Beinelein
Das schmeckt dir sicherlich sehr fein
Was braucht es mehr zum Glücklichsein.
Am Abend so im Dämmerschein.

Durch kräftiges Aufstampfen mit dem Absatz skandierte er den traditionellen Rhythmus des Liedes, und der physische Zustand, der sich aus dieser Summe von Tätigkeiten ergab, schien ihm zufriedenstellend. Hin und wieder stand tatsächlich ein Büschel spitzer Gräser mitten auf dem Weg und hier und da stechendes und schädliches Scrub spinifex, das ihm die Waden unter der Soutane zerkratzte, doch was bedeuten diese Dinge? Nichts. Abbé Petitjean hatte schon ganz andere Sachen erlebt, denn Gott ist groß.

Er sah eine Katze von links nach rechts über die Piste laufen und dachte, daß er bald da war. Und dann stand er plötzlich mitten auf Athanagoras' Lagerplatz. Sogar mitten in Athanagoras' Zelt. Wo letzterer übrigens arbeitete, sehr mit einer seiner Standardschachteln beschäftigt, die nicht aufgehen wollte.

»Grüß Gott!« sagte der Archäologe.

»Grüß Gott!« sagte der Abbé. »Was machen Sie?«

»Ich versuche, diese Schachtel zu öffnen«, sagte Athanagoras, »aber es gelingt mir nicht.«

»Dann lassen Sie sie doch zu«, sagte der Abbé. »Man soll sein Talent nicht überfordern.«

»Es ist eine Fasinschachtel«, sagte Athanagoras.

»Was ist denn das, Fasin?«

»Das ist eine Mischung«, sagte der Archäologe. »Es würde zu weit führen, mehr darüber zu sagen.«

»Ich bitte Sie«, sagte der Abbé. »Was gibts Neues?«

»Barrizone ist heute morgen gestorben«, sagte Athanagoras.

»Magni nominis umbra . . .«, sagte der Abbé.

»Jam proximus ardet Ucalegon . . .«

»Oh!« meinte Petitjean, »man darf nicht an Vorzeichen glauben. Wann wird er besandet?«

»Heute abend oder morgen.«

»Da gehen wir hin«, sagte der Abbé. »Bis nachher.«

»Ich komme mit Ihnen«, sagte der Archäologe. »Eine Sekunde.«

»Sollen wir vorher einen trinken?« schlug Petitjean vor.

»Cointreau?«

»Nein! . . . Ich habe was mitgebracht.«

»Ich habe auch Zython«, regte der Archäologe an.

»Danke . . . wirklich nicht.«

Petitjean schnürte seinen Bettelsack auf, und nach kurzem Suchen zog er eine Feldflasche daraus hervor.

»Hier«, sagte er. »Versuchen Sie.«

»Nach Ihnen . . .«

Petitjean kam der Aufforderung nach und trank einen guten Schluck. Dann hielt er den Apparat dem Archäologen hin. Der brachte das Mundstück an seine Lippen, legte den Kopf zurück und richtete sich fast sofort wieder auf.

»Es ist nichts mehr drin . . .«, sagte er.

»Das wundert mich nicht . . . Ich bin immer noch der gleiche«, sagte der Abbé. »Ein Trinker, indiskret . . . und dazu noch verfressen.«

»Ich war nicht unbedingt darauf versessen«, sagte der Archäologe, »ich hätte nur so getan.«

»Das macht nichts«, sagte der Abbé. »Ich verdiene eine Strafe. Wieviele blaue Bohnen sind in einer Kiste Polentebohnen?«

»Was nennen Sie Polentebohnen?« fragte der Archäologe.

»Ja«, sagte Petitjean, »natürlich, Sie haben das Recht, mir diese Frage zu stellen. Das ist ein bildhafter Ausdruck, der mir eigen ist und dazu dient, die 7,65 mm Patronen zu bezeichnen, mit denen die Polentegleichmacher geladen werden.«

»Dies stimmt mit dem Erklärungsversuch überein, den ich zu unternehmen mich bemühte«, sagte der Archäologe. »Nun, sagen wir fünfundzwanzig.«

»Viel zu viel, Mann!« sagte der Abbé. »Sagen Sie drei.«

»Dann drei.«

Petitjean zog seinen Rosenkranz hervor und sagte ihn dreimal auf, so schnell, daß die glatten Perlen unter seinen behenden Fingern zu rauchen anfingen. Er steckte ihn wieder in die Tasche und schüttelte die Hände in der Luft.

»Mann, brennt das! . . .« sagte er. »Das hätte ich hinter mir. Auch die Welt ist mir wurscht.«

»Oh«, sagte Athanagoras, »niemand macht Ihnen das zum Vorwurf.«

»Sie reden gut«, sagte Petitjean. »Sie sind ein Mann mit guter Erziehung. Es ist ein Vergnügen, in einer Wüste, die voller Sand und klebriger Brimmen ist, jemand von Ihrem Niveau anzutreffen.«

»Sie vergessen die Elymen«, sagte der Archäologe.

»Ach ja«, sagte der Abbé. »Sind das die kleinen gelben Schnecken? Was ist eigentlich aus Ihrer jungen Freundin geworden, der Frau mit den schönen Brüsten?«

»Sie geht kaum noch aus«, sagte der Archäologe. »Sie gräbt mit ihren Brüdern. Es geht voran. Aber die Elymen sind keine Schnecken. Eher Gräser.«

»Dann werden wir sie also nicht sehen?« fragte der Abbé.

»Heute nicht.«

»Aber wozu ist sie denn hierher gekommen?« sagte Petitjean. »Ein so schönes Mädchen, eine außergewöhnliche Haut, prächtiges Haar, eine Brust, daß man sich exkommunizieren lassen möchte, intelligent und stark wie ein Tier, und nie sieht man sie. Sie schläft doch wohl nicht mit ihren Brüdern?«

»Nein«, sagte der Archäologe. »Ich glaube, daß Angel ihr gefiel.«

»Na? Ich kann sie miteinander verheiraten, wenn Sie wollen.«

»Er denkt nur an Rochelle«, sagte der Archäologe.

»Sie ist nicht mein Typ. Sie ist viel zu satt.«

»Ja«, sagte Athanagoras. »Aber er liebt sie.«

»Liebt er sie?«

»Zu klären, ob er sie wirklich liebt, wäre eine interessante Aufgabe.«

»Kann er sie weiterhin lieben, wenn er sieht, daß sie mit seinem Freund schläft?« sagte Petitjean. »Daß ich mit Ihnen über alle diese Dinge rede, dürfen Sie nicht als die sexuelle Neugier eines Verklemmten ansehen. Auch ich habe in meinen Mußestunden meinen Ständer.«

»Das kann ich mir denken«, sagte Athanagoras. »Da brauchen Sie sich nicht zu entschuldigen. Ich glaube tatsächlich, daß er sie im Ernst liebt. Ich meine, daß es so weit geht, daß er ihr weiterhin nachläuft, ohne die geringste Hoffnung. Und daß er sich auch nicht für Cuivre interessiert, obgleich der nichts lieber wäre.«

»Oh! Oh!« sagte Petitjean. »Er wird sich wohl begreifen!«

»Sich was?«

»Sich begreifen. Entschuldigen Sie bitte, das ist Sakristeijargon.«

»Ich . . . Ach! Ja!« sagte Athanagoras. »Ich habe begriffen. Nein, ich glaube allerdings nicht, daß er sich begreift.«

»Unter diesen Umständen«, sagte Petitjean, »sollte man ihn dazu bringen, daß er mit Cuivre schläft.«

»Es wäre mir lieb, wenn er es täte«, sagte Athanagoras. »Sie sind beide lustig.«

»Wir müssen sie beide zum Eremiten führen«, sagte der

Abbé. »Wirklich, der macht einen heiligen Akt, das ist schon ein verdammt durchschlagender Erfolg. Oh, verflixt! Schon wieder! Pech gehabt. Erinnern Sie mich daran, daß ich nachher ein paar Rosenkränze aufsage.«

»Was ist denn los?« fragte der Archäologe.

»Ich bin ständig am fluchen und lästern«, sagte Petitjean. »Aber das ist weiter nicht von Bedeutung. Ich werde nachher kurz rekapitulieren. Um auf unser Thema zurückzukommen, ich sagte Ihnen also, daß das Schauspiel des Eremiten ziemlich interessant ist.«

»Ich bin noch nicht dort gewesen«, sagte der Archäologe.

»Auf Sie«, sagte der Abbé, »hätte das keine große Wirkung. Sie sind alt.«

»Ja«, sagte der Archäologe, »ich interessiere mich eher für die Gegenstände und die Erinnerung der Vergangenheit. Doch der Anblick zweier junger, gut gebauter Menschen in einfachen und natürlichen Stellungen stößt mich keineswegs ab.«

»Diese Negerin . . .«, sagte Petitjean.

Er schloß seinen Satz nicht ab.

»Was ist mit ihr?«

»Sie . . . ist sehr begabt. Sehr wendig, meine ich. Würde es Ihnen etwas ausmachen, über etwas anderes mit mir zu reden?«

»Keineswegs«, sagte der Archäologe.

»Ich werde allmählich erregt«, sagte Petitjean. »Und ich möchte nicht Ihre junge Freundin belästigen. Erzählen Sie mir zum Beispiel von einem schönen Glas kaltes Wasser in den Halsausschnitt oder von der Holzhammertortur.«

»Was ist denn das, die Holzhammertortur?«

»Bei manchen Indianern sehr gebräuchlich«, sagte der Abbé, »besteht sie darin, das Skrotum des Patienten so auf einen Holzklotz zu drücken, daß die Hoden hervortreten und sie dann durch einen kurzen Schlag mit dem Holzhammer zu zerquetschen . . . Au! Au! . . .« fügte er hinzu und krümmte sich auf der Stelle. »Das tut sicherlich sehr weh!«

»Das ist gut ausgedacht«, sagte der Archäologe . . . »Das erinnert mich an eine andere . . .«

»Reden Sie nicht weiter . . .«, sagte der Abbé völlig zusammengekrümmt. »Ich bin wieder ganz beruhigt.«

»Wunderbar«, sagte Athanagoras. »Dann können wir wohl gehen?«

»Wie?« verwunderte sich der Abbé. »Wir sind noch nicht gegangen. Es ist wirklich verblüffend, wie geschwätzig Sie sind.«

Der Archäologe begann zu lachen, und er nahm seinen Tropenhelm ab, den er an einen Nagel hing.

»Ich folge Ihnen«, sagte er.

»Eine Gans, zwei Gänse, drei Gänse, vier Gänse, fünf Gänse, sechs Gänse! . . .«, sagte der Abbé.

»Sieben Gänse«, sagte der Archäologe.

»Amen!« sagte Petitjean.

Er bekreuzigte sich und ging als erster aus dem Zelt.

IX

Diese Exzenter sind verstellbar . . .
Die Mechanik auf der Weltausstellung von 1900, Dunod édit., Band 2, Seite 204

»Sie sagten, daß das Elymen sind?« fragte Abbé Petitjean und zeigte auf die Gräser.

»Nicht die dort«, bemerkte der Archäologe. »Aber es gibt auch Elymen.«

»Das ist völlig uninteressant«, gab der Abbé zu bedenken. »Was nützt es, den Namen zu kennen, wenn man weiß, was die Sache ist?«

»Es ist nützlich für die Unterhaltung.«

»Es würde doch genügen, der Sache einen anderen Namen zu geben.«

»Natürlich«, sagte der Archäologe, »aber je nach dem Gesprächspartner, den man gerade belehren will, würde man mit dem gleichen Namen nicht die gleiche Sache bezeichnen.«

»Sie haben sich da versprochen«, sagte der Abbé. »Sie

meinen den Gesprächspartner, den man gerade bekehren will.«

»Aber nein«, sagte der Archäologe. »Erstens wäre es ein Verstoß gegen den guten Geschmack und zweitens ist es überhaupt nicht das, was ich sagen wollte.«

Sie gingen auf das Hotel Barrizone zu. Der Abbé hatte seinen Arm vertraulich unter den Athanagoras' geschoben.

»Ich will Ihnen gern glauben ...«, sagte der Abbé. »Aber trotzdem wundert es mich.«

»Das ist Ihre Berufungskrankheit.«

»Abgesehen davon, wie weit sind Sie denn mit Ihren Ausgrabungen?«

»Wir kommen sehr schnell voran. Wir folgen der Richtlinie.«

»Womit stimmt sie eigentlich überein?«

»Oh ...«, sagte der Archäologe ... »Ich weiß nicht ... Darüber muß ich erst mal nachdenken ...«

Er schien zu suchen.

»Ich schätze, sie verläuft unweit des Hotels.«

»Haben Sie Mumien gefunden?«

»Wir essen zu jeder Mahlzeit welche. Sie schmecken gar nicht schlecht. In der Regel sind sie gut zubereitet, aber oft sind sie zu stark gewürzt.«

»Ich habe früher mal welche gekostet, im Tal der Könige«, sagte der Abbé. »Es ist dort eine Spezialität.«

»Sie stellen sie fabrikmäßig her. Die unseren sind echt.«

»Ich habe einen Horror vor Mumienfleisch«, sagte der Abbé. »Ich glaube, da ist mir Ihr Petroleum doch noch lieber.«

Er ließ Athanagoras' Arm los.

»Entschuldigen Sie eine Sekunde.«

Der Archäologe sah, wie er einen Anlauf nahm und einen doppelten Salto in der Luft machte. Er landete auf den Händen und begann ein Rad zu schlagen. Seine Soutane, um ihn herum aufgespannt, schmiegte sich an seine Beine und zeichnete die Buckel seiner dicken Waden ab. Er schlug ein Dutzend Räder und blieb auf den Händen stehen, dann stellte er sich mit einem Schlag wieder auf.

»Ich bin bei den Eudisten erzogen worden«, erklärte er dem Archäologen. »Das ist zwar eine strenge, aber für Geist und Körper wohltuende Erziehung.«

»Ich bedauere«, sagte Athanagoras, »daß ich nicht die religiöse Laufbahn eingeschlagen habe. Wenn ich Sie so sehe, wird mir klar, was ich versäumt habe.«

»Sie haben doch auch ganz schön was erreicht«, sagte der Abbé.

»In meinem Alter eine Richtlinie entdecken . . .«, sagte der Archäologe. »Jetzt ist es zu spät . . .«

»Die jungen Leute werden den Nutzen davon haben.«

»Ohne Zweifel.«

Von der Anhöhe herab, die sie gerade hinaufgeklettert waren, erblickten sie das Hotel. Direkt davor funkelten die Eisenbahngleise, glänzend und neu, auf den Unterlagen in der Sonne. Rechts und links erhoben sich zwei hohe Sanddämme, und das Ende verlor sich hinter einer anderen Düne. Die ausführenden Organe schlugen gerade die letzten Schwellenschrauben in die Schwellen, und man sah die Funken der Hammerschläge auf dem Kopf der Schwellenschrauben, noch bevor man den Schlag hörte.

»Aber die durchschneiden ja das Hotel! . . .« sagte Petitjean.

»Ja . . . Die Berechnungen haben gezeigt, daß es notwendig war.«

»Das ist doch blödsinnig!« sagte der Abbé. »Es gibt nicht allzuviele Hotels in dieser Gegend.«

»Das habe ich mir auch gedacht«, sagte der Archäologe. »Aber das ist Dudus Idee.«

»Ich würde ja gern ein billiges Wortspiel über den Namen Dudu machen«, sagte der Abbé, »aber dann würde man glauben, man hätte diesen Namen absichtlich gewählt. Und niemand weiß besser als ich, daß das nicht der Fall ist.«

Sie schwiegen, denn der Lärm wurde unerträglich. Das gelbschwarze Taxi war etwas beiseite gefahren, um die Gleise vorbeizulassen; die Moosblumen blühten immer noch mit der gleichen Üppigkeit. Das Hotel ließ wie gewöhnlich ein starkes Luftzittern über seinem Flachdach aufsteigen, und der Sand blieb der Sand, das heißt gelb, pulverförmig und verlockend. Was die Sonne anging, so schien sie unverändert, und das Gebäude verbarg den Blicken der beiden Männer die schwarze, kalte Grenzzone, die sich weit dahinter, von rechts nach links, in ihrer toten Mattheit erstreckte.

Carlo und Marin hörten mit der Arbeit auf, erstens, um den Abbé und Athanagoras vorbeizulassen, und zweitens, weil sie jetzt fertig waren. Erst mußte ein Teil des Hotels abgerissen werden, und dazu mußte zuvor Barrizones Leiche hinausgeschafft werden.

Sie ließen ihre schweren Hämmer fallen und gingen mit langsamen Schritten zu den Stapeln mit Schwellen und Schienen, um unterdessen die Montage des nächsten Abschnitts vorzubereiten. Das schlanke Profil der Hebevorrichtungen aus dünnem Stahl zeichnete sich über den Materialhaufen ab und zerschnitt den Himmel in schwarz umränderte Dreiecke.

Sie erklommen den Damm, wobei sie ihre Hände zu Hilfe nahmen, denn der Hang war steil, und sausten den andern Abhang hinunter, sich den Blicken des Abbés und seines Gefährten entziehend.

Diese betraten den Hauptsaal, und Athanagoras schloß die Glastür hinter sich. Im Innern war es heiß, und ein Geruch nach Medikamenten ergoß sich von der Treppe her über den Boden, sammelte sich in Schafshöhe im Raum und sickerte in die verfügbaren konkaven Winkel. Es war niemand da.

Sie blickten hoch und hörten im oberen Stockwerk Schritte. Der Abbé begab sich zur Treppe und kletterte sie hinauf, gefolgt von dem Archäologen. Der Geruch verursachte ihnen Übelkeit. Athanagoras bemühte sich, nicht mehr zu atmen. Sie kamen im Flur des Stockwerks an, und das Stimmengewirr führte sie in das Zimmer, in dem die Leiche lag. Sie klopften an, und man sagte herein.

Man hatte das, was von Barrizone übrigblieb, in eine große Kiste gelegt, und er paßte genau hinein, weil der Unfall ihn ein wenig kürzer gemacht hatte. Der Rest seines Schädels bedeckte das Gesicht; an der Stelle seines Antlitzes erkannte man nur noch eine Masse schwarzer Lockenhaare. Im Zimmer war Angel, der allein vor sich hinsprach und sich unterbrach, als er sie sah.

»Guten Tag!« sagte der Abbé. »Wie geht's?«

»Es geht so . . .«, sagte Angel.

Er drückte dem Archäologen die Hand.

»Sie sprachen, wie mich deucht«, sagte der Abbé.

»Ich habe Angst, daß er sich langweilt«, sagte Angel. »Ich

habe versucht, ihm allerhand zu erzählen. Ich glaube zwar nicht, daß er es hört, aber das kann ihn nur beruhigen. Er war ein braver Kerl.«

»Es war ein gemeiner Unfall«, sagte Athanagoras. »Eine solche Geschichte ist zum Heulen.«

»Ja«, sagte Angel. »Dieser Meinung ist auch Professor Frißtfrist. Er hat sein Flugzeugmodell verbrannt.«

»Verflixt!« sagte der Abbé. »Ich hoffte, es fliegen zu sehen.«

»Es sieht ziemlich schrecklich aus«, sagte Angel. »Es hat zumindest den Anschein . . .«

»Wieso das?«

»Weil man nichts sieht. Es fliegt zu schnell. Man hört nur das Geräusch.«

»Wo ist der Professor?« fragte Athanagoras.

»Oben«, sagte Angel. »Er wartet darauf, daß man ihn verhaften kommt.«

»Warum?«

»Sein Krankenbuch ist ausgeglichen«, erklärte Angel. »Und er befürchtet, daß der Assistenzarzt nicht davonkommt. Er ist wohl gerade dabei, ihm die Hand abzuschneiden.«

»Auch das Flugzeugmodell?« erkundigte sich Petitjean.

»Der Motor hat dem Assistenzarzt in die Hand gebissen«, sagte Angel. »Darauf hat sich sofort eine Infektion in ihr breitgemacht. Deshalb muß er die Hand abgeschnitten bekommen.«

»Schön ist das alles nicht«, sagte der Abbé. »Ich wette, daß noch keiner von Ihnen den Eremiten aufgesucht hat.«

»Nein«, gestand Angel.

»Wie wollen Sie unter solchen Umständen leben?« sagte der Abbé. »Da bietet man Ihnen einen heiligen Akt erster Wahl, der wirklich stärkend ist, und niemand geht ihn sich ansehen . . .«

»Wir sind nicht mehr gläubig«, sagte Angel. »Ich persönlich denke vor allem an Rochelle.«

»Sie ist zum Kotzen«, sagte der Abbé. »Wo Sie sich an Athanagoras' Freundin ranmachen könnten! . . . Sie sind ja furchtbar mit Ihrem schlaffen Frauenzimmer.«

Der Archäologe schaute aus dem Fenster und beteiligte sich nicht an der Unterhaltung.

»Ich möchte so wahnsinnig gern mit Rochelle schlafen«, sagte Angel. »Ich liebe sie heftig, beharrlich und hoffnungslos. Sie müssen vielleicht darüber lachen, aber es ist nun mal so.«

»Die macht sich doch über Sie lustig«, sagte der Abbé. »Verflixt und Donnerwetter! Wenn ich an Ihrer Stelle wäre! . . .«

»Ich will Cuivre gern küssen«, sagte Angel, »und sie in meinen Armen halten, aber ich werde doch genauso unglücklich sein.«

»Oh«, sagte der Abbé, »Sie tun mir richtig weh! Suchen Sie den Eremiten auf, heiliger Strohsack! . . . Da kommen Sie auf andere Gedanken! . . .«

»Ich will Rochelle«, sagte Angel. »Es wird Zeit, daß ich sie bekomme. Sie sieht immer abgenutzter aus. Ihre Arme haben die Form des Körpers meines Freundes angenommen, und ihre Augen sagen nichts mehr, und ihr Kinn verschwindet, und ihre Haare sind fettig. Sie ist weich und schlaff, das stimmt, sie ist weich wie eine etwas angefaulte Frucht, und sie hat den gleichen warmen Körpergeruch wie eine etwas angefaulte Frucht, und sie ist genauso anziehend.«

»Machen Sie keine Literatur«, sagte Petitjean. »Eine angefaulte Frucht ist zum Kotzen. Sie ist klebrig. Sie platzt auf.«

»Sie ist nur sehr reif . . .«, sagte Angel. »Sie ist mehr als reif. In gewisser Hinsicht ist das besser.«

»Das entspricht nicht Ihrem Alter.«

»Es gibt kein Alter. Ich würde ihr Aussehen von vorher vorziehen. Aber das wird sich nie wieder herstellen lassen.«

»Aber so machen Sie doch die Augen auf!« sagte der Abbé.

»Ich mache die Augen auf, und ich sehe sie jeden Morgen aus Annes Zimmer kommen. Noch ganz geöffnet, ganz feucht von allem, ganz warm und klebrig, und ich habe Verlangen danach. Es verlangt mich, sie auf mich zu legen, sicherlich gibt sie nach und dehnt sich wie Kitt.«

»Das ist ja ekelerregend«, sagte der Abbé. »Das ist Sodom und Gomorrha, nur nicht so normal. Sie sind ein großer Sünder.«

»Sie riecht bestimmt nach Algen, die im Meerwasser in der Sonne geschmort haben«, sagte Angel. »Wenn es anfängt, zu verwesen. Und das mit ihr zu machen, ist sicherlich wie mit einer Stute, mit viel Platz und einer Menge Schlupfwinkel und einem Geruch nach Schweiß und Ungewaschensein. Ich möchte, daß sie sich einen ganzen Monat lang nicht wäscht, und daß sie jeden Tag einmal täglich mit Anne schläft, damit sie ihn anekelt, und dann möchte ich sie nehmen, sofort, wenn sie von ihm kommt. Noch voll.«

»Das reicht jetzt langsam«, sagte der Abbé. »Sie sind ja ein Drecksack.«

Angel sah Petitjean an.

»Sie verstehen nichts«, sagte er. »Sie haben nichts verstanden. Sie ist abgeschlafft.«

»Daß sie das ist, ist mir klar!« sagte der Abbé.

»Ja«, sagte Angel. »In dieser Hinsicht auch. Aber darüber bin ich hinaus.«

»Wenn ich Ihnen den Hintern versohlen könnte«, sagte Petitjean, »würde es nicht so abgehen.«

Der Archäologe drehte sich um.

»Kommen Sie mit uns, Angel«, sagte er. »Sehen Sie sich den Eremiten an. Wir gehen Cuivre holen und gehen dann zusammen hin. Sie müssen auf andere Gedanken kommen, Sie dürfen nicht bei Pippo bleiben. Hier ist alles gelaufen, aber nicht für Sie.«

Angel fuhr sich mit der Hand über die Stirn und schien sich ein wenig zu beruhigen.

»Gern«, sagte er. »Wir nehmen den Doktor mit.«

»Gehen wir ihn zusammen holen«, sagte der Abbé. »Wieviele Stufen müssen wir steigen, bis wir auf dem Speicher sind?«

»Sechzehn«, sagte Angel.

»Das ist zuviel«, sagte Petitjean. »Drei genügen. Meinetwegen auch vier.«

Er zog seinen Rosenkranz aus der Tasche.

»Ich muß meinen Rückstand aufholen«, sagte er. »Entschuldigen Sie. Ich folge Ihnen auf dem Fuß.«

X

Wenn Sie Kunststücke mit Tafeln vorführen, wäre es lächerlich, wenn Sie das mit den größten Schiefertafeln tun wollten.

Bruce Elliott, »Lehrbuch der Taschenspielerkunst« Payot édit., Seite 223

Angel ging als erster hinein. Im Krankenrevier waren nur der Assistenzarzt, der lang ausgestreckt auf dem Operationstisch lag, und Doktor Frißtfrist im weißen Veterinärschirurgenkittel, der über der blauen Flamme einer Spirituslampe ein Skalpell sterilisierte, bevor er es in eine Flasche mit Salpetersäure tauchte. Eine vernickelte, viereckige Büchse, halb voll mit Wasser und glänzenden Instrumenten, brodelte auf einem Elektrokocher, und aus einem mit einer roten Flüssigkeit gefüllten Glaskolben stieg ungestümer Dampf. Der Assistenzarzt, der ganz nackt war und die Augen geschlossen hielt, zitterte auf dem Tisch, festgeschnallt mit soliden Gurten, die ihm tief in sein vom Müßiggang und Glockenläuten verweichlichtes Fleisch schnitten, und sagte nichts, während Professor Frißtfrist eine Stelle aus *Black, Brown and Beige* vor sich hinpfiff, immer die gleiche, weil er nicht mehr wußte, wie es weiterging. Beim Geräusch von Angels Schritten drehte er sich um; in diesem Augenblick erschienen Athanagoras und Abbé Petitjean ebenfalls.

»Guten Tag, Doktor«, sagte Angel.

»Servus!« sagte Frißtfrist. »Wie klappt's?«

»Es klappt.«

Der Professor grüßte den Archäologen und den Abbé.

»Können wir Ihnen helfen?« fragte Angel.

»Nein«, sagte der Professor. »Es wird gleich vorbeisein.«

»Ist er betäubt?«

»Wo denken Sie hin . . .«, sagte Frißtfrist. »Doch nicht für so eine Kleinigkeit.«

Er sah beunruhigt aus und warf flüchtige Blicke hinter sich.

»Ich habe ihn durch Schläge mit einem Stuhl auf den Kopf

unempfindlich gemacht«, sagte er. »Aber ist Ihnen auf dem Weg hierher nicht ein Polizeiinspektor begegnet?«

»Nein«, sagte Athanagoras. »Es war niemand zu sehen, Professor.«

»Sie kommen sicher, um mich zu verhaften«, sagte Frißtfrist. »Ich habe meine Anzahl überschritten.«

»Ist Ihnen das unangenehm?« fragte der Abbé.

»Nein«, sagte Frißtfrist. »Aber ich habe einen Horror vor Polizeiinspektoren. Ich muß diesem Dummkopf noch die Hand abschneiden, und dann gehe ich.»

»Ist es schlimm?« fragte Angel.

»Sehen Sie selbst.«

Angel und der Abbé traten an den Tisch heran. Athanagoras blieb einige Schritte dahinter. Die Hand sah übel aus. Der Professor hatte sie für seine Operation an den Körper des Assistenzarztes gelegt. Die Wunde klaffte grellgrün, und reichlich Schaum floß unaufhörlich von der Mitte zu den Rändern hin, die jetzt vollständig verbrannt und zerfetzt waren. Eine flüssige Feuchtigkeit floß zwischen den Fingern des Assistenzarztes und besudelte das grobe Leintuch, auf dem sein von einem raschen Zittern geschüttelter Körper ruhte. Hin und wieder trat eine große Blase an die Oberfläche der Wunde und platzte, wobei sie den Körper des Patienten in der Umgebung seiner Hand mit unendlich vielen kleinen, unregelmäßigen Flecken bespritzte.

Petitjean drehte den Kopf als erster ab und machte ein angeödetes Gesicht. Angel betrachtete den schlappen Körper des Assistenzarztes, seine graue Haut und seine erschlafften Muskeln, und die wenigen armseligen Haare, die er auf der Brust hatte. Er sah die durch Beulen verunstalteten Knie, die nicht sehr geraden Schienbeine und die schmutzigen Füße, und er preßte die Fäuste zusammen, dann drehte er sich nach Athanagoras um, und dieser legte ihm die Hand auf die Schulter.

»So war er nicht, als er angekommen ist . . .«, murmelte Angel. »Hat die Wüste auf alle eine solche Wirkung?«

»Nein«, sagte Athanagoras. »Machen Sie sich keine Sorgen, mein Kleiner. Eine Operation ist eben nicht angenehm.«

Abbé Petitjean ging an eines der Fenster des langgestreckten Raums und sah nach draußen.

»Ich glaube, sie kommen Barrizones Leiche abholen«, sagte er.

Carlo und Marin marschierten auf das Hotel zu, wobei sie eine Art Bahre trugen.

Professor Frißtfrist machte einige Schritte und warf ebenfalls einen Blick hinaus.

»Ja«, sagte er. »Es sind die beiden ausführenden Organe. Ich glaubte, es seien Polizeiinspektoren.«

»Ich nehme an, daß niemand das Bedürfnis hat, ihnen helfen zu gehen«, sagte Angel.

»Nein«, versicherte Petitjean. »Es genügt, wenn wir den Eremiten besuchen gehen. Wir waren eigentlich gekommen, um Sie dazu abzuholen, Professor.«

»Ich bin ganz schnell fertig«, sagte Frißtfrist. »Meine Instrumente sind bereit. Aber ich komme sowieso nicht mit. Sobald ich fertig bin, gehe ich weg.«

Er krempelte die Ärmel hoch.

»Ich werde ihm jetzt die Hand abschneiden. Schauen Sie lieber nicht hin, wenn es Sie anwidert. Es muß unbedingt sein. Ich glaube, daß er daran krepieren wird, denn er ist in einem beklagenswerten Zustand.«

»Kann man nichts tun?« fragte Angel.

»Nichts«, sagte der Professor.

Angel wandte sich ab; der Abbé und der Archäologe taten das gleiche. Der Professor füllte die rote Flüssigkeit aus dem Glaskolben in eine Art Kristallisiergefäß um und ergriff ein Skalpell. Die drei andern hörten das Sägeblatt auf den Knochen des Handgelenks knirschen, und gleich darauf war alles vorbei. Der Assistenzarzt rührte sich nicht mehr. Der Professor stillte das Blut mit einer Handvoll Watte und Äther, dann packte er den Arm des Assistenzarztes und tauchte das blutige Ende in die Flüssigkeit im Kristallisiergefäß, die sogleich um den Stummel herum erstarrte und so eine Art Kruste bildete.

»Was machen Sie?« fragte Petitjean, der verstohlen hinsah.

»Das ist Siegellack«, sagte Frißtfrist.

Gewissenhaft nahm er die abgeschnittene Hand mit einer vernickelten Pinzette und legte sie auf einen Glasteller, dann übergoß er sie mit Salpetersäure. Roter Rauch stieg auf, und die ätzenden Dämpfe brachten ihn zum Husten.

»Ich bin fertig«, sagte er. »Wir werden ihn losbinden und wachmachen.«

Angel ließ es sich angelegen sein, die Riemen an den Füßen zu lösen und der Abbé den am Hals. Der Assistenzarzt rührte sich immer noch nicht.

»Er ist wahrscheinlich tot«, sagte Frißtfrist.

»Wie ist das möglich?« fragte der Archäologe.

»Die Betäubung . . . ich habe wohl zu fest draufgeschlagen.«

Er lachte.

»Ich habe Spaß gemacht. Schauen Sie ihn an.«

Die Augenlider des Assistenzarztes gingen auf einen Schlag hoch wie zwei kleine starre Klappläden, und er richtete sich auf.

»Warum bin ich nackt?« fragte er.

»Weiß nicht . . .«, sagte Frißtfrist und begann, seinen Kittel aufzuknöpfen. »Ich habe schon immer gedacht, daß Sie einen Hang zum Exhibitionismus haben.«

»Es würde Ihnen wohl wehtun, wenn Sie aufhörten, mir Gemeinheiten zu sagen, wie?« stieß der Assistenzarzt gehässig aus. Er betrachtete seinen Stummel.

»Nennen Sie das vielleicht saubere Arbeit?« sagte er.

»Jetzt reichts aber!« sagte Frißtfrist. »Sie hätten es ja selber machen können.«

»Das werde ich das nächste Mal auch tun«, versicherte der Assistenzarzt. »Wo sind meine Kleider?«

»Die habe ich verbrannt . . .«, sagte Frißtfrist. »Schließlich ist es nicht nötig, daß sich alle anstecken.«

»So, dann bin ich also nackt und bleibe nackt?« sagte der Assistenzarzt. »Das ist ja eine schöne Scheiße!«

»Genug«, sagte Frißtfrist. »Sie gehen mir langsam auf die Nerven.«

»Streiten Sie sich nicht«, sagte Athanagoras. »Es gibt sicherlich andere Kleider.«

»Sie, Alter«, sagte der Assistenzarzt, »halten sich da lieber raus.«

»Schluß jetzt!« sagte Frißtfrist. »Wollen Sie jetzt endlich die Klappe halten?«

»Was ist denn in Sie gefahren?« fragte der Abbé. »Timpel, Tampel, Nagelstock . . .«

»Pustekuchen«, sagte der Assistenzarzt. »Sie gehen mir auf

den Wecker mit Ihren Dummheiten. Ich scheiße euch allen aufs Maul, so wie ihr da seid!«

»Vollkommen falsch«, sagte Petitjean. »Sie müssen sagen: Wieviel Hörner hat der Bock.«

»Reden Sie gar nicht mit ihm«, sagte Frißtfrist. »Er ist ein unzivilisierter Mensch und ein Flegel dazu.«

»Immer noch besser, als ein Mörder zu sein . . .«, sagte der Assitenzarzt.

»Mit Sicherheit nicht«, sagte Frißtfrist. »Ich werde Ihnen eine Spritze geben.«

Er ging zum Tisch und band die Riemen schnell wieder fest, wobei er den Patienten mit einer Hand festhielt. Aus Furcht, seinen schönen Stummel mit dem ganz neuen Lack zu beschädigen, wagte der sich nicht zu wehren.

»Das dürfen Sie nicht zulassen . . .«, sagte der Assistenzarzt. »Er wird mich abmurksen. Er ist ein alter Lump.«

»Lassen Sie uns in Ruhe«, sagte Angel. »Wir haben nichts gegen Sie. Lassen Sie sich behandeln.«

»Von diesem alten Mörder?« sagte der Assistenzarzt. »Ist er mir mit diesem Stuhl nicht schon genug auf den Wecker gegangen? Und wer frotzelt jetzt rum?«

»Ich«, sagte Frißtfrist.

Er stach ihm schnell die Nadel in die Wange; der Assistenzarzt stieß einen spitzen Schrei aus, dann entspannte sich sein Körper, und er bewegte sich nicht mehr.

»So«, sagte Frißtfrist. »Ich ziehe jetzt Leine.«

»Wird er jetzt schlafen und sich beruhigen?« fragte der Abbé.

»Dazu bleibt ihm die ganze Ewigkeit!« sagte Frißtfrist. »Es war karpathisches Zyankali.«

»Von der aktiven Sorte?« sagte der Archäologe.

»Ja«, gab der Professor zur Antwort.

Angel schaute, ohne zu verstehen.

»Was? . . .«, murmelte er. »Er ist tot.«

Athanagoras zog ihn zur Tür. Abbé Petitjean folgte ihnen. Professor Frißtfrist zog seinen Kittel aus. Er beugte sich über den Assistenzarzt und bohrte ihm den Finger ins Auge. Der Körper regte sich nicht.

»Niemand konnte etwas dafür«, sagte der Professor. »Sehen Sie her.«

Angel drehte sich um. Der Bizeps des Assistenzarztes war an dem Arm mit dem Stummel geplatzt und hatte sich leicht geöffnet. Um den Riß herum warf sich das Fleisch in grünlichen Wülsten auf, und Millionen kleiner Blasen stiegen brodelnd aus den dunklen Tiefen der klaffenden Wunde.

»Auf Wiedersehen, Kinder«, sagte Frißtfrist. »Ich bedauere das alles. Ich habe nicht geglaubt, daß es so enden würde. Wenn Dudu wirklich verschwunden wäre, wie man gemeint hatte, daß er es tun würde, dann hätte sich nichts so abgespielt wie jetzt, und der Assistenzarzt und Barrizone wären noch am Leben. Aber man kann nicht gegen den Strom an. Zu abschüssig, und außerdem . . .«

Er schaute auf die Uhr.

»Und außerdem ist man zu alt.«

»Auf Wiedersehen, Doktor«, sagte Athanagoras.

Professor Frißtfrist lächelte traurig.

»Auf Wiedersehen«, sagte Angel.

»Machen Sie sich keine Sorgen«, sagte der Abbé. »Polizeiinspektoren sind in der Regel Flaschen. Wollen Sie eine Stelle als Eremit?«

»Nein«, sagte Frißtfrist. »Ich bin müde. Es ist gut so. Auf Wiedersehen, Angel. Spielen Sie nicht den Blödmann. Ich werde Ihnen meine gelben Hemden überlassen.«

»Ich werde sie tragen«, sagte Angel.

Sie kamen zurück und drückten Professor Frißtfrist die Hand. Dann gingen sie lärmend die Treppe hinunter, Abbé Petitjean als erster. Angel kam als dritter. Er drehte sich ein letztes Mal um. Professor Frißtfrist winkte ihm zum Abschied zu. Seine Mundwinkel verrieten seine Rührung.

XI

Athanagoras war in der Mitte. Zu seiner Linken ging Angel, dem er den Arm auf die Schulter gelegt hatte, während der Abbé sich rechts bei ihm eingehakt hatte. Sie gingen zum Lagerplatz von Athanagoras, um Cuivre abzuholen und sie zu Claude Léon mitzunehmen.

Zuerst schwiegen sie, doch Abbé Petitjean hielt das nicht lange aus.

»Ich möchte nur wissen, warum Professor Frißtfrist eine Stelle als Eremit abgelehnt hat«, sagte er.

»Er hatte die Nase voll, nehme ich an«, sagte Athanagoras. »Sein ganzes Leben lang Kranke behandeln, um dann zu diesem Ergebnis zu kommen.«

»Aber so ergeht es doch allen Ärzten . . .«, sagte der Abbé.

»Bloß werden sie nicht alle verhaftet«, sagte Athanagoras. »In der Regel verschleiern sie es. Aber Professor Frißtfrist hat nie zu solchen Schwindeleien Zuflucht suchen wollen.«

»Aber wie verschleiern sie es denn?« fragte der Abbé.

»Sie übergeben ihre Kranken jüngeren Kollegen, und zwar in dem Augenblick, in dem sie sterben und so fort.«

»Etwas ist mir da nicht ganz klar. Wenn der Kranke in diesem Augenblick stirbt, ist doch immer ein Arzt da, der eins auf den Deckel kriegen muß.«

»Häufig wird der Kranke in diesem Fall gesund.«

»In welchem Fall?« sagte der Abbé. »Entschuldigen Sie bitte, aber ich kann Ihnen nicht so recht folgen.«

»Wenn ein alter Arzt ihn einem jüngeren Kollegen übergibt«, sagte Athanagoras.

»Aber Doktor Frißtfrist war doch kein alter Arzt . . .«, sagte Angel.

»Vierzig, fünfundvierzig . . .«, schätzte der Abbé.

»Ja«, sagte Athanagoras. »Er hatte eben kein Glück gehabt.«

»Oh«, sagte der Abbé, »jeder bringt jeden Tag Leute um. Ich verstehe einfach nicht, warum er eine Stelle als Eremit abgelehnt hat. Die Religion ist doch erfunden worden, um die Verbrecher unterzubringen. Also?«

»Sie haben recht gehabt, daß Sie ihm eine Stelle angeboten haben«, sagte der Archäologe, »aber er ist viel zu ehrlich, als daß er sie hätte annehmen können.«

»Er ist blöd«, sagte der Abbé. »Niemand verlangt von ihm, daß er ehrlich ist. Was wird er jetzt tun?«

»Das kann ich wirklich nicht sagen . . .«, murmelte Athanagoras.

»Er wird fortgehen«, sagte Angel. »Er will sich nicht verhaften lassen. Er wird absichtlich an einen üblen Ort gehen.«

»Reden wir von was anderem«, schlug der Archäologe vor.

»Das ist ein guter Gedanke«, sagte Abbé Petitjean.

Angel sagte nichts. Schweigend gingen alle drei weiter. Von Zeit zu Zeit zertraten sie Schnecken, und der gelbe Sand flog in die Luft. Ihre Schatten bewegten sich mit ihnen vorwärts, senkrecht und winzig. Sie konnten sie sehen, wenn sie die Beine spreizten, aber ein merkwürdiger Zufall wollte, daß der des Abbés an der Stelle des Schattens des Archäologen war.

XII

Louise:
»Ja.«
François de Curel, »Die Löwenmahlzeit«, G. Crès, édit., 4. Akt, 2. Szene, Seite 175

Professor Frißtfrist warf einen gradlinigen Blick um sich. Alles schien in Ordnung zu sein. Die Leiche des Assistenzarztes auf dem Operationstisch platzte weiterhin stellenweise auf und warf Blasen, und das war das einzige, was es zu richten gab. In einer Ecke stand ein großer, mit Blei ausgelegter Trog, und Frißtfrist rollte den Tisch dorthin, dann schnitt er die Riemen mit dem Operationsmesser durch und kippte die Leiche in den Behälter. Er ging wieder an das Regal, das voller Ballonflaschen und Flakons stand, suchte sich zwei davon aus und goß ihren Inhalt über das Aas. Dann machte er das Fenster auf und ging weg.

In seinem Schlafzimmer wechselte er das Hemd, kämmte sich vor dem Spiegel, prüfte den Sitz seines Spitzbartes und bürstete seine Schuhe. Er öffnete seinen Spiegelschrank, entdeckte den Stapel mit den gelben Hemden, nahm ihn sorgfältig heraus und trug ihn in Angels Zimmer. Ohne zurückzugehen, ohne sich umzudrehen, im Grunde ohne innere Anteilnahme ging er dann die Treppe hinunter. Er verließ das Haus durch den Hintereingang. Sein Wagen stand dort.

Anne arbeitete in seinem Zimmer und Direktor Dudu diktierte Rochelle die Post. Sie zuckten alle drei zusammen, als sie das Geräusch des Motors hörten und hingen sich aus den Fenstern. Es war auf der anderen Seite. Neugierig geworden, gingen sie nun ebenfalls hinunter. Anne stieg fast gleich darauf wieder nach oben, denn er hatte Angst, Amadis würde ihm Vorwürfe machen, daß er während der Arbeitszeit seine Arbeit verließ. Professor Frißtfrist drehte eine Schleife, bevor er endgültig abfuhr, doch der Krach des Getriebes war so laut, daß er nicht verstand, was Amadis ihm zurief. Er beschränkte sich darauf, mit der Hand zu winken und schluckte mit Höchstgeschwindigkeit die erste Düne. Die flinken Räder tanzten auf dem Sand, und Pulversandstrahlen flogen nach allen Seiten; im Gegenlicht bildeten sich Erdbögen von anmutigster Wirkung. Professor Frißtfrist genoß diese Polychromie.

Oben auf der Düne wich er mit knapper Mühe und Not einem schwitzenden Radfahrer aus, der ein Khakihemd aus tabakbraunem Tuch von vorschriftsmäßigem Schnitt und handfeste genagelte Schuhe trug, an deren Schäften zwei Socken aus grauer Wolle hervorsahen. Eine Mütze vervollständigte die Uniform des Radfahrers. Es war der Polizeiinspektor, der damit beauftragt war, Frißtfrist zu verhaften.

Sie fuhren aneinander vorbei, und im Vorbeifahren grüßte Frißtfrist den Radfahrer mit einer freundschaftlichen Gebärde. Dann brauste er den Abhang hinunter.

Er betrachtete diese Landschaft, die so geeignet war für den Probeflug von Flugzeugmodellen, und er glaubte, in seiner Hand die rasende Vibration der Ping 903 in dem Augenblick zu spüren, als sie sich zum einzigen gelungenen Flug ihrer Laufbahn aus seiner Umklammerung riß.

Die Ping war zerstört, Barrizone und der Assistenzarzt im Begriffe zu verwesen, und er, Frißtfrist, floh vor dem Inspektor, der kam, um ihn zu verhaften, weil sein kleines Notizbuch in der rechten Spalte einen Namen zuviel hatte oder einen Namen zu wenig in der linken Spalte.

Er versuchte, den leuchtenden Grasbüscheln auszuweichen, um die Harmonie der Wüste mit den so reinen Kurven nicht zu zerstören – dieser Wüste, die keine Schatten kannte, wegen dieser ständig senkrecht stehenden Sonne, die dabei doch nur warm war, warm und weich. Selbst bei dieser Geschwindigkeit gab es keinen Wind, und ohne das Geräusch des Motors würde er in der allergrößten Stille dahinfahren. Hinauf und hinunter. Es machte ihm Spaß, die Dünen schräg anzufahren. Launisch kam die schwarze Zone näher, mal mit einem plötzlichen Ruck, mal mit unmerklicher Langsamkeit, je nach der Richtung, die der Professor seiner Bewegungsmaschine gab. Eine Zeitlang schloß er die Augen. Bald war er da. Und im letzten Augenblick riß er das Steuer um eine Viertel Umdrehung herum und entfernte sich in einem weiten Bogen, dessen Krümmung ganz genau die Schärfe seiner Überlegung annahm.

Zwei kleine Gestalten zogen seinen Blick an, und der Professor erkannte Olive und Didiche. Im Sand kauernd, vergnügten sie sich bei einem Spiel. Frißtfrist gab Gas und hielt direkt neben ihnen. Er stieg aus.

»Guten Tag . . .«, sagte er. »Was spielt ihr denn?«

»Wir jagen Brimmen . . .«, sagte Olive. »Wir haben schon eine Million.«

»Eine Million zweihundertzwölf«, verbesserte Didiche.

»Das ist ja großartig!« sagte der Professor. »Seid ihr nicht krank?«

»Nein«, sagte Olive.

»Nicht sehr . . .«, bestätigte Didiche.

»Was hat er?« sagte Frißtfrist.

»Didiche hat eine Brimme gegessen.«

»Das ist dumm«, sagte der Professor. »Die ist bestimmt faul. Warum hast du das getan?«

»Weil . . .«, gab Didiche zur Antwort. »Nur so. Es war gar nicht so schlecht.«

»Er ist verrückt«, versicherte Olive. »Ich will mich nicht mehr mit ihm verheiraten.«

»Da hast du recht . . .«, sagte der Professor. »Wenn er dir Brimmen zu essen gäbe, stell dir das mal vor?«

Er streichelte den Blondkopf des Mädchens. Unter der Sonne waren ihre Haare strähnenweise ausgebleicht, und ihre Haut glänzte in schöner Sonnenbräune. Die beiden

Kinder, die vor ihrem Brimmenkorb knieten, sahen ihn etwas ungeduldig an.

»Sagt ihr mir auf Wiedersehen?« schlug Frißtfrist vor.

»Gehen Sie fort?« fragte Olive. »Wo gehen Sie denn hin?«

»Ich weiß nicht«, sagte der Professor. »Darf ich dir einen Kuß geben?«

»Keine Geschichten, ja? . . .« sagte der Junge.

Frißtfrist begann zu lachen.

»Du hast Angst, wie? Da sie dich nicht mehr heiraten will, könnte sie ja mit mir gehen?«

»Wo denken Sie hin!« protestierte Olive. »Sie sind viel zu alt.«

»Sie zieht den andern Kerl vor, den Kerl mit dem Hundenamen.«

»Aber nein«, sagte Olive. »Du redest dummes Zeug. Der Kerl mit dem Hundenamen heißt Anne.«

»Magst du Angel lieber?« sagte Frißtfrist.

Olive wurde rot und guckte unter sich.

»Sie ist dumm«, behauptete Didiche. »Der ist ja auch viel zu alt. Sie glaubt, daß er sich um ein kleines Mädchen wie sie kümmert . . .«

»Du bist auch nicht so viel älter als sie«, sagte der Professor.

»Immerhin sechs Monate«, sagte Didiche stolz.

»Ach ja . . .«, sagte Frißtfrist. »Wenn das so ist . . .«

Er beugte sich herab und küßte Olive. Er küßte auch Didiche, der ein wenig verwundert war.

»Auf Wiedersehen, Herr Doktor«, sagte Olive.

Professor Frißtfrist stieg in seinen Wagen. Didiche war aufgestanden und besah sich die Maschine.

»Würden Sie mich fahren lassen?« fragte er.

»Ein andermal«, sagte Frißtfrist.

»Wo fahren Sie hin?« fragte Olive.

»Dorthin . . .«, sagte Frißtfrist.

Er zeigte auf den Schattenstreifen.

»Mannometer!« sagte der Junge. »Mein Vater hat zu mir gesagt, wenn ich mich je unterstehen sollte, einen Fuß dorthin zu setzen, könnte ich mein blaues Wunder erleben!«

»Meiner auch!« bestätigte Olive.

»Habt ihr es nie versucht?« fragte der Professor.

»Oh, Ihnen können wir's ja ruhig sagen . . . Wir haben es versucht und haben nichts gesehen . . .«

»Wie seid ihr wieder rausgekommen?«

»Olive ist nicht mit reingegangen. Sie hat mich vom Rand aus festgehalten.«

»Macht das ja nicht wieder!« sagte der Professor.

»Lustig ist es nicht«, sagte Olive. »Man sieht dort nichts. Sieh an, wer kommt denn da?«

Didiche schaute hin.

»Man könnte meinen, ein Radfahrer.«

»Ich fahre los«, sagte Frißtfrist. »Auf Wiedersehen, Kinder.« Er küßte Olive noch einmal. Sie ließ es immer geschehen, wenn man sie sanft küßte.

Der Motor des Wagens heulte schrill auf, und Frißtfrist gab rücksichtslos Gas. Der Wagen schnaubte am Fuße der Düne und schluckte sie auf einen Schlag. Diesmal änderte Frißtfrist nicht die Richtung. Er hielt das Steuer mit sicherer Hand, und sein Fuß drückte den Gashebel durch. Er hatte den Eindruck, sich auf eine Mauer zu stürzen. Die schwarze Zone wurde größer, erfüllte sein gesamtes Sehfeld, und plötzlich verschwand der Wagen inmitten massiver Finsternis. An der Stelle, an der er eingedrungen war, blieb eine Vertiefung zurück, die sich nach und nach wieder füllte. Langsam, wie Plastik, das wieder seine Form bekommt, wurde die undurchdringliche Oberfläche von neuem glatt und völlig eben. Eine Doppelfurche im Sand zeigte noch, wo Professor Frißtfrist vorbeigekommen war.

Der Radfahrer stieg einige Meter vor den Kindern, die ihn kommen sahen, ab. Er näherte sich, wobei er sein Rad schob. Die Räder sanken bis zu den Felgen ein, und das Reiben des Sandes hatte das Nickel so blank poliert, daß es richtig blendete.

»Guten Tag, Kinder«, sagte der Inspektor.

»Guten Tag, Monsieur«, antwortete Didiche.

Olive trat näher zu Didiche. Sie mochte die Schirmmütze nicht.

»Habt ihr nicht einen Mann gesehen, der Frißtfrist heißt?«

»Doch«, sagte der Junge.

Olive stieß ihm den Ellbogen in die Rippen.

»Wir haben ihn heute nicht gesehen«, sagte sie.

Didiche machte den Mund auf, aber sie ließ ihn nicht weiterreden.

»Er ist gestern weggegangen, um den Autobus zu nehmen.«

»Du erzählst mir da Geschichten«, sagte der Inspektor. »Vorhin war doch ein Mann mit einem Auto bei euch.«

»Das war der Milchmann«, sagte Olive.

»Du willst wohl ins Gefängnis kommen, weil du mich anlügst?« sagte der Inspektor.

»Ich will überhaupt nicht mit Ihnen reden«, sagte Olive. »Ich lüge Sie nicht an.«

»Wer war es, hm?« fragte der Inspektor Didiche. »Sag es mir, und ich leihe dir mein Fahrrad.«

Didiche sah Olive an, und das Fahrrad glänzte wunderbar.

»Es war . . .«, fing er an.

»Es war einer der Ingenieure«, sagte Olive. »Und zwar der mit dem Hundenamen.«

»Ach ja?« sagte der Inspektor. »Der mit dem Hundenamen, wirklich?«

Er trat auf Olive zu und machte ein drohendes Gesicht.

»Den mit dem Hundenamen, den habe ich dort im Hotel gesehen, du kleiner Nichtsnutz.«

Der Inspektor hob die Hand, als wolle er sie schlagen, und sie machte eine Bewegung der Abwehr, indem sie ihren Arm vors Gesicht hielt. Dabei traten ihre kleinen, runden Brüste hervor, und der Inspektor machte Augen.

»Ich werde eine andere Methode versuchen«, schlug er vor.

»Sie gehen mir auf die Nerven«, sagte Olive. »Es war einer der Ingenieure.«

Der Inspektor trat noch näher.

»Halte mal mein Fahrrad«, sagte er zu Didiche. »Du kannst eine Runde damit drehen.«

Didiche sah Olive an. Sie sah verschreckt aus.

Er ließ das Fahrrad los, das der Inspektor ihm gerade in die Hände geschoben hatte.

»Ich will nicht, daß Sie Olive anrühren«, sagte er. »Alle versuchen, sie zu küssen und anzurühren. Ich habe jetzt langsam genug davon! . . . Sie ist meine Freundin, und wenn Sie sie belästigen, mache ich Ihr Fahrrad kaputt.«

»Sag mal«, sagte der Inspektor, »du willst wohl auch ins Gefängnis kommen?«

»Es war der Professor«, sagte der Junge. »Jetzt habe ichs Ihnen gesagt. Lassen Sie Olive in Ruhe.«

»Ich werde sie in Ruhe lassen, wenn ich will«, sagte der Inspektor. »Sie verdient, daß sie ins Gefängnis kommt.«

Er packte Olive an beiden Armen. Didiche nahm einen Anlauf und trat mit aller Kraft ins Vorderrad, mitten in die Speichen hinein. Das machte ganz schön Krach.

»Lassen Sie sie«, sagte er. »Oder Sie bekommen ebenfalls Fußtritte.«

Der Inspektor ließ Olive los und wurde ganz rot vor Wut. Er wühlte in seiner Tasche und holte einen großen Gleichmacher hervor.

»Wenn du so weitermachst, schieße ich auf dich.«

»Das ist mir egal«, sagte der Junge.

Olive stürzte sich auf Didiche.

»Wenn Sie auf Didiche schießen«, schrie sie, »werde ich einen solchen Krach machen, daß Sie tot umfallen. Lassen Sie uns. Sie sind ein alter Depp. Hauen Sie ab mit Ihrer dreckigen Schirmmütze! Sie sind abscheulich, und Sie werden mich nicht anfassen. Außerdem werde ich Sie beißen, wenn Sie mich anfassen.«

»Ich weiß, was ich tun werde«, sagte der Inspektor. »Ich werde auf euch beide schießen, und hinterher kann ich dich anfassen, solange ich will.«

»Sie sind ein dreckiger alter Bulle«, sagte Olive. »Sie wissen wohl nicht mehr, was zu Ihrem Beruf gehört. Ihre Frau und Ihre Tochter werden nicht stolz auf Sie sein. Auf die Leute schießen, das ist alles, was die Bullen jetzt können. Aber den alten Damen und den Kindern über die Straße helfen, ja denkste! Damit ist nicht zu rechnen! Oder die kleinen Hundchen aufraffen, die überfahren worden sind! Sie haben Gleichmacher und Schirmmützen und Sie können nicht einmal ganz allein einen armen Mann wie Professor Frißtfrist verhaften!«

Der Inspektor dachte nach, steckte seinen Gleichmacher in die Tasche und drehte sich um. Er blieb einen Augenblick stehen, dann stellte er sein Fahrrad wieder auf die Räder. Das Vorderrad drehte sich nicht mehr. Es war verbogen. Er ergriff die Lenkstange und betrachtete den Boden um sich herum. Man sah deutlich die Radspur des Professors. Der Inspektor schüttelte den Kopf. Er sah die Kinder an. Er schien sich zu schämen. Und dann brach er in die Richtung auf, die Frißtfrist eingeschlagen hatte.

Olive blieb bei Didiche. Sie hatten beide Angst. Sie sahen, wie sich der Inspektor entfernte, die Dünen hinauf und hinunterlief, und ganz klein wurde, wobei er sein unbenutzbares Fahrrad vor sich herschob. Er marschierte mit gleichmäßigem Schritt dahin, ohne langsam zu machen, genau zwischen den beiden Radspuren, die der Wagen des Professors hinterlassen hatte, und dann atmete er einmal kräftig durch und drang in die schwarze Zone ein. Das letzte, was man sah, war das Stück rotes Glas am Schutzblech, und es erlosch wie ein Auge nach einem Faustschlag.

Olive lief als erste ins Hotel zurück, Didiche kam hinterher und rief nach ihr, doch sie weinte und hörte nicht hin. Sie hatten den kleinen, braunen Korb vergessen, auf dessen Boden die Brimmen wimmelten, und Olive stolperte oft, weil ihre Augen an etwas anderes dachten.

XIII

Abbé Petitjean und Angel warteten unter dem Zelt von Athanagoras. Der Archäologe war weggegangen, um das braune Mädchen zu holen, und hatte sie einige Augenblicke allein gelassen.

Petitjean brach als erster die Stille.

»Sind Sie immer noch in der gleichen dummen Verfassung?« fragte er. »Ich meine, sexuell gesprochen.«

»Oh«, sagte Angel, »Sie haben vollkommen recht, daß Sie mir gern den Hintern versohlen möchten. Was ich tun wollte, ist abstoßend. Ich hatte wirklich Verlangen danach, denn physisch brauche ich im Augenblick eine Frau.«

»Bravo!« sagte der Abbé. »Das verstehe ich. Sie brauchen sich nur mit der Kleinen zu beschäftigen, die kommen wird.«

»Das werde ich ganz bestimmt tun«, sagte Angel. »Es gab

einen Augenblick in meinem Leben, wo ich es nicht konnte. Ich wollte die erste Frau, mit der ich schlafen würde, lieben.«

»Ist es Ihnen gelungen?«

»Es ist mir gelungen«, sagte Angel, »aber ich bin nicht ganz überzeugt, denn ich habe zweimal den gleichen Eindruck gehabt, jetzt, wo ich Rochelle liebe.«

»Den Eindruck wovon?« sagte Petitjean.

»Den Eindruck zu wissen«, sagte Angel. »Sicher zu sein. Dessen sicher zu sein, was zu tun ist. Sicher, warum ich lebe.«

»Und warum?« sagte Petitjean.

»Gerade das vermag ich eben nicht zu sagen«, sagte Angel. »Man hat eine ungeheure Mühe, es zu sagen, wenn man nicht an die Wörter gewöhnt ist.«

»Kommen wir wieder zum Anfang zurück«, schlug Petitjean vor. »Sie bringen mich durcheinander, und ob Sie's glauben oder nicht, ich verliere den Faden. Das ist ungewöhnlich. Bin ich nicht Petitjean, wie? Immerhin?«

»Ich habe also«, sagte Angel, »eine Frau geliebt. Es war für uns beide das erste Mal. Es war ein Erfolg, wie ich Ihnen sagte. Jetzt liebe ich Rochelle. Noch nicht sehr lange. Sie . . . Ich bin ihr gleichgültig.«

»Gebrauchen Sie nicht solche melancholischen Wendungen«, sagte Petitjean. »Sie wissen es nicht.«

»Sie schläft mit Anne«, sagte Angel. »Er macht sie kaputt. Er bringt sie um. Er demoliert sie. Mit ihrem Einverständnis und ohne es absichtlich zu machen. Aber was ändert das an der Sache?«

»Das ändert einiges«, sagte Petitjean. »Sie sind Anne nicht böse.«

»Nein«, sagte Angel, »aber allmählich kommt es soweit, daß ich ihn nicht mehr mag. Er genießt zu sehr. Und zu Anfang hat er gesagt, daß sie ihm gleichgültig sei.«

»Ich weiß«, sagte der Abbé. »Und hinterher heiraten sie sich.«

»Er wird sie nicht mehr heiraten. Sie liebt mich also nicht, und ich liebe sie, aber ich sehe, daß sie fast am Ende ist.«

»Sie sieht noch gut aus. Trotz Ihrer abstoßenden Beschreibungen.«

»Das genügt nicht. Es spielt keine große Rolle für mich, verstehen Sie, daß sie, bevor ich sie kennenlernte, besser ausgesehen hat als jetzt. Für mich genügt es, daß diese nicht von mir verursachte Abnutzung stattgefunden hat, seit ich sie kenne.«

»Aber diese Abnutzung hätte doch auch mit Ihnen auf die gleiche Weise stattgefunden.«

»Nein«, sagte Angel. »Ich bin kein Vieh. Ich hätte sie in Ruhe gelassen, und zwar lange, bevor ich sie zugrunde gerichtet hätte. Nicht meinetwegen, sondern ihretwegen. Damit sie später einen andern finden kann. Sie haben schließlich nur das, um Männer zu finden. Ihre Formen.«

»Oh«, sagte der Abbé, »da muß ich ja lachen. Sogar Läuse finden Männer.«

»Die zähle ich nicht«, sagte Angel. »Ich bitte Sie da um Verzeihung, aber wenn ich Frau sage, meine ich eine hübsche Frau. Die andern leben in einer so völlig fremden Welt.«

»Wie finden sie dann jemanden?«

»Da ist es genau wie mit den empfohlenen Medikamenten«, sagte Angel. »Diese Medikamente, für die nie Werbung gemacht wird und die die Ärzte ihren Patienten empfehlen. Die einzig und allein auf diese Weise verkauft werden. Durch Mundpropaganda. Diese Frauen, die häßlichen, verheiraten sich mit Leuten, die sie kennen. Oder die sie mit ihrem Geruch kapern. Solche Sachen. Oder mit Faulenzern.«

»Das ist ja entsetzlich«, sagte Petitjean. »Sie enthüllen mir da eine Menge Einzelheiten, die zu erfahren mein keusches Leben und meine langen Meditationen mich gehindert haben. Ich muß sagen, daß es bei einem Priester nicht dasselbe ist. Die Frauen kommen zu einem, und theoretisch bräuchte man nur zu wählen: aber sie sind alle häßlich, und Sie sind gezwungen, nicht zu wählen. Das ist auch eine Art, das Problem zu lösen. Unterbrechen Sie mich, denn ich verliere nun ebenfalls den Faden.«

»Ich sagte also«, fuhr Angel fort, »daß man eine hübsche Frau verlassen oder freilassen sollte, bevor man sie zunichte gemacht hat. Das ist immer meine Verhaltensregel gewesen.«

»Sie werden nicht immer einverstanden sein, einen zu verlassen«, sagte Petitjean.

»Doch. Man kann es mit ihrem Einverständnis tun, denn es gibt welche, die das begreifen, was ich Ihnen erklärt habe, und von diesem Augenblick an können Sie Ihr ganzes Leben lang leben, ohne sie zu verlieren: und zwar entweder, indem Sie absichtlich so böse zu ihnen sind, daß sie Sie von selber verlassen; aber das ist eine traurige Art, denn Sie dürfen nicht vergessen, daß Sie sie zu dem Zeitpunkt, zu dem Sie sie freilassen, immer noch lieben müssen.«

»Daran erkennen Sie sicherlich, daß sie noch nicht vollständig abgenutzt sind? Daran, daß Sie sie noch lieben?«

»Ja«, sagte Angel. »Deshalb ist es ja so schwierig. Sie können nicht völlig kalt bleiben. Sie lassen sie absichtlich sitzen, Sie finden sogar einen anderen Jungen für sie, und Sie sehen, daß es mit den beiden klappt, worauf Sie eifersüchtig sind.«

Er schwieg. Abbé Petitjean hatte den Kopf zwischen die Hände genommen und legte in angestrengtem Nachdenken seine Stirn in Falten.

»Bis Sie selber eine andere finden«, sagte er.

»Nein. Sie sind auch noch eifersüchtig, wenn Sie selber eine andere finden. Aber Sie müssen Ihre Eifersucht für sich behalten. Sie müssen ganz einfach eifersüchtig sein, da Sie mit der von vorher nicht bis ans Ende gegangen sind. Es bleibt immer noch dieser Rest zurück. Den Sie niemals bekommen werden. Das ist eben die Eifersucht. Ich meine, den Sie nie bekommen werden, wenn Sie ein anständiger Kerl sind.«

»Also eher ein Kerl wie Sie«, merkte der Abbé an, der das Problem überhaupt nicht begriffen hatte.

»Anne ist gerade dabei, bis ans Ende zu gehen«, sagte Angel. »Er wird nicht aufhören. Und es wird nichts mehr übrigbleiben. Wenn man ihn gewähren läßt.«

»Wenn man ihn nicht gewähren läßt«, sagte der Abbé, »wird dann noch genug übrigbleiben?«

Angel gab keine Antwort. Sein Gesicht war ein wenig bleich, und die Anstrengung, wieder einmal zu erklären, hatte ihn erschöpft. Sie saßen beide auf dem Bett des Archäologen, und Angel legte sich lang, die Hände unter dem Kopf verschränkt und betrachtete über sich das undurchsichtige und feste Tuch.

»Es ist das erste Mal«, sagte Petitjean, »daß ich es so lange aushalte, ohne eine Dummheit zu sagen, die größer ist als ich. Ich frage mich nur, was los ist.«

»Beruhigen Sie sich«, sagte Angel. »Da ist sie.«

XIV

»Claude Léon hat mir gesagt«, erklärte Abbé Petitjean, »daß die Negerin innen wie rosa Samt ist.«

Der Archäologe schüttelte den Kopf. Sie gingen etwas vor, und hinter ihnen kamen Cuivre und Angel, der sie um die Taille genommen hatte.

»Sie sehen viel besser aus als neulich . . .«, sagte sie zu ihm.

»Ich weiß nicht«, gab Angel zur Antwort. »Wahrscheinlich ist es so, wenn Sie es glauben. Ich habe den Eindruck, daß ich einer Sache ganz nahe bin.«

Abbé Petitjean blieb beim Thema.

»Ich bin nicht neugierig«, sagte er, »aber ich möchte doch wissen, ob er recht hat.«

»Er hat es sicher ausprobiert«, sagte Athanagoras.

Cuivre nahm Angels Hand in ihre harten Finger.

»Ich möchte gern eine Zeitlang mit Ihnen zusammen sein«, sagte sie. »Ich glaube, hinterher würden Sie sich wieder völlig wohlfühlen.«

»Ich glaube nicht, daß das genügt«, sagte Angel. »Natürlich, Sie sind sehr hübsch, und es ist etwas, das ich sehr gut tun könnte. Das ist die Grundvoraussetzung.«

»Sie meinen, daß ich hinterher nicht mehr genügen würde?«

»Das kann ich nicht sagen«, sagte Angel. »Ich muß von dieser fixen Idee über Rochelle loskommen. Das ist unmöglich, weil ich sie liebe; und gerade das ist die fixe Idee. Sie würden sicherlich genügen; aber im Augenblick bin ich ziemlich verzweifelt, und ich kann nichts beschwören. Nach Rochelle wird es für mich eine tote Zeit geben, und es ist schade, daß Sie gerade in diesem Augenblick gekommen sind.«

»Ich verlange keine Gefühle von Ihnen«, sagte sie.

»Sie kommen oder sie kommen nicht, aber für diese eine Sache zählen Sie nicht. Es ist an mir, dieses Ziel zu erreichen. Sie sehen, daß ich es bei Rochelle nicht erreicht habe.«

»Sie haben sich vielleicht nicht genug Mühe gegeben.«

»Alles das war verworren in meinem Kopf«, sagte Angel. »Erst seit ganz kurzer Zeit fange ich an, den Knoten zu entwirren. Der katalytische Einfluß der Wüste hat wahrscheinlich sehr dazu beigetragen, und in Zukunft zähle ich auch auf die gelben Hemden von Professor Frißtfrist.«

»Hat er sie Ihnen dagelassen?«

»Er hat mir versprochen, daß er sie daläßt.«

Er betrachtete Petitjean und den Archäologen. Sie gingen mit großen Schritten vorwärts, und Petitjean gab ganz oben auf der Düne, an deren Fuß Cuivre und Angel gerade angekommen waren, Erklärungen ab, wozu er mit den Händen fuchtelte; ihre Köpfe begannen auf der anderen Seite hinunterzusteigen und verschwanden dann. Die trockene Sandmulde war einladend und Angel seufzte.

Cuivre blieb stehen und streckte sich im Sand aus. Sie hielt immer noch Angels Hand fest und zog den Jungen auf sich. Wie gewöhnlich trug sie nur Shorts und eine Hemdbluse aus leichter Seide.

XV

Amadis brachte seine Post zum Abschluß, und Rochelle schrieb sie nach Diktat, das einen großen, beweglichen Schatten im Raum bildete. Er zündete sich eine Zigarette an und lehnte sich in seinem Sessel zurück. Ein Stapel Briefe türmte sich auf der rechten Ecke des Schreibtisches auf, versandbereit, doch der 975 kam seit mehreren Tagen nicht mehr, und die Post würde Verspätung haben. Amadis war dieser Umstand unangenehm. Entscheidungen mußten getroffen werden, er hatte Rechenschaft zu geben, vielleicht Frißtfrist zu ersetzen, zu versuchen, das Problem mit dem Schotter zu lösen, die Gehälter des Personals, mit Ausnahme von Arland, nach Möglichkeit zu kürzen.

Er zuckte zusammen, denn das Gebäude hatte gerade unter einem heftigen Stoß gezittert. Dann sah er auf seine Uhr und lächelte. Es war genau die Zeit, Carlo und Marion fingen an, das Hotel abzureißen. Der Teil, in dem sich Amadis' Büro befand, würde stehen bleiben, und der, in dem Anne arbeitete, ebenfalls. Nur die Mitte, das Zimmer Barrizones, würde einstürzen. Das Zimmer Frißtfrists zum Teil und auch das des Assistenzarztes. Das Zimmer Rochelles und das Zimmer Angels würden ebenfalls unangetastet bleiben. Die ausführenden Organe wohnten im Erdgeschoß oder in den Kellern.

Die Schläge dröhnten jetzt in unregelmäßigen Abständen, immer in Dreierserien, und man hörte den Steinschlag des Bauschutts und das Splittern von Glasstücken auf dem Boden des Restaurants.

»Tippen Sie mir das alles ab«, sagte Amadis, »und dann sehen wir weiter, was wir mit der Post machen. Wir müssen eine Lösung finden.«

»Jawohl, Monsieur«, sagte Rochelle.

Sie legte ihren Bleistift hin und deckte ihre Maschine ab, die unter ihrer Schutzhülle schön im Warmen war und bei der Berührung mit der Luft zitterte. Rochelle beruhigte sie mit einer Handbewegung und legte ihr Kohlepapier bereit.

Amadis stand auf. Er bewegte seine Beine, um seine Sachen an Ort und Stelle zu legen und verließ den Raum. Rochelle hörte seine Schritte auf der Treppe. Sie sah eine Minute lang ins Leere und machte sich dann an die Arbeit.

Gipsstaub füllte den großen Schankraum im Erdgeschoß, und Amadis sah im Gegenlicht die Silhouetten der ausführenden Organe, deren schwere Hämmer sich mühsam hoben und senkten.

Er verstopfte sich die Nase und ging durch die gegenüberliegende Tür aus dem Hotel; draußen sah er Anne, der, die Hände in den Taschen, eine Zigarette rauchte.

»Guten Tag! . . .« sagte Anne, ohne sich stören zu lassen.

»Und Ihre Arbeit?« bemerkte Amadis.

»Glauben Sie vielleicht, daß man bei diesem Lärm arbeiten kann?«

»Das ist hier nicht die Frage. Sie werden bezahlt, um in einem Büro zu arbeiten, und nicht, um mit den Händen in den Taschen herumzuspazieren.«

»Ich kann bei diesem Krach nicht arbeiten.«

»Und Angel?«

»Ich weiß nicht, wo er ist«, sagte Anne. »Ich glaube, er bummelt mit dem Archäologen und dem Pfarrer in der Gegend herum.«

»Rochelle ist die einzige, die arbeitet«, sagte Amadis. »Sie sollten sich schämen und sich daran erinnern, daß ich dem Verwaltungsrat Ihr Verhalten melden werde.«

»Sie verrichtet eine mechanische Arbeit. Sie braucht nicht nachzudenken.«

»Wenn man dafür bezahlt wird, dann sollte man zumindest so tun als ob«, sagte Amadis. »Gehen Sie wieder in Ihr Büro hinauf.«

»Nein.«

Amadis suchte nach einer Entgegnung, aber Anne hatte einen merkwürdigen Ausdruck im Gesicht.

»Sie arbeiten ja selber nicht«, sagte Anne.

»Ich bin der Direktor. Ich überwache vor allem die Arbeit der andern, und ich achte darauf, daß sie ausgeführt wird.«

»Aber nein«, sagte Anne. »Wir wissen doch genau, was Sie sind. Ein Päderast.«

Amadis lachte höhnisch.

»Sie können ruhig so weitermachen, das ärgert mich nicht.«

»Dann mache ich auch nicht weiter«, sagte Anne.

»Was fällt Ihnen überhaupt ein? Gewöhnlich zeigen Sie sich ehrerbietiger, Sie und Angel und alle! Was haben Sie denn? Werden Sie verrückt?«

»Das können Sie nicht richtig verstehen«, sagte Anne. »Erinnern Sie sich bitte, daß Sie normalerweise, das heißt gewöhnlich, anormal sind. Wahrscheinlich erleichtert Sie das. Aber wir, wir sind ziemlich normal, und deshalb brauchen wir von Zeit zu Zeit unsere Krisen.«

»Was verstehen Sie unter Krisen? Das, was Sie gerade tun?«

»Das will ich Ihnen erklären. Meiner Meinung nach . . .«

Er unterbrach sich.

»Ich kann Ihnen nur meine Meinung sagen. Ich nehme an, daß die andern . . . die, die normal sind, Ihnen die gleiche sagen werden. Vielleicht aber auch nicht.«

Amadis Dudu stimmte zu und schien Zeichen der Ungeduld von sich zu geben. Anne lehnte sich an die Wand des Hotels, die immer noch unter den brutalen Stößen der Eisenmassen zitterte. Er sah über den Kopf von Amadis hinweg und hatte es nicht eilig zu sprechen.

»In gewisser Hinsicht«, sagte er, »führen Sie sicherlich ein entsetzlich monotones und gewöhnliches Leben.«

»Wieso das?«

Amadis lachte wieder höhnisch.

»Ich glaube, daß Päderast sein eher ein Beweis für Originalität ist.«

»Nein«, sagte Anne. »Das ist dumm. Es schränkt Sie ungemein ein. Sie sind nur noch das. Ein normaler Mann oder eine normale Frau können soviel mehr Dinge tun und in eine soviel größere Anzahl von Persönlichkeiten schlüpfen. Vielleicht sind Sie in dieser Hinsicht beschränkter . . .«

»Ein Päderast hat also Ihrer Meinung nach einen beschränkten Geist?«

»Ja«, sagte Anne. »Ein Päderast oder eine Lesbe oder alle diese Leute haben einen entsetzlich beschränkten Geist. Ich glaube nicht, daß es ihre Schuld ist. Aber in der Regel sind sie stolz darauf. Obgleich es eine ganz unwichtige Schwäche ist.«

»Es ist ohne jeden Zweifel eine Schwäche der Gesellschaft«, sagte Amadis. »Wir werden von den Leuten, die ein normales Leben führen, ständig schikaniert: ich meine von denen, die mit Frauen schlafen oder die Kinder haben.«

»Sie erzählen idiotisches Zeug«, sagte Anne. »Ich dachte überhaupt nicht an die Verachtung der Leute gegenüber den Päderasten oder an ihr Lachen. Die normalen Leute fühlen sich gar nicht so überlegen; das ist es gar nicht, was Sie schlaucht; was Sie belastet, ist der Lebensrahmen, sind die Individuen, deren Existenz sich auf diesen Rahmen beschränkt; aber das zählt nicht. Ich bedauere Sie nicht, weil Sie sich mit Ihren Manien, Geschraubtheiten, Konventionen unter Ihresgleichen treffen. Sondern wirklich nur, weil Sie so beschränkt sind. Wegen einer kleinen Anomalie der Drüsen oder der geistigen Einstellung bekommen Sie ein Etikett aufgeklebt. Das ist an sich schon traurig genug. Aber dann bemühen Sie sich auch noch, dem zu entsprechen, was auf dem Etikett steht. Dafür zu sorgen, daß es die Wahrheit sagt. Die Leute machen sich über Sie lustig wie sich Kinder über einen Krüppel lustig machen, ohne nachzudenken. Wenn sie nachdächten, würden sie Sie bedauern; aber es ist eben ein Gebrechen, das weniger seriös wirkt als blind sein. Die

Blinden sind übrigens die einzigen Körperbehinderten, über die man sich lustig machen kann, weil sie es nicht sehen, und deshalb macht sich auch niemand über sie lustig.«

»Warum schimpfen Sie mich dann einen Päderasten und machen sich dabei über mich lustig?«

»Weil ich mich im Augenblick gehenlasse, weil Sie mein Direktor sind, weil Sie über die Arbeit Vorstellungen haben, die ich nicht mehr ausstehen kann, und weil ich mich aller Mittel bediene, selbst der ungerechten.«

»Aber Sie haben doch immer sehr regelmäßig gearbeitet«, sagte Amadis. »Und plötzlich, bums! . . . fangen Sie an, ununterbrochen Blödsinn zu reden.«

»Das nenne ich normal sein«, sagte Anne. »Reagieren können, selbst wenn es nach einer Zeit der Verblödung oder der Erschöpfung kommt.«

»Sie behaupten von sich, normal zu sein«, bohrte Amadis weiter, »und dabei schlafen Sie mit meiner Sekretärin, bis Sie von dieser dummen Verblödung überwältigt werden.«

»Ich bin fast am Ende«, sagte Anne. »Ich glaube, bald wird Schluß mit ihr sein. Ich habe Lust, mal diese Negerin aufzusuchen.«

Amadis schüttelte sich vor Ekel.

»Sie können außerhalb Ihrer Arbeitszeit tun, was Sie wollen«, sagte er. »Aber erstens erzählen Sie mir nichts davon und zweitens machen Sie sich unverzüglich wieder an die Arbeit.«

»Nein«, sagte Anne gesetzt.

Amadis verzog das Gesicht und fuhr sich mit der Hand nervös durch das strohblonde Haar.

»Es ist wahnsinnig«, sagte Anne, »wenn man anfängt, an alle diese Kerle zu denken, die umsonst arbeiten. Die acht Stunden lang täglich in ihrem Büro sitzen. Die dort acht Stunden täglich bleiben können.«

»Aber so sind Sie doch bisher gewesen«, sagte Amadis.

»Sie gehen mir auf den Wecker mit diesem Was-gewesen-ist. Hat man etwa kein Recht mehr, endlich zu begreifen, selbst wenn man eine ganze Weile ein Arsch gewesen ist?«

»Sagen Sie nicht solche Wörter«, bemerkte Amadis. »Selbst wenn Sie mich nicht persönlich meinen, woran ich zweifle, wirken sie unangenehm auf mich.«

»Ich meine Sie vor allem als Direktor«, sagte Anne. »Wenn die Mittel, derer ich mich bediene, in Ihnen eine andere Zielscheibe treffen, haben Sie Pech gehabt. Aber Sie sehen ja selbst, wie beschränkt Sie sind, wie sehr Sie Ihrem Etikett entsprechen wollen. Sie sind genauso beschränkt wie ein Mensch, der einer politischen Partei angehört.«

»Sie sind ein gemeiner Kerl«, sagte Amadis. »Und Sie mißfallen mir physisch. Und ein Faulenzer sind Sie auch.«

»Die Büros sind voll davon«, sagte Anne. »Es gibt ganze Massen davon. Sie langweilen sich am Morgen. Sie langweilen sich am Abend. Mittags fressen sie aus einem Alpakakochgeschirr irgendein Zeug, das schon gar nicht mehr menschlich aussieht, und am Nachmittag verdauen sie, wobei sie Löcher in Blätter stanzen, persönliche Briefe schreiben, mit ihren Kumpels telefonieren. Ab und zu ist ein anderer Typ darunter, einer, der nützlich ist. Einer, der etwas produziert. Er schreibt einen Brief, und der Brief kommt in einem anderen Büro an. Es ist wegen eines Geschäfts. Es würde genügen, jedesmal ja zu sagen oder nein, und es wäre vorbei, das Geschäft wäre erledigt. Aber das darf nicht sein.«

»Sie haben vielleicht eine Phantasie«, sagte Amadis. »Und eine poetische, epische und wer weiß was für eine Seele dazu. Zum letzten Mal, gehen Sie an Ihre Arbeit.«

»So gibt es ungefähr für jeden lebenden Menschen einen Büromenschen, einen Parasitenmenschen. Dieser Brief, der das Geschäft des lebendigen Menschen erledigt, ist die Rechtfertigung des Parasitenmenschen. Deshalb zieht er ihn in die Länge, um seine Existenz zu verlängern. Der lebendige Mensch weiß es nicht.«

»Genug«, sagte Amadis. »Glauben Sie mir, was Sie da erzählen, ist dumm. Ich kann Ihnen garantieren, daß es Leute gibt, die sofort auf die Briefe antworten. Und man kann so auch arbeiten. Und nützlich sein.«

»Wenn jeder lebendige Mensch«, fuhr Anne fort, »aufstünde und in den Büros den suchte, der sein persönlicher Parasit ist, und wenn er ihn umbringen würde . . .«

»Sie machen mich traurig«, sagte Amadis. »Ich müßte Sie hinauswerfen und Sie ersetzen, aber offen gestanden, ich glaube, daß es die Sonne ist und Ihre Manie, mit einer Frau zu schlafen.«

»Dann«, sagte Anne, »wären alle Büros Särge, und in jedem grün oder gelb gestrichenen Kubus mit gestreiftem Linoleum läge das Skelett eines Parasiten, und die Alpakakochgeschirre würden abserviert werden. Auf Wiedersehen. Ich werde den Eremiten aufsuchen.«

Amadis Dudu blieb stumm. Er sah, wie Anne sich mit langen, kräftigen Schritten entfernte und mühelos die Düne hinauflief, wobei er seine gut regulierten Muskeln entspannte. Er entwarf eine eigenwillige Linie von alternierenden Fußspuren, die ganz oben auf dem abgerundeten Sand aufhörte, und sein Körper setzte den Weg allein fort, verschwand dann.

Direktor Dudu drehte sich um und ging ins Hotel zurück. Der Lärm der Hämmer hatte gerade aufgehört. Carlo und Marin begannen den vor ihnen aufgetürmten Haufen Material wegzuräumen. Im ersten Stock hörte man das Geklapper der Maschine und das dünne Klingeln am Zeilenende, das übertönt wurde von dem metallischen Kratzen der Schaufeln. Auf dem Schutt wuchsen bereits blaugrüne Pilze.

Übergang

Professor Frißtfrist ist zur Stunde sicherlich tot, und das ergibt bereits ein hübsches Jagdbild. Der Polizeiinspektor, der sich auf die Suche nach ihm gemacht hatte, dürfte es wohl länger ausgehalten haben, denn er war jünger und durch seine Begegnung mit Olive erhitzt. Trotz allem kann man nicht wissen, was ihnen hinter der schwarzen Zone zugestoßen ist. Es bleibt Raum für die Ungewißheit, wie die Händler sprechender Papageien sagen. Eine ziemlich merkwürdige Geschichte, man hat noch nicht der Unzucht zwischen dem Eremiten und der Negerin beigewohnt: in Anbetracht der relativ beachtlichen Anfangsbedeutung der Person Claude Léons scheint dies eine unerklärliche Verzögerung zu sein. Es wäre gut, wenn sie diese Unzucht endlich vor unparteiischen Zuschauern trieben, denn die Folgen dieses wiederholten Aktes müssen auf die Konstitution des Eremiten solche Auswirkungen haben, daß man mit großer Wahrscheinlichkeit voraussagen kann, ob er es aushalten oder ob er vor Erschöpfung sterben wird. Ohne Mutmaßungen über die Folge der Ereignisse anzustellen, sollte man schließlich auch in der Lage sein, genau zu bestimmen, was Angel tun wird. Die Annahme ist erlaubt, daß die Meinungen und Handlungen Annes, seines Kameraden (der einen Hundenamen hat, aber dieser Faktor spielt strenggenommen keine Rolle), einen ziemlich starken Einfluß auf Angel haben, dem nichts anderes fehlt, als daß er regelmäßig erwacht, anstatt dies in Abständen zu tun und selten, wenn es notwendig wäre; zum Glück fast immer in Gegenwart eines Zeugen. Das Ende der anderen Personen ist in Wahrheit weniger voraussehbar: entweder, weil die unregelmäßige Aufzeichnung ihrer Handlungen zu einer Unbestimmtheit in mehreren Freiheitsgraden führt, oder weil sie, trotz aller Anstrengungen in dieser Richtung, keine wirkliche Existenz besitzen. Es ist zu vermuten, daß ihr geringer Nutzen möglicherweise zu ihrer Beseitigung führt. Man hat sicherlich die schwache Präsenz der Hauptperson festgestellt, die natürlich Rochelle ist, oder auch die des Deus ex machina, *der entweder der Schaffner oder der*

Fahrer des 975 oder auch der Chauffeur des gelbschwarzen Taxis ist (dessen Farbe zu erkennen erlaubt, daß es sich hier um ein verurteiltes Fahrzeug handelt). Diese Elemente sind übrigens nur die zusätzlichen Hilfsmittel der Reaktion - sie greifen in deren Prozeß ebensowenig ein wie in das schließlich erlangte Gleichgewicht.

I

Amadis überwachte die Bewegungen Carlos und Marins. Die in das Hotel getriebene Öffnung hatte noch nicht die gewünschte Höhe erreicht, denn sie beschränkte sich noch auf das Erdgeschoß und sollte schließlich das Gebäude völlig teilen, doch die beiden ausführenden Organe säuberten zunächst einmal den Platz, bevor sie weitermachten. An die Wand neben der Treppe im ersten Stock gelehnt, die Hände in den Taschen, dachte Dudu, während er sich kratzte, über die Worte Annes nach und fragte sich, ob er nicht ohne seine Dienste auskommen könnte. Er beschloß also, während er hinaufging, einen Blick auf die Arbeit der beiden Ingenieure zu werfen; wenn sie abgeschlossen oder annähernd abgeschlossen war, schien der Augenblick gekommen, sie zu entlassen.

Er folgte mit dem Blick den zahlreichen bereits verlegten Gleismaßen; derart auf Unterlagen verlegt, sahen sie aus wie Spielzeuge. Der gut planierte Sand unter den Eisenbahnschwellen wartete auf den Schotter; die Waggons und die Lokomotive, auseinandergenommen, ruhten unter Planen neben den Schienen- und Schwellenstapel der Baustelle.

Carlo unterbrach die Arbeit. Sein Rücken tat ihm weh. Er streckte ihn langsam und legte die Hände auf den Stiel seiner Schaufel, dann wischte er sich mit dem Handgelenk über die Stirn. Seine Haare leuchteten vor Schweiß, und der Staub hatte sich auf seinen feuchten Körper geheftet. Seine Hose, die unterhalb der Lenden hing, bildete an den Knien große, weiche Beulen, und er schaute auf den Boden, wobei er den Kopf langsam nach rechts und nach links drehte. Marin räumte weiterhin Schutt weg, und die Glassplitter tönten auf dem Blech seiner Schaufel; er warf sie mit einem Hüftschwung auf den Schutthaufen hinter sich.

»Nehmen Sie Ihre Arbeit wieder auf«, sagte Amadis zu Carlo.

»Ich bin müde«, sagte Carlo.

»Sie werden nicht bezahlt, um zu faulenzen.«

»Ich faulenze nicht, Monsieur. Ich schöpfe nur Atem.«

»Wenn Sie nicht genügend Atem haben, um diese Arbeit zu tun, hätten Sie sie nicht annehmen dürfen.«

»Ich habe nicht darum gebeten, sie zu tun, Monsieur. Ich bin gezwungen, sie zu tun.«

»Niemand zwang Sie dazu«, sagte Amadis. »Sie haben einen Vertrag unterschrieben.«

»Ich bin müde«, sagte Carlo.

»Ich sage Ihnen, daß Sie Ihre Arbeit wieder aufnehmen sollen.«

Marin unterbrach nun ebenfalls die Arbeit.

»Wir können nicht wie Tiere arbeiten, ohne jemals zu atmen«, sagte er.

»Doch«, sagte Amadis. »Die Vorarbeiter sind dazu da, daß diese unabweisliche Regel eingehalten wird.«

»Diese was?« sagte Marin.

»Diese unabweisliche Regel.«

»Sie gehen uns auf die Nerven«, sagte Marin.

»Ich bitte Sie, höflich zu sein«, sagte Amadis.

»Wenn uns dieser Schweinehund von Arland einmal in Ruhe läßt«, sagte Marin, »dann lassen Sie uns auch in Ruhe.«

»Ich gedenke, Arland zur heiligen Ordnung zu rufen«, sagte Amadis.

»Wir tun unsere Arbeit«, sagte Marin. »Wie wir sie tun, ist einzig und allein unsere Sache.«

»Zum letzten Mal«, sagte Amadis, »ich gebe Ihnen den Befehl, Ihre Arbeit wieder aufzunehmen.«

Carlo ließ den Stiel seiner Schaufel, den er mit den Vorderarmen festhielt, los und spuckte in seine trockenen Hände. Marin ließ seine Schaufel fallen.

»Wir werden Ihnen die Fresse vollhauen«, sagte er.

»Mach das nicht, Marin . . .«, murmelte Carlo.

»Wenn Sie mich anfassen«, sagte Amadis, »protestiere ich.«

Marin machte zwei Schritte auf ihn zu und sah ihn an, und er ging noch weiter, bis er ihn berührte.

»Ich werde Ihnen die Fresse vollhauen«, sagte er. »Das hat sicherlich noch nie jemand getan. Sie stinken nach Parfüm. Sie sind eine gemeine Tunte und ein Schikanierer.«

»Laß ihn, Marin«, sagte Carlo. »Er ist der Boß.«

»In der Wüste gibt es keine Bosse.«

»Es ist keine Wüste mehr«, bemerkte Amadis ironisch. »Haben Sie schon einmal Eisenbahnen in der Wüste gesehen?«

Marin dachte nach.

»Komm arbeiten, Marin«, sagte Carlo.

»Er geht mir auf die Nerven mit seinen Phrasen«, sagte Marin. »Wenn ich damit anfange, auf das zu hören, was er sagt, wird er mich einseifen. Ich weiß, daß ich ihm nicht die Fresse vollhauen darf, aber ich glaube, daß ich es trotzdem tun werde, andernfalls wird er mich einseifen.«

»Eigentlich«, sagte Carlo, »kann ich dir ja dabei helfen, wenn du es tust.«

Amadis machte sich steif.

»Ich verbiete Ihnen, mich anzufassen«, sagte er.

»Wenn wir Sie reden lassen«, sagte Carlo, »dann sind wir mit Sicherheit bald angeschmiert. Das ist Ihnen doch klar.«

»Ihr seid Dummköpfe und grobe Klötze«, sagte Amadis. »Nehmt eure Schaufeln wieder zur Hand, sonst werdet ihr nicht bezahlt werden.«

»Das ist uns ganz egal«, sagte Marin. »Sie haben Moneten da oben, und wir sind immer noch nicht bezahlt worden. Wir werden uns schon nehmen, was man uns schuldet.«

»Ihr seid Diebe«, sagte Amadis.

Carlos Faust beschrieb eine kurze, harte und blitzschnelle Bahn, und Amadis' Wange krachte. Er stieß einen Klagelaut aus.

»Nehmen Sie das zurück«, sagte Marin. »Nehmen Sie das zurück oder Sie sind ein toter Mann.«

»Diebe«, sagte Amadis. »Keine Arbeiter, Diebe.«

Marin schickte sich an, zuzuschlagen.

»Laß«, sagte Carlo. »Nicht zu zweit. Laß mich machen.«

»Du bist zu erregt«, sagte Marin. »Du wirst ihn umbringen.«

»Ja«, sagte Carlo.

»Ich bin auch wütend«, sagte Marin, »aber wenn es soweit kommt, dann gewinnt er.«

»Wenn er Angst hätte«, sagte Carlo, »wäre es soviel einfacher.«

»Diebe«, sagte Amadis noch einmal.

Carlos Arme fielen herab.

»Sie sind eine dreckige Tunte«, sagte er. »Sie können sagen, was Sie wollen. Was meinen Sie, was uns Tuntengeschichten ausmachen? Sie haben Schiß.«

»Nein«, sagte Amadis.

»Warten Sie nur«, sagte Marin. »Ich werde meiner Frau Bescheid sagen, daß sie sich um Sie kümmert.«

»Genug«, sagte Amadis. »Nehmt eure Arbeit wieder auf.«

»So ein gemeines Schwein«, sagte Carlo.

»Diebe und Dummköpfe«, sagte Amadis.

Marins Fuß traf ihn im Unterleib. Er stieß einen erstickten Schrei aus und fiel auf den Boden, völlig zusammengekrümmt. Sein Gesicht war weiß, und er keuchte wie ein Hund vom Laufen.

»Das war falsch von dir«, sagte Carlo. »Ich war besänftigt.«

»Komm, beruhige dich«, sagte Marin. »Ich habe nicht fest zugetreten. In fünf Minuten kann er wieder gehen. Er war ja scharf darauf.«

»Ich glaube«, sagte Carlo. »Du hast recht.«

Sie rafften ihr Werkzeug zusammen.

»Wir werden rausgeschmissen werden«, sagte Carlo.

»Und wenn«, murmelte sein Kamerad. »Wir werden uns ausruhen. Diese Wüste ist voller Schnecken. Sagen die Kinder.«

»Ja«, sagte Carlo. »Wir werden uns ein tolles Gericht daraus zubereiten.«

»Wenn die Eisenbahn fertig ist.«

»Wenn sie fertig ist.«

Sie hörten ein entferntes Brummen.

»Sei mal ruhig«, sagte Marin. »Was ist denn das?«

»Oh«, sagte Carlo. »Das sind sicherlich die Lastwagen, die zurückkommen.«

»Wir werden den Schotter aufschütten müssen«, sagte Marin.

»Unter die gesamten Gleise . . .«, sagte Carlo.

Marin beugte sich über seine Schaufel. Das Geräusch der Lastwagen nahm zu, erreichte die höchste Lautstärke, dann vernahmen sie den schrillen Lärm der Bremsen, und es trat Stille ein.

II

Abbé Petitjean packte den Archäologen am Arm und zeigte ihm mit dem Finger die Hütte des Eremiten.

»Wir sind da«, sagte er.

»Gut. Warten wir auf die Kleinen . . .«, sagte der Archäologe.

»Oh«, sagte der Abbé. »Die sind sicherlich imstande, ohne uns auszukommen.«

Athanagoras lächelte.

»Ich hoffe das sehr für Angel.«

»Der Glückspilz!« sagte Petitjean. »Ich hätte mir gern einige Ausnahmebewilligungen für dieses Mädchen ausgestellt.«

»Na, na . . .«, sagte der Archäologe.

»Unter meinem wattierten Mantel«, machte Petitjean deutlich, »schlägt ein männliches Herz.«

»Es steht Ihnen frei, sie mit Ihrem Herzen zu lieben . . .«, sagte der Archäologe.

»Hm . . . Natürlich . . .«, pflichtete Petitjean bei.

Sie waren stehengeblieben und sahen hinter sich, also das, was fünf Sekunden zuvor hinter ihnen war.

»Da sind sie!« sagte Athanagoras. »Wo ist denn Cuivre?«

»Das ist nicht Angel«, sagte der Abbé. »Das ist sein Kollege.«

»Sie haben gute Augen.«

»Nein«, sagte Petitjean. »Ich denke nur, daß Angel trotz allem nicht blöd genug ist, um es mit einem solchen Mädchen so schnell zu machen.«

»Es ist tatsächlich der andere«, stellte Athanagoras fest. »Kennen Sie ihn?«

»Kaum. Er ist ständig am Schlafen, am Arbeiten oder mit der Sekretärin des Schwulen beschäftigt.«

»Er läuft . . .«, sagte der Archäologe.

Anne kam schnell näher.
»Es ist ein schöner Junge«, sagte Petitjean.
»Man sieht ihn nie ... Was ist denn in ihn gefahren?«
»Die Dinge nehmen im Augenblick eine seltsame Wendung.«
»Sie haben recht«, sagte der Archäologe. »Armer Doktor Frißtfrist.«
Sie schwiegen.
»Guten Tag!« sagte Anne. »Ich bin Anne.«
»Guten Tag«, sagte Athanagoras.
»Wie geht es Ihnen?« fragte Petitjean voller Interesse.
»Besser«, sagte Anne. »Ich werde sie abstoßen.«
»Ihre Biene?«
»Meine Biene. Sie geht mir auf den Wecker.«
»Dann suchen Sie also eine andere?«
»Ganz genau, Monsieur l'Abbé«, sagte Anne.
»Oh! Ich muß doch sehr bitten!« protestierte der Abbé. »Nicht solche geschraubten Vokabeln. Und außerdem ...«
Er entfernte sich einige Schritte und begann um die beiden andern herumzulaufen, wobei er kräftig mit den Füßen auf den Boden stampfte.
»Lirum larum Löffelstiel, alte Weiber fressen viel!« sang er.
»Junge müssen fasten, Brot liegt in dem Kasten ...«, fuhr der Archäologe fort.
»Messer liegt daneben, so ein lustig's Leben!« sagte Anne und tat es den andern gleich.
Petitjean blieb stehen und kratzte sich an der Nase.
»Er kennt die Formeln ebenfalls!« sagte er zu dem Archäologen.
»Ja ...«, stellte dieser fest.
»Na, sollen wir ihn mitnehmen?« sagte Petitjean.
»Natürlich«, sagte Anne. »Ich will die Negerin sehen.«
»Sie sind ein Schweinigel«, sagte Petitjean. »Müssen Sie sie denn alle haben?«
»Aber nein«, sagte Anne. »Mit Rochelle ist Schluß.«
»Ist Schluß?«
»Endgültig Schluß.«
Petitjean dachte nach.
»Weiß sie es schon?« fragte er.

Anne schien leicht bekümmert.

»Ich habe es ihr noch nicht gesagt . . .«

»Woraus ich«, sagte der Abbé, »auf einen einseitigen und plötzlichen Entschluß schließen darf.«

»Ich habe ihn gefaßt, während ich lief, um euch einzuholen«, erklärte der Ingenieur.

Athanagoras schien verstimmt.

»Sie sind lästig«, sagte er. »Da werden wir wieder mit Angel Geschichten bekommen.«

»Aber nein«, sagte Anne. »Er wird höchst zufrieden sein. Sie ist frei.«

»Aber was wird sie denn denken?«

»Oh, das weiß ich nicht«, sagte Anne. »Sie ist kein Verstandesmensch.«

»Das ist schnell gesagt . . .«

Anne kratzte sich an der Wange.

»Vielleicht wird es ihr ein wenig unangenehm sein«, gestand er ein. »Mir persönlich macht es nichts aus, daher kann ich mich auch nicht darum kümmern.«

»Sie regeln die Dinge sehr schnell.«

»Ich bin Ingenieur«, erklärte Anne.

»Selbst wenn Sie Erzbischof wären«, sagte der Abbé, »wäre das kein Grund, ein Mädchen, mit dem Sie gestern noch geschlafen haben, einfach sitzen zu lassen, ohne ihr vorher Bescheid zu sagen.«

»Noch heute morgen«, sagte Anne.

»Sie nutzen den Augenblick aus, in dem Ihr Freund Angel anfängt, den Weg der Beruhigung und Befriedung zu finden«, sagte Petitjean, »um ihn wieder in die Ungewißheit zurückzustoßen. Es ist gar nicht sicher, ob er den Weg der Beruhigung und Befriedung für dieses Mädchen verlassen will, das Sie zerstoßen haben wie ein Brikettzertrümmerer.«

»Was ist denn das, der Weg der Beruhigung und Befriedung?« sagte Anne. »Was hat Angel getan?«

»Er jubelt sich gerade eine ganz tolle Biene unter!« sagte Petitjean. »Das Schwein! . . .«

Er schnalzte laut mit der Zunge und bekreuzigte sich fast gleich darauf.

»Ich habe wieder ein verbotenes Wort gesagt«, entschuldigte er sich.

»Nur zu ...«, stimmte Anne mechanisch zu. »Wie ist sie denn, diese Frau? Es ist doch hoffentlich nicht die Negerin?«

»Ganz bestimmt nicht«, sagte Petitjean. »Die Negerin ist dem Eremiten vorbehalten.«

»Gibt es noch eine andere?« sagte Anne. »Eine gute?«

»Na«, sagte Athanagoras. »Lassen Sie Ihren Freund in Ruhe.«

»Aber er mag mich sehr«, sagte Anne. »Er wird nichts sagen, wenn ich sie mir unter die Weste jubele.«

»Sie sagen unsympathische Dinge«, bemerkte der Archäologe.

»Aber er wird glücklich sein wie ein Unternehmer, wenn er erfährt, daß Rochelle frei ist!«

»Das glaube ich nicht«, sagte der Archäologe. »Dazu ist es zu spät.«

»Es ist nicht zu spät. Sie ist noch sehr gut erhalten, die Kleine. Und sie weiß jetzt etwas besser Bescheid als vorher.«

»Das ist nicht angenehm für einen Mann. Ein Junge wie Angel wird auf diese Weise nicht gern Lektionen annehmen.«

»Ach?« sagte Anne.

»Es ist merkwürdig«, sagte Petitjean. »Sicherlich wissen Sie manchmal interessante Dinge zu erzählen, aber im Augenblick sind Sie widerwärtig.«

»Wissen Sie«, sagte Anne, »ich mache mit den Frauen das, was man so mit ihnen tut, aber damit hat sich's auch. Ich mag sie gern, aber für jeden Tag sind mir die Kumpels lieber; zum Reden vor allem.«

»Angel ist vielleicht nicht so wie Sie«, sagte Athanagoras.

»Das muß man ihm austreiben«, sagte Anne. »Wenn er mal mit Rochelle schläft, wird er schnell genug von ihr haben.«

»Er sucht etwas anderes«, sagte Petitjean. »Das, was ich in der Religion suche ... ich meine ... im Prinzip ... weil mir manchmal harmlose Verstöße gegen die Vorschrift unterlaufen ... Aber ich sage dann so an die fünfzig zusammenfassende Rosenkränze auf; wenn ich sage an die fünfzig ... na gut, sagen wir drei.«

»Was Sie ihm da anbieten«, sagte der Archäologe, »das kann er mit jedem anderen Mädchen auch haben. Und er hat es im Augenblick.«

»Das Schwein!« sagte Anne. »Das hat er mir nicht gesagt. Dieser Angel!«

»Er sucht etwas anderes«, sagte Petitjean noch einmal. »Denken Sie nicht nur an den Prügel. Es gibt auch ...«

Er suchte.

»Ich weiß nicht, was es noch gibt«, sagte er. »Was die Frauen angeht, so bin ich im Grunde Ihrer Meinung. Man muß an ihnen rumtätscheln; aber man kann auch an was anderes denken.«

»Gewiß«, sagte Anne. »Wie ich Ihnen schon sagte, für alles andere sind mir die Kumpels lieber.«

»Es ist schwer zu sagen«, sagte Athanagoras, »was er sucht. Sie müßten eine Vorstellung davon haben. Was nützt es, daß ich Ihnen Wörter erzähle, mit denen Sie nichts anfangen können, weil Sie nichts Entsprechendes empfinden.«

»Versuchen Sie es nur«, sagte Anne.

»Ich glaube, daß er einen Zeugen sucht«, sagte Athanagoras. »Jemanden, der ihn kennt und der sich soweit für ihn interessiert, daß er sich kontrollieren kann, ohne daß er sich selber beobachten muß.«

»Warum dann nicht dieses andere Mädchen?« sagte Anne.

»Weil er Rochelle zuerst geliebt hat, und die Tatsache, daß sie ihn nicht liebt, schien ihm schließlich ein sicherer Beweis der Unparteilichkeit zu sein. Allerdings mußte es ihm dazu gelingen, daß sie sich genügend für ihn interessiert, um dieser Zeuge zu sein ...«

»Angel ist ein braver Kerl«, sagte Anne. »Es tut mir leid, daß er solche Vorstellungen hat. Er ist immer ein wenig farblos gewesen.«

Der Archäologe zögerte einen Augenblick.

»Vielleicht erfinde ich das alles«, sagte er. »Ich zweifle daran, daß es sich so einfach verhält.«

»Wieso, so einfach?«

»Ich weiß nicht, ob Angel sich so glücklich schätzen wird, daß er Rochelle in aller Freiheit lieben kann. Ich glaube, daß sie ihn jetzt anwidert.«

»Aber nein«, sagte Anne. »Es wäre schwierig.«

»Sie haben sie ruiniert«, sagte Petitjean. »Und vielleicht hat sie eigentlich überhaupt keine Lust, Sie durch ihn zu ersetzen.«

»Oh«, sagte Anne, »ich werde Ihnen das erklären ...«

»Wie wär's, wenn wir weitergingen«, sagte Petitjean.

»Ich folge Ihnen«, sagte Anne.

»Ich möchte Sie um etwas bitten«, sagte der Archäologe.

Sie machten sich alle drei wieder auf den Weg. Anne überragte seine beiden Gefährten um Haupteslänge. Und zwar um die seines eigenen, um genau zu sein.

»Ich möchte Sie bitten, es Angel nicht zu sagen.«

»Was?«

»Daß Rochelle frei ist.«

»Aber er wird froh sein!«

»Es wäre mir lieber, wenn Rochelle es vor ihm wüßte.«

»Warum?«

»Wegen der Konstruktion der Sache«, sagte der Archäologe. »Ich glaube, daß es nichts bringt, wenn Sie es Angel sofort sagen.«

»Ach so! Gut!« sagte Anne. »Aber ich darf es ihm nachher sagen?«

»Natürlich«, sagte der Archäologe.

»Mit anderen Worten«, sagte Anne, »muß ich zuerst Rochelle Bescheid sagen und erst danach Angel?«

»Das ist normal«, sagte Petitjean. »Einmal angenommen, Sie ändern Ihre Meinung, nachdem Sie Angel Bescheid gesagt haben, und ohne daß Sie es Rochelle gesagt haben. Für Sie geht dabei nichts kaputt. Für Angel ist es eine weitere Enttäuschung.«

»Selbstverständlich«, sagte Anne.

»Natürlich ist dies nicht der wahre Grund«, erklärte Petitjean. »Aber es ist unnötig, daß Sie ihn kennen.«

»Dieser hier genügt mir«, sagte Anne.

»Ich danke Ihnen«, sagte der Archäologe. »Ich zähle auf Sie.«

»Gehen wir zur Negerin«, sagte Anne.

III

So sind zum Beispiel in der Rubrik
Ballett alle unsere Schallplatten mit
Ballettmusik aufgeführt; Sie finden sie
im alphabetischen Register unter dem
Stichwort Ballett in der Abteilung
klassische Musik.
Philips-Katalog, 1956, Seite III

Rochelle sah Amadis hereinkommen. Er hielt sich mit einer Hand den Unterleib; mit der andern hielt er sich am Türrahmen und an den Wänden, und er hatte Schmerzen. Er hinkte zu seinem Sessel und ließ sich erschöpft hineinfallen. Er blinzelte, und seine Stirn legte sich in sukzessive Falten, die die weiche Oberfläche entstellten.

Rochelle unterbrach ihre Arbeit und stand auf. Sie mochte ihn nicht.

»Was kann ich für Sie tun?« sagte sie. »Sind Sie krank?«

»Fassen Sie mich nicht an«, sagte Amadis. »Einer dieser Arbeiter hat mich geschlagen.«

»Wollen Sie sich hinlegen?«

»Nichts zu machen«, sagte Amadis. »Physisch. Im übrigen werde ich ihnen das heimzahlen.«

Er bewegte sich etwas.

»Ich hätte Dupont gern gesehen.«

»Wer ist Dupont?«

»Der Koch des Archäologen.«

»Wo soll ich ihn denn finden?«

»Er ist bestimmt wieder bei diesem Miststück von Lardier . . .«, murmelte Amadis.

»Wollen Sie nichts zu sich nehmen?« sagte Rochelle. »Ich kann Ihnen Sainunichstee kochen.«

»Nein«, sagte Amadis. »Nichts.«

»Gut.«

»Danke«, sagte Amadis.

»Oh«, sagte Rochelle, »ich tue es nicht, um Ihnen einen Gefallen zu erweisen. Ich mag Sie nämlich überhaupt nicht.«

»Ich weiß«, sagte Amadis. »Dabei wird immer behauptet, daß Frauen in der Regel die Homosexuellen mögen.«

»Die Frauen, die keine Männer mögen«, sagte Rochelle. »Oder die Frauen, die verallgemeinern.«

»Es heißt, daß sie sich bei ihnen sicher fühlen, daß sie keine Angst haben, belästigt zu werden usw. . . .«

»Wenn sie schön sind«, sagte Rochelle, »ist das möglich. Ich habe keine Angst, belästigt zu werden.«

»Wer belästigt Sie denn hier, außer Anne?«

»Sie sind indiskret«, sagte Rochelle.

»Das ist ohne Bedeutung«, sagte Amadis. »Anne und Angel werden wieder ganz gewöhnliche Männer, ich habe sie entlassen.«

»Anne belästigt mich nicht«, sagte Rochelle. »Ich schlafe mit ihm. Er faßt mich an. Er massiert mich.«

»Belästigt Angel Sie?«

»Ja«, sagte Rochelle, »weil ich es will. Er sieht nicht so kräftig aus wie sein Freund. Und außerdem habe ich Anne von Anfang an vorgezogen, weil er nicht so kompliziert ist.«

»Ist Angel kompliziert? Ich finde, daß er dumm und faul ist. Dabei sieht er besser aus als Anne.«

»Nein«, sagte Rochelle. »Nicht mein Geschmack. Aber er ist auch nicht schlecht, das gebe ich zu.«

»Könnten Sie mit ihm schlafen?«

»Natürlich!« sagte Rochelle. »Jetzt kann ich. Mit Anne kann ich nämlich nicht mehr viel anfangen.«

»Ich frage Sie das alles, weil Sie für mich eine so völlig fremde Welt sind«, sagte Amadis. »Ich möchte begreifen.«

»Hat der Schlag, den Sie bekommen haben, Sie daran erinnert, daß Sie ein Mann sind?« sagte Rochelle.

»Ich habe große Schmerzen«, sagte Amadis, »und ich habe keinen Sinn für Ironie.«

»Wann hören Sie endlich auf zu glauben, daß man sich über Sie lustig macht?« sagte Rochelle. »Wenn Sie wüßten, wie gleichgültig mir das ist!«

»Lassen wir das«, sagte Amadis. »Sie sagen, daß Angel Sie belästigt; ist Ihnen das unangenehm?«

»Nein«, sagte Rochelle. »Das ist so etwas wie eine Sicherheitsreserve.«

»Aber er muß doch auf Anne eifersüchtig sein.«

»Woher wollen Sie das wissen?«

»Das ist ein Analogieschluß«, sagte Amadis. »Ich weiß genau, was ich mit Lardier tun möchte.«

»Was denn?«

»Ihn umbringen«, sagte Amadis. »Mit Fußtritten in den Bauch. Alles kurz- und kleinschlagen.«

»Angel ist nicht wie Sie. Er ist nicht so leidenschaftlich.«

»Sie täuschen sich ganz bestimmt«, sagte Amadis. »Er ist böse auf Anne.«

Rochelle sah ihn beunruhigt an.

»Das meinen Sie doch nicht im Ernst?«

»Doch«, sagte Amadis. »Es wird so kommen. Mich läßt das kalt. Ich sage es nicht, um Sie zu ärgern.«

»Sie reden, als ob Sie es wirklich wüßten«, sagte Rochelle. »Ich glaube, Sie wollen mich kaufen. Aber das geheimnisvolle Getue zieht bei mir nicht.«

»Da gibt es kein geheimnisvolles Getue«, sagte Amadis. »Ich leide und ich verstehe viele Dinge. Übrigens, wie weit sind Sie mit Ihrer Arbeit?«

»Sie ist fertig«, sagte Rochelle.

»Ich werde Ihnen was anderes geben. Nehmen Sie Ihren Block.«

»So furchtbar können Sie auch wieder nicht leiden«, sagte Rochelle.

»Der Schotter ist angekommen«, sagte Amadis. »Wir müssen die Lohnlisten für die Lastwagenfahrer fertigmachen und ihnen vorschlagen, an den Gleisen zu arbeiten.“

»Das werden sie ablehnen«, sagte Rochelle.

»Schreiben Sie eine Dienstanweisung«, sagte Amadis. »Man kann es so einrichten, daß sie nicht ablehnen werden.«

Rochelle machte drei Schritte und nahm ihren Block und ihren Bleistift. Amadis stützte einige Augenblicke die Ellbogen auf seinen Schreibtisch, den Kopf in den Händen, und er begann zu diktieren.

IV

»Dieser heilige Akt ist wirklich erstklassig«, sagte Abbé Petitjean.

Anne, der Archäologe und der Abbé gingen langsam zurück.

»Die Negerin . . .«, sagte Anne. »Meine Fresse! . . .«

»Na na«, sagte der Archäologe.

»Lassen Sie Claude Léon in Frieden«, sagte der Abbé. »Er zieht sich gar nicht so schlecht aus der Affaire.«

»Ich würde ihm gern dabei zur Hand gehen«, sagte Anne.

»Die Hand ist nicht eigentlich das, was er dabei benutzt«, sagte Petitjean. »Sie haben die Einzelheiten nicht so richtig mitgekriegt.«

»Oh, capito! . . .« sagte Anne. »Reden Sie von was anderem. Ich kann schon nicht mehr gehen.«

»Das wirkt nach«, sagte der Abbé. »Ich bin ganz Ihrer Meinung. Aber ich habe eine Soutane.«

»Was muß man tun, um Priester zu werden?« fragte Anne.

»Sie«, sagte Petitjean, »Sie wissen nicht, was Sie wollen. Mal dies, mal das. Mal erzählen Sie Dummheiten, mal machen Sie ein intelligentes Gesicht, mal sind Sie sensibel und mal so säuisch wie ein Viehhändler, der an nichts anderes denkt. Entschuldigen Sie bitte, aber meine Sprache ist meinen Gedanken nicht gewachsen.«

»Alles klar«, sagte Anne. »Ich weiß Bescheid.«

Er begann zu lachen und ergriff den Abbé am Arm.

»Petitjean«, sagte er, »Sie sind ein richtiger Mann!«

»Danke«, sagte Petitjean.

»Und Sie, Sie sind ein Löwe«, fuhr Anne fort und wandte sich an den Archäologen. »Ich bin froh, daß ich Sie kennengelernt habe.«

»Ich bin ein alter Löwe«, sagte Athanagoras. »Und der Vergleich wäre zutreffender, wenn Sie ein Wühltier gewählt hätten.«

»Aber nicht doch«, sagte Anne. »Ihre Ausgrabungen, das ist doch ein Witz. Sie reden zwar immer davon, aber man sieht sie nie.«

»Möchten Sie sie sehen?«

»Sicher!« sagte Anne. »Alles interessiert mich.«

»Alles interessiert Sie ein bißchen«, sagte Petitjean.

»Jeder ist so«, sagte Anne.

»Und die Spezialisten?« bemerkte der Archäologe. »Mein bescheidenes Beispiel bedeutet zwar nichts, aber für mich zählt nur die Archäologie.«

»Nicht wahr«, sagte Anne. »Das ist doch Mache.«

»Aber keineswegs!« sagte Athanagoras empört.

Anne lachte wieder.

»Ich nehme Sie nur auf den Arm«, sagte er. »So wie Sie es mit Steinguttöpfen tun, die Ihnen nichts getan haben, bevor Sie sie in Schachteln verfrachten.«

»Halten Sie den Mund, Sie oberflächlicher Mensch!« sagte Athanagoras.

Er war nicht wütend.

»Na«, sagte Anne, »gehen wir uns Ihre Ausgrabungen ansehen?«

»Wir gehen«, sagte Petitjean.

»Kommen Sie«, sagte der Archäologe.

V

Angel kam ihnen entgegen. Er ging etwas schwankend, noch ganz warm vom Körper Cuivres. Sie war in die andere Richtung zurückgegangen, zu Brice und Bertil, um ihnen bei ihrer Arbeit zu helfen. Sie wußte, daß es besser war, nicht bei dem ängstlichen Jungen zu bleiben, der sie gerade in einer Sandmulde zartfühlend, zärtlich genommen hatte, ohne sie verletzen zu wollen. Sie lachte und lief. Ihre zarten Beine flogen elastisch über den hellen Boden hinweg, und ihr Schatten tanzte neben ihr und verlieh ihr vier Dimensionen.

Ale Angel ganz nahe bei ihnen war, sah er sie aufmerksam an. Er entschuldigte sich nicht, daß er sie verlassen hatte. Anne war auch da, stark und fröhlich, wie vor Rochelle; mit Rochelle war es also aus.

Bis zum Lagerplatz von Athanagoras war nur noch ein

sehr kurzes Stück Weg zurückzulegen. Sie sprachen nur, und die Dinge standen kurz vor der Vollendung.

Denn Angel wußte, was Cuivre war, und er verlor mit einem Schlag alles, was Anne von Rochelle bekommen hatte.

VI

»Ich steige als erster hinunter«, sagte Athanagoras. »Passen Sie auf. Dort unten liegt ein Haufen Steine zum Einpacken.«

Sein Körper zwängte sich in die Öffnung des Brunnens, und seine Füße fanden eine feste Stütze auf den Silbersprossen.

»Gehen Sie vor!« sagte Anne und trat vor Petitjean zurück.

»Das ist ein lächerlicher Sport«, sagte Petitjean. »He, Sie, da unten, schauen Sie nicht hoch. Das tut man nicht!«

Er raffte seine Soutane mit einer Hand zusammen und setzte den Fuß auf die erste Sprosse.

»Es geht«, sagte er. »Ich steige trotzdem hinunter.«

Anne blieb bei Angel.

»Was meinst du, wie tief das hinabgeht?« sagte er.

»Ich weiß es nicht«, sagte Angel mit erstickter Stimme. »Es ist tief.«

Anne beugte sich über die Öffnung.

»Man sieht nicht viel«, sagte er. »Petitjean muß angekommen sein. Der Augenblick ist gekommen.«

»Noch nicht . . .«, sagte Angel verzweifelt.

»Aber doch«, sagte Anne.

Er hatte sich neben die Öffnung des Brunnens gekniet und spähte in die dichte Finsternis.

»Nein«, sagte Angel noch einmal. »Noch nicht.«

Er sprach leiser, mit erschreckter Stimme.

»Wir müssen hinunter«, sagte Anne. »Los! Hast du Angst?«

»Ich habe keine Angst . . .«, murmelte Angel.

Seine Hand berührte den Rücken seines Freundes und plötzlich stieß er ihn in die Leere. Angels Stirn war feucht von Schweiß. Einige Sekunden später war ein Krachen zu hören und die Stimme Petitjeans, der ganz unten im Brunnen schrie.

Angels Beine zitterten und seine Finger zögerten, bevor sie die erste Sprosse fanden. Seine Füße führten ihn nach unten, und er spürte seinen Körper wie kaltes Quecksilber. Der Eingang des Brunnens über ihm zeichnete sich schwarzblau vor einem Tintenhintergrund ab. Der Untergrund wurde etwas heller, und er beschleunigte seinen Abstieg. Er hörte Petitjean mit monotoner Stimme Wörter aufsagen. Er schaute nicht nach unten.

VII

»Es ist meine Schuld«, sagte der Archäologe zu Petitjean.

»Nein«, sagte Petitjean. »Ich bin ebenfalls schuldig.«

»Wir hätten ihn nicht davon abhalten sollen, Angel zu sagen, daß Rochelle frei ist.«

»Dann«, sagte Petitjean, »läge jetzt Angel hier.«

»Warum mußten wir wählen?«

»Weil man wählen muß«, sagte Petitjean. »Das ist zwar zum Kotzen, aber es ist so.«

Anne hatte sich den Hals gebrochen, und sein Körper lag auf den Steinen. Sein Gesicht war ausdruckslos und auf der Stirn hatte er eine breite, von seinen wirren Haaren halbverdeckte Schramme. Eines seiner Beine war unter ihm gekrümmt.

»Man muß ihn hier wegschaffen«, sagte Petitjean, »und ihn langlegen.«

Sie sahen Angels Füße kommen und seinen Körper, und dann kam Angel sachte heran.

»Ich habe ihn umgebracht«, sagte er. »Er ist tot.«

»Ich glaube, er hat sich zu weit vorgebeugt«, sagte der Archäologe. »Bleiben Sie nicht da stehen.«

»Ich war's . . .«, sagte Angel.

»Fassen Sie ihn nicht an«, sagte Petitjean. »Das ist nicht nötig. Es war ein Unfall.«

»Nein«, sagte Angel.

»Doch«, sagte der Archäologe. »Das können Sie schließlich von ihm annehmen.«

Angel weinte und sein Gesicht war heiß.

»Warten Sie dort auf uns«, sagte Athanagoras. »Gehen Sie den Korridor entlang.«

Er trat zu Anne. Sanft glättete er ihm die blonden Haare und betrachtete den geschundenen, bedauernswerten Körper.

»Er war jung«, sagte er.

»Ja«, murmelte Petitjean. »Sie sind jung.«

»Sie sterben alle . . .«, sagte Athanagoras.

»Nicht alle . . . es bleiben welche übrig. Sie und ich zum Beispiel.«

»Wir sind aus Stein«, sagte der Archäologe. »Das zählt nicht.«

»Helfen Sie mir«, sagte Petitjean.

Sie hatten große Mühe, ihn hochzuheben. Der entspannte Körper war erschlafft und lag auf dem Boden. Petitjeans Füße rutschten auf dem feuchten Boden aus. Sie hoben ihn von dem Steinhaufen hoch und legten ihn an die Wand des Stollens.

»Ich bin erschüttert«, sagte Athanagoras. »Es ist meine Schuld.«

»Ich sage Ihnen noch einmal, daß das nicht stimmt«, sagte Petitjean. »Es war gar nichts anderes zu machen.«

»Es ist eine Schande«, sagte Athanagoras, »daß wir gezwungen waren, bei so was behilflich zu sein.«

»Wir mußten in jedem Fall enttäuscht sein«, sagte Petitjean. »Es ist nun mal so, daß wir in unserem tiefsten Innern enttäuscht sind. Das ist zwar schwerer zu ertragen, aber es geht auch besser vorbei.«

»Es wird für Sie vorbeigehen«, sagte Athanagoras. »Er war schön.«

»Sie sind schön«, sagte Petitjean. »Sie alle, die zurückbleiben.«

»Sie sind zu hartherzig«, sagte der Archäologe.

»Ein Priester darf kein Herz haben«, sagte Petitjean.

»Ich möchte seine Haare in Ordnung bringen«, sagte der Archäologe. »Haben Sie einen Kamm?«

»Ich habe keinen«, sagte Petitjean. »Das ist nicht nötig. Kommen Sie.«

»Ich kann ihn nicht allein lassen.«

»Nun lassen Sie sich mal nicht gehen. Er ist Ihnen nahe, weil er tot ist und weil Sie alt sind. Aber er ist tot.«

»Und ich bin alt, aber lebendig«, sagte der Archäologe. »Und Angel ist ganz allein.«

»Er wird jetzt kaum noch Gesellschaft haben«, sagte Petitjean.

»Wir werden bei ihm bleiben.«

»Nein«, sagte Petitjean. »Er wird fortgehen. Er wird allein fortgehen. Die Dinge werden sich nicht so einfach klären. Wir sind noch nicht am Ende.«

»Was kann denn passieren? ...« seufzte Athanagoras mit müder, zerbrochener Stimme.

»Das wird noch kommen«, sagte Petitjean. »Man arbeitet nicht in der Wüste, ohne daß das Folgen hat. Die Dinge stehen schlecht. Ich spüre es.«

»Sie sind an Leichen gewöhnt«, sagte Athanagoras. »Ich nicht. Nur an Mumien.«

»Sie haben nichts begriffen«, sagte Petitjean. »Sie können nur leiden, ohne daraus Lehren zu ziehen.«

»Ziehen Sie irgendwelche Lehren daraus?«

»Ich?« sagte Petitjean. »Ich leide ja nicht darunter. Kommen Sie.«

VIII

Sie fanden Angel im Stollen. Seine Augen waren trocken.

»Ist nichts zu machen?« fragte er Petitjean.

»Nichts«, sagte Petitjean. »Lediglich den andern Bescheid sagen, wenn wir zurückkommen.«

»Gut«, sagte Angel. »Ich werde es ihnen sagen. Sehen wir uns jetzt die Ausgrabungen an?«

»Aber gewiß«, sagte Petitjean. »Dazu sind wir ja hier.«

Athanagoras sprach nicht, und sein faltiges Kinn zitterte. Er ging zwischen ihnen hindurch und setzte sich an die Spitze der Kolonne.

Sie folgten dem komplizierten Weg, der zum Stoß führte. Angel betrachtete aufmerksam das Hangende der Stollen und die Nebenpfeiler, und er machte den Eindruck, als versuchte er, das Gelände zu orten. Sie kamen im Hauptstollen an, in dessen hinterem Ende man die Lichtpunkte sah, die die Beleuchtungsapparate bildeten. Angel blieb am Eingang stehen.

»Ist sie dort?« sagte er.

Athanagoras sah ihn an, ohne zu begreifen.

»Ihre Freundin?« sagte Angel noch einmal. »Ist sie dort?«

»Ja«, sagte der Archäologe. »Mit Brice und Bertil. Sie arbeitet.«

»Ich will sie nicht sehen«, sagte Angel. »Ich kann sie nicht sehen. Ich habe Anne umgebracht.«

»Jetzt hören Sie auf«, sagte Petitjean. »Wenn Sie diese Dummheit noch einmal sagen, werde ich mich etwas näher um Sie kümmern.«

»Ich habe ihn umgebracht«, sagte Angel.

»Nein«, sagte Petitjean. »Sie haben ihn gestoßen, und als er auf den Steinen unten ankam, war er tot. Das ist reiner Zufall.«

»Sie sind ein Jesuit . . .«, sagte Angel.

»Ich glaube, ich habe schon einmal gesagt, daß ich bei den Eudisten erzogen worden bin«, sagte Petitjean ruhig. »Wenn man sich die Mühe machen würde, aufzupassen, wenn ich spreche, wäre vieles besser. Sie machten vorhin den Eindruck, als reagierten Sie völlig normal, und jetzt drehen Sie schon wieder durch. Ich warne Sie, ich werde Ihnen das nicht länger durchlassen. Pitschi, patschi, Peter . . .«

»Hinterm Ofen steht er . . .«, sagten Angel und der Archäologe mechanisch.

»Ich nehme an, daß Sie wissen, wie's weitergeht«, sagte Petitjean, »deshalb können wir uns den Rest sparen. Ich will Sie jetzt nicht zwingen, diese drei Typen am Ende des Stollens aufzusuchen. Ich bin kein Henker.«

Athanagoras hustete ostentativ.

»Ganz richtig«, sagte Petitjean, wobei er sich nach ihm umdrehte, »ich bin kein Henker.«

»Gewiß nicht«, sagte Athanagoras. »Sonst wäre Ihre Soutane rot statt schwarz.«

»Und nachts«, sagte Petitjean, »wäre die Wirkung die gleiche.«

»Oder für einen Blinden«, sagte der Archäologe. »Sie geben unaufhörlich Binsenweisheiten von sich . . .«

»Sie sind wirklich hartnäckig«, sagte Petitjean. »Ich versuche Sie beide aufzumuntern.«

»Das gelingt Ihnen sehr gut«, sagte Athanagoras. »Wir sind beinahe soweit, daß wir Sie am liebsten anbrüllen würden.«

»Wenn Sie ganz soweit sind«, sagte Petitjean, »dann habe ich Erfolg gehabt.«

Angel schwieg und sah zum Ende des Stollens, dann drehte er sich um und nahm aufmerksam die andere Seite unter die Lupe.

»Welcher Richtung sind Sie bei den Ausgrabungen gefolgt?« fragte er den Archäologen.

Er strengte sich an, um natürlich zu sprechen.

»Ich weiß nicht«, sagte der Archäologe. »Etwa zwei Maß östlich vom Meridian . . .«

»Aha . . .«, sagte Angel.

Er blieb reglos da stehen.

»Wir sollten uns entscheiden«, sagte Petitjean, »gehen wir nun oder gehen wir nicht?«

»Ich muß mir die Berechnungen ansehen«, sagte Angel.

»Was ist los?« fragte der Archäologe.

»Nichts«, sagte Angel. »Eine Annahme. Ich will nicht hingehen.«

»Gut«, sagte Petitjean. »Dann gehen wir wieder zurück.«

Sie machten kehrt.

»Kommen Sie mit ins Hotel?« fragte Angel den Abbé.

»Ich begleite Sie«, sagte Petitjean.

Der Archäologe ging diesmal hinten, und sein Schatten war klein neben dem seiner beiden Gefährten.

»Ich muß mich beeilen«, sagte Angel. »Ich will Rochelle sehen. Ich will es ihr sagen.«

»Ich kann es ihr sagen«, sagte der Abbé.

»Beeilen wir uns«, sagte Angel. »Ich muß sie unbedingt sehen. Ich will sehen, wie sie ist.«

»Beeilen wir uns«, sagte Petitjean.

Der Archäologe blieb stehen.

»Ich lasse Sie allein«, sagte er.

Angel ging wieder zurück. Er stand vor Athanagoras.

»Ich bitte Sie um Verzeihung«, sagte er. »Ich danke Ihnen.«

»Wofür?« sagte Athanagoras traurig.

»Für alles . . .«, sagte Angel.

»Es ist alles meine Schuld . . .«

»Danke . . .«, sagte Angel. »Bis bald.«

»Vielleicht«, sagte der Archäologe.

»Los, schaffen Sie Ihre müden Knochen her; auf Wiedersehen, Atha!« rief der Abbé.

»Auf Wiedersehen, Abbé!« sagte Athanagoras.

Er ließ sie davongehen und in dem Stollen um die Ecke biegen, dann setzte er seinen Weg hinter ihnen fort. Anne wartete ganz allein an dem kalten Felsen; Angel und Petitjean gingen an ihm vorbei und stiegen die Silberleiter hinauf, dann kam Athanagoras, er kniete sich neben Anne und sah ihn an, und sein Kopf fiel auf seine Brust herab; er dachte an frühere, sanfte Dinge mit einem fast verflüchtigten Duft. Anne oder Angel, warum hatte man wählen müssen?

IX

Eine intelligente Frau zu lieben, ist
ein Päderastenvergnügen.
Baudelaire, »Raketen«

Amadis betrat Angels Zimmer. Der Junge saß auf seinem Bett, und neben ihm explodierte eines der Hemden von Professor Frißtfrist. Amadis blinzelte mit den Augen, versuchte sich daran zu gewöhnen, mußte aber anderswohin schauen. Angel sagte nichts, er hatte beim Geräusch der Tür kaum den Kopf umgedreht, und er regte sich nicht, als Amadis sich auf den Stuhl setzte.

»Wissen Sie, wo meine Sekretärin ist?« fragte Amadis.

»Nein«, sagte Angel. »Ich habe sie seit gestern nicht mehr gesehen.«

»Sie hat das sehr schlecht aufgenommen«, sagte Amadis, »und ich bin mit meiner Post im Rückstand. Sie hätten ja schließlich auch bis heute warten können, um ihr zu sagen, daß Anne tot ist.«

»Es war Petitjean, der es ihr gesagt hat. Ich kann nichts dafür.«

»Sie sollten zur ihr gehen und sie trösten und ihr sagen, daß nur die Arbeit ihr weiterhelfen kann.«

»Wie können Sie das sagen?« sagte Angel. »Sie wissen genau, daß das eine Lüge ist.«

»Das ist doch ganz klar«, sagte Amadis. »Die Arbeit, ein starkes Ablenkungsmittel, gibt dem Menschen die Möglichkeit, sich zeitweise von den Sorgen und Lasten des täglichen Lebens zurückzuziehen.«

»Nichts ist alltäglicher . . . Sie wollen mich wohl auf den Arm nehmen«, sagte Angel. »Sie können das nicht sagen, ohne daß Sie lachen müssen.«

»Ich kann schon seit langem nicht mehr lachen«, sagte Amadis. »Ich möchte, daß Rochelle die Briefe abholt und daß der 975 wieder kommt.«

»Schicken Sie das Taxi«, sagte Angel.

»Schon geschehen«, sagte Amadis. »Aber Sie können sich wohl denken, wie ich mit seiner Rückkehr rechne.«

»Sie wären verrückt«, sagte Angel.

»Sie werden mir jetzt sicherlich sagen, daß ich eine Dreckstunte bin?«

»Quatsch!« sagte Angel.

»Wollen Sie Rochelle nicht sagen, daß ich Arbeit für sie habe?«

»Ich kann sie jetzt nicht sehen«, sagte Angel. »Begreifen Sie doch! Anne ist gestern nachmittag gestorben.«

»Ich weiß«, sagte Amadis. »Bevor er bezahlt worden ist. Ich möchte, daß Sie Rochelle sagen gehen, daß meine Post nicht mehr länger warten kann.«

»Ich kann sie nicht stören.«

»Aber doch«, sagte Amadis. »Sie ist in ihrem Zimmer.«

»Warum haben Sie mich dann gefragt, wo sie ist?«

»Damit Sie beunruhigt sein sollten«, sagte Amadis.

»Ich weiß genau, daß sie in ihrem Zimmer ist.«

»Dann hat es nichts genützt«, sagte Amadis. »Das ist alles.«

»Ich gehe sie holen«, sagte Angel. »Sie wird nicht kommen.«

»Aber doch.«

»Sie liebte Anne.«

»Sie würde auch mit Ihnen schlafen. Sie hat es mir selbst gesagt. Gestern.«

»Sie sind ein Schweinehund«, sagte Angel.

Amadis gab keine Antwort. Er schien völlig gleichgültig zu sein.

»Sie hätte mit mir geschlafen, wenn Anne noch leben würde«, sagte Angel.

»Aber nein. Sogar jetzt.«

»Sie sind ein Schweinehund«, sagte Angel noch einmal. »Ein Päderastenschwein.«

»Da haben wir's«, sagte Amadis. »Sie haben es gesagt. Das Allgemeine. So, und jetzt werden Sie zu ihr gehen. Das Allgemeine drängt zum Besonderen.«

»Ja, ich werde zur ihr gehen.«

Er stand auf, und die Matratzenfedern des Bettes ächzten sachte.

»Das Bett bei ihr macht keinen Krach«, sagte Amadis.

»Genug . . .«, murmelte Angel.

»Das war ich Ihnen schuldig.«

»Genug... Ich kann Sie nicht mehr ertragen... Gehen Sie...«

»Sieh an«, sagte Amadis. »Wissen Sie heute, was Sie wollen?«

»Anne ist tot . . .«

»Na, wovon befreit Sie das?«

»Von mir«, sagte Angel. »Ich werde wach.«

»Aber nein«, sagte Amadis. »Sie wissen genau, daß Sie jetzt Selbstmord begehen werden.«

»Ich habe daran gedacht«, sagte Angel.

»Gehen Sie mir zuerst Rochelle holen.«

»Ich gehe sie holen.«

»Sie können sich Zeit lassen«, sagte Amadis. »Wenn Sie sie trösten wollen . . . oder sonstwas. Aber ermüden Sie sie nicht allzu sehr. Ich habe eine Menge Post zu erledigen.«

Angel ging an Amadis vorbei, ohne ihn anzusehen. Der Direktor blieb auf dem Stuhl sitzen und wartete bis die Tür geschlossen wurde.

Der Flur des Hotels führte jetzt auf der einen Seite direkt

ins Leere, und bevor Angel zu Rochelle ging, trat er an den Rand. Zwischen den beiden Hälften des Hotels glänzten die Gleise in der Sonne, und auf der anderen Seite ging der Flur weiter zu den übriggebliebenen Zimmern. Zwischen den Schienen und den Eisenbahnschwellen fing der graue, saubere Schotter an den glimmerhaltigen Spitzen seiner Elemente Lichtblitze auf.

Auf beiden Seiten der Fassaden erstreckte sich die Eisenbahnlinie so weit das Auge sah, und die Haufen Eisenbahnschwellen und Schienen, für Angel unsichtbar von der Stelle aus, an der er stand, waren fast verschwunden. Zwei der Lastwagenfahrer montierten gerade noch die letzten Teile der Wagen und der Lokomotive zusammen, die bereits auf den Schienen stand, und das Zischeln der Riemenscheibe der kleinen Hebevorrichtung tickerte über die gleichmäßige Kettenrolle des Dieselölmotors, der sie antrieb.

Angel drehte sich um und ging durch zwei Türen. Er blieb vor der dritten stehen und klopfte.

Die Stimme Rochelles hieß ihn eintreten.

Ihr Zimmer war genauso möbliert wie die andern, einfach und kahl. Rochelle lag auf ihrem Bett. Sie trug das gleiche Kleid wie am Tag zuvor, und die Bettdecke war nicht aufgeschlagen.

»Ich bin's . . .«, sagte Angel.

Rochelle richtete sich auf und sah ihn an. Ihre Augen erloschen in ihrem gezeichneten Gesicht.

»Wie ist es passiert?« sagte sie.

»Ich habe Sie gestern nicht besuchen können«, sagte Angel. »Ich dachte, daß Petitjean es Ihnen gesagt hat.«

»Er ist in den Brunnen gefallen«, sagte Rochelle. »Sie konnten ihn nicht zurückhalten, weil er so schwer war. Ich weiß, wie schwer er war. Wie ist das mit Anne passiert?«

»Es war meine Schuld«, sagte Angel.

»Aber nein . . . Sie waren nicht stark genug, um ihn zurückzuhalten.«

»Ich habe Sie ungeheuer geliebt«, sagte Angel.

»Ich weiß«, sagte Rochelle. »Sie lieben mich immer noch sehr.«

»Deshalb ist er hinuntergefallen«, sagte Angel. »So sieht es aus. Damit ich Sie lieben kann.«

»Es ist zu spät«, sagte Rochelle mit einer Art Koketterie. »Es war sogar schon vorher zu spät.«

»Warum ist er dann gefallen?«

»Er hat nicht fallen können«, sagte Angel. »Nicht Anne.«

»Oh«, sagte Rochelle. »Es war ein Unfall.«

»Haben Sie nicht geschlafen?«

»Ich glaubte, daß ich mich nicht hinlegen dürfe«, sagte sie, »weil ein Toter immerhin respektiert werden muß.«

»Und Sie sind eingeschlafen . . .«, sagte Angel.

»Ja, Abbé Petitjean hatte mir etwas gegeben, das ich eingenommen habe.«

Sie hielt ihm ein volles Fläschchen hin.

»Ich habe fünf Tropfen genommen. Ich habe sehr gut geschlafen.«

»Sie haben Schwein«, sagte Angel.

»Wenn die Leute einmal tot sind, kann man auch durch Jammern nichts daran ändern«, sagte Rochelle. »Wissen Sie, es hat mir großen Kummer bereitet.«

»Mir auch«, sagte Angel. »Ich frage mich, wie wir danach noch leben können.«

»Glauben Sie, daß das nicht recht ist?«

»Ich weiß nicht«, sagte Angel.

Er sah das Fläschchen an.

»Wenn Sie die Hälfte der Flasche eingenommen hätten«, sagte er, »wären Sie nicht mehr wachgeworden.«

»Ich habe sehr schöne Träume gehabt«, sagte Rochelle. »Zwei Männer waren in mich verliebt, die um mich kämpften, es war wunderbar. Es war sehr romantisch.«

»Ich kann mir das vorstellen«, sagte Angel.

»Vielleicht ist es doch noch nicht zu spät«, sagte Rochelle.

»Haben Sie Anne gesehen?«

»Nein . . .!« sagte Rochelle. »Sprechen Sie nicht davon, das ist mir unangenehm. Ich will nicht daran denken.«

»Er war schön«, sagte Angel.

Rochelle sah ihn beunruhigt an.

»Warum erzählen Sie mir solche Dinge?« sagte sie. »Ich war ruhig, und nun kommen Sie, um mir Angst zu machen und mich zu beeindrucken. Ich mag Sie nicht, wenn Sie so sind. Sie sind immer traurig. Man darf nicht an das denken, was geschehen ist.«

»Können Sie sich daran hindern?«

»Jeder kann sich daran hindern«, sagte Rochelle. »Ich lebe. Und Sie auch.«

»Ich schäme mich, daß ich lebe . . .«, sagte Angel.

»Sagen Sie mal«, sagte Rochelle, »haben Sie mich so sehr geliebt?«

»Ja«, sagte Angel. »So sehr.«

»Ich werde bald getröstet sein«, sagte Rochelle. »Ich kann nicht lange an etwas Trauriges denken. Selbstverständlich werde ich mich oft an Anne erinnern . . .«

»Nicht so oft wie ich«, sagte Angel.

»Oh! Sie sind wirklich nicht lustig«, sagte Rochelle. »Schließlich sind wir beide noch am Leben!«

Sie streckte sich.

»Amadis möchte, daß Sie für die Post runterkommen«, sagte Angel und er begann bitter zu lachen.

»Ich habe keine Lust«, sagte sie. »Ich bin ganz zerschlagen von diesen Tropfen. Ich glaube, ich werde mich jetzt im Ernst hinlegen.«

Angel stand auf.

»Sie können bleiben«, sagte sie. »Es stört mich nicht. Wo denken Sie hin! Nach einer solchen Geschichte! Wir werden doch keine Umstände machen . . .«

Sie begann ihr Kleid aufzuknöpfen.

»Ich hatte Angst, Sie hätten eine zu starke Dosis genommen«, sagte Angel.

Er hielt immer noch das Fläschchen in der Hand.

»Wo denken Sie hin! Abbé Petitjean hatte mir gesagt, ich solle nicht mehr als fünf Tropfen einnehmen.«

»Sie wissen, was passiert«, sagte Angel, »wenn man die Dosis überschreitet.«

»Man schläft bestimmt sehr lange«, sagte Rochelle. »Das ist bestimmt gefährlich. Vielleicht stirbt man. Das sind Dinge, die man nicht tun darf.«

Angel betrachtete sie. Sie hatte ihr Kleid ausgezogen, und ihr Körper richtete sich auf, voll erblüht und kräftig, aber an allen zarten Stellen von Falten und dem Anschein nach unmerklichen Rissen gekennzeichnet. Ihre hängenden Brüste drückten auf das feine Gewebe des weißen Büstenhalters, und ihre fleischigen Schenkel ließen gewundene und bläuliche Adern durchschimmern. Sie senkte den Kopf mit einem Lächeln, als sie den Augen des Jungen begegnete und kuschelte sich schnell unter die Decke.

»Setzen Sie sich zu mir«, sagte sie.

»Jeder die Hälfte der Flasche einnehmen . . .«, murmelte Angel.

Er setzte sich zu ihr und sprach weiter.

»So kann man sich bestimmt auch aus der Affäre ziehen.«

»Was heißt aus der Affäre ziehen?« sagte Rochelle. »Das Leben ist schön.«

»Sie liebten Anne . . .«

»Aber gewiß«, sagte Rochelle. »Fangen Sie doch nicht wieder damit an. Sehen Sie denn nicht, daß Sie mir Kummer bereiten, wenn Sie von diesen Dingen sprechen?«

»Ich kann diese Wüste nicht mehr ertragen, in der alle Welt krepiert ist.«

Sie legte sich auf das Kopfkissen.

»Nicht alle Welt.«

»Aber doch . . . Frißtfrist, Pippo, der Assistenzarzt, Anne, der Inspektor . . . Sie und ich.«

»Nicht wir beide«, sagte Rochelle. »Wir leben.«

»Wie in den Romanen«, sagte Angel. »Gemeinsam sterben. Einer neben dem andern.«

»Zärtlich umschlungen«, sagte Rochelle. »Als Bild ist es hübsch, finden Sie nicht? Ich habe das gelesen.«

»So, einer neben dem andern«, sagte Angel.

»Das steht in den Romanen«, sagte Rochelle . . . »Das gibt es nicht in der Wirklichkeit.«

»Es wäre schön . . .«, sagte Angel.

Sie dachte nach und verschränkte die Arme unterm Kopf.

»Es wäre wie in einem Film«, sagte sie. »Glauben Sie, daß man so sterben kann?«

»Vielleicht nicht«, sagte Angel. »Leider.«

»Das wäre wie ein Film, den ich gesehen habe«, sagte Rochelle. »Sie starben aus Liebe Seite an Seite. Könnten Sie aus Liebe zu mir sterben?«

»Ich glaube, ich hätte es gekonnt«, sagte Angel.

»Könnten Sie wirklich? Das ist komisch . . .«

»Ich glaube nicht, daß man es damit kann«, sagte Angel und korkte das Fläschchen auf.

»Nein? Würden wir nur schlafen?«

»Wahrscheinlich.«

»Sollen wir's versuchen«, sagte Rochelle. »Es wäre so schön, jetzt einzuschlafen. Ich möchte wieder diesen Traum träumen.«

»Es gibt Drogen«, sagte Angel, »die einen die ganze Zeit über so träumen lassen.«

»Das stimmt«, sagte Rochelle. »Vielleicht diese Droge hier?«

»Wahrscheinlich«, sagte Angel.

»Ich hätte schon Lust . . .«, sagte Rochelle. »Ich möchte diesen Traum wieder träumen. Ich kann nicht ganz allein schlafen.«

Sie warf ihm einen fragenden Blick zu. Er hatte den Kopf gesenkt und schaute das Fläschchen an.

»Sollen wir beide ein wenig davon einnehmen?« sagte sie.

»Man kann sich auch so aus der Affäre ziehen«, sagte Angel noch einmal.

»Das ist lustig«, sagte Rochelle und setzte sich auf. »Ich mag diese Dinge. Ein wenig betrunken sein oder Drogen nehmen und nicht mehr genau wissen, was man tut.«

»Ich glaube, daß Petitjean übertrieben hat«, sagte Angel. »Wenn jeder die Hälfte der Flasche trinkt, dann haben wir sicherlich ganz tolle Träume.«

»Dann bleiben Sie bei mir?« sagte Rochelle.

»Aber . . . das tut man doch nicht . . .«, sagte Angel.

Sie lachte.

»Sie sind dumm. Wer kommt denn?«

»Amadis erwartete Sie.«

»Oh . . .«, sagte Rochelle. »Nach dem Kummer, den ich gehabt habe, werde ich jetzt doch nicht arbeiten. Geben Sie mir das Fläschchen.«

»Achtung«, sagte Angel. »Die Sache ist gefährlich.«

»Wir teilen! . . .« sagte Rochelle.

Sie nahm das Fläschchen aus den Händen Angels und brachte es an ihre Lippe. Als sie zum Trinken ansetzen wollte, unterbrach sie sich.

»Bleiben Sie bei mir?« sagte sie.

»Ja . . .«, sagte Angel.

Er war weiß wie Kreide.

Rochelle trank das Fläschchen zur Hälfte aus und gab es ihm zurück.

»Es schmeckt schlecht«, sagte sie. »Sie sind dran . . .«

Angel behielt das Fläschchen in der Hand. Er ließ sie nicht aus den Augen.

»Was haben Sie?« fragte sie. »Fühlen Sie sich nicht wohl?«

»Ich denke an Anne . . .«, sagte er.

»Oh! . . . Jetzt reichts aber! . . . Schon wieder! . . .«

Es entstand eine Stille.

»Trinken Sie«, sagte sie, »und kommen Sie neben mich. Hier ist es schön kuschelig.«

»Ich werde es tun«, sagte Angel.

»Dauert es lange, bis man einschläft?« fragte sie.

»Nicht sehr lange«, sagte Angel ganz leise.

»Kommen Sie«, sagte Rochelle. »Halten Sie mich.«

Er setzte sich ans Kopfende und schob seinen Arm hinter den Rücken der jungen Frau, die sich mühsam aufrichtete.

»Ich kann meine Beine nicht mehr bewegen«, sagte sie. »Aber es tut mir nicht weh. Es ist angenehm.«

»Liebten Sie Anne?« sagte Angel.

»Ich mochte ihn gern. Sie mag ich auch gern.«

Sie bewegte sich schwach.

»Ich bin schwer.«

»Nein.«

»Ich liebte Anne . . . aber nicht allzu sehr«, murmelte sie. »Ich bin dumm . . .«

»Sie waren nicht dumm«, murmelte Angel ebenso leise wie sie.

»Ziemlich dumm . . . Werden Sie bald trinken?«

»Ich werde trinken . . .«

»Halten Sie mich . . .«, sagte sie in einem Atemzug.

Sie ließ ihren Kopf auf Angels Brust fallen. Er sah von oben ihre feinen, dunklen Haare und die hellere Haut zwischen ihren schweren Locken. Er stellte das Arzneifläschchen hin, das er noch in der linken Hand hielt und packte das Kinn der jungen Frau. Er hob ihren Kopf hoch und zog seine Hand weg. Sanft fiel der Kopf zurück.

Er machte sich mühsam frei und legte sie aufs Bett. Rochelles Augen waren geschlossen.

Er betrachtete vor dem Fenster einen Moosblumenzweig

voller orangefarbener Blüten, der sich lautlos bewegte und in der Sonne des Zimmers Flecken bildete.

Angel nahm die braune Flasche und blieb neben dem Bett stehen. Er betrachtete den Körper Rochelles und ihr Gesicht voller Entsetzen und spürte auf seiner rechten Hand die Anstrengung, die er gemacht hatte, um sie in ihrem Bett hochzuheben. Die Anstrengung, die er gemacht hatte, um Anne ins Leere zu stoßen.

Er hörte nicht, wie Abbé Petitjean hereinkam, gab aber dem Druck der Finger auf seiner Schulter nach und folgte ihm auf den Flur.

X

Sie gingen das, was von der Treppe übriggeblieben war, hinunter. Angel hatte immer noch das kleine braune Fläschchen in der Hand, und Petitjean ging vor ihm, ohne etwas zu sagen. Der Geruch der roten Blumen erfüllte die Öffnung zwischen den beiden Hälften des Hotels. Die letzte Stufe endete jetzt über einer der Schienen, und sie stolperten einer nach dem andern über die scharfen Steine. Angel bemühte sich auf den Schwellen zu gehen, deren Oberfläche glatt und bequemer war. Dann sprang Petitjean von den Gleisen auf den Sand der Dünen, und Angel folgte ihm. Er sah alles mit seinem ganzen Kopf und nicht nur mit den Augen, und er war dabei, wachzuwerden; er spürte, wie seine Betäubung sich im Innern konzentrierte, bevor sie sich auf einen Schlag auflöste, aber irgend jemand mußte eben die Wand durchstoßen, und das hatte Petitjean gerade getan. Er würde also die kleine Flasche austrinken.

»Was gedachten Sie zu tun?« sagte Petitjean.

»Das werden Sie mir erklären . . .«, sagte Angel.

»Es liegt an Ihnen, es zu finden«, sagte Petitjean. »Ich kann zwar bestätigen, was Sie gefunden haben, aber Sie müssen es von alleine finden.«

»Ich kann es nicht finden, wenn ich schlafe«, sagte Angel. »Und jetzt schlafe ich. Wie Rochelle.«

»Es kann doch niemand sterben, ohne das Bedürfnis zu empfinden, lange darüber zu reden«, sagte Petitjean.

»Wenn ich meine Hand dabei im Spiel habe, ist das normal.«

»Sie glauben, daß Sie Ihre Hand dabei im Spiel haben?«

»Gewiß«, sagte Angel.

»Sie können jemanden umbringen, aber sie können nicht wachwerden . . .«

»Das ist nicht das gleiche. Ich habe sie beide im Schlaf umgebracht.«

»Aber nein«, sagte Petitjean. »Sie sagen es nicht richtig. Sie sind gestorben, um Sie aufzuwecken.«

»Ich weiß«, sagte Angel. »Ich verstehe. Ich muß trinken, was übrigbleibt. Aber jetzt bin ich ruhig.«

Petitjean blieb stehen, drehte sich nach Angel um und sah ihm fest in die Augen.

»Was haben Sie gesagt?«

»Daß ich trinken werde, was übriggeblieben ist«, sagte Angel. »Ich habe Anne und Rochelle gemocht, und sie sind tot.«

Petitjean sah seine rechte Faust an, schloß sie zwei- oder dreimal, krempelte seinen Ärmel hoch und sagte:

»Achtung! . . .«

Und Angel sah eine schwarze Masse, die ihn mitten auf die Nase traf. Er schwankte und setzte sich in den Sand. Sein Kopf klang hell wie eine Silberglocke. Blut rann aus seiner Nase.

»Mensch! . . .« sagte er mit heiserer Stimme.

»Geht's Ihnen besser?« fragte Petitjean. »Sie gestatten?«

Er nahm seinen Rosenkranz.

»Wieviele Sterne haben Sie gesehen?«

»Dreihundertzehn«, sagte Angel.

»Sagen wir . . . vier«, sagte Petitjean.

Er betete seinen Rosenkranz mit der Virtuosität herunter, die er bei diesen Gelegenheiten zeigte.

»Wo ist meine Flasche?« fragte Angel plötzlich.

Das kleine braune Fläschchen war auf dem Sand umgefallen, und ein feuchter Fleck breitete sich unter dem Flaschenhals aus. Der Sand fing an, an dieser Stelle schwarz zu werden, und abgefeimter Rauch stieg auf.

Angel hielt seinen Kopf, den er über seine gespreizten Knie vorstreckte, und sein Blut durchlöcherte den Sand mit dunklen Punkten.

»Friede!« sagte Petitjean. »Oder soll ich wieder anfangen?«

»Das ist mir egal«, sagte Angel. »Es gibt andere Arten zu sterben.«

»Ja«, sagte Petitjean. »Auch auf den Riecher zu schlagen, ich warne Sie.«

»Oh«, sagte Angel, »Sie werden nicht die ganze Zeit über hier bleiben.«

»Gewiß nicht. Das wird nicht nötig sein.«

»Rochelle . . .«, murmelte Angel.

»Sie machen einen pfiffigen Eindruck«, sagte Petitjean, »wenn Sie mit einer Nase, aus der Blut schießt, Frauennamen aufsagen. Rochelle gibt es nicht mehr. Das genügt. Warum glauben Sie wohl, daß ich ihr das Fläschchen gegeben habe?«

»Ich weiß nicht«, sagte Angel. »Dann habe ich also nichts damit zu tun? Auch diesmal nicht?«

»Das ist Ihnen wohl unangenehm, wie?«

Angel versuchte nachzudenken. Dinge gingen ihm nicht sonderlich schnell durch den Kopf, doch so heftig vibrierend, daß er sie nicht erkennen konnte.

»Warum haben Sie nicht gleich getrunken?«

»Ich werde wieder anfangen . . .«, sagte Angel.

»Dann los. Hier ist ein anderes.«

Abbé Petitjean wählte in seiner Tasche und zog ein braunes Fläschchen hervor, das genauso aussah wie das erste. Angel streckte die Hand aus und nahm es. Dann entkorkte er es und goß einige Tropfen auf den Sand. Das ergab einen winzigen Fleck, und gelber Rauch breitete seine träge Spirale in die reglose Luft aus.

Angel ließ den Korken fallen und behielt das Fläschchen fest in der Faust. Mit dem Ärmel wischte er sich die Nase ab und betrachtete angeekelt den Streifen auf seinem Vorderarm. Sein Blut hatte aufgehört zu fließen.

»Putzen Sie sich die Nase«, sagte Petitjean.

»Ich habe kein Taschentuch«, sagte Angel.

»Sie haben sicherlich recht«, sagte Petitjean. »Sie taugen zu nicht viel und Sie sehen nichts.«

»Ich sehe diesen Sand«, sagte Angel. »Diese Eisenbahn ... diesen Schotter ... dieses entzweigeschnittene Hotel ... Die ganze Arbeit, die zu nichts nützt ...«

»Das kann man wohl sagen«, sagte Petitjean. »Und es zu sagen, ist schon etwas.«

»Ist mir klar. Ich weiß nicht. Anne und Rochelle ... Sie werden mir wieder auf die Nase boxen.«

»Nein«, sagte Petitjean ... »Was sehen Sie sonst noch?«

Angels Gesicht schien sich allmählich aufzuhellen.

»Es gibt das Meer«, sagte er. »Auf dem Hinweg. Die beiden Kinder auf der Brücke. Die Vögel.«

»Allein schon diese Sonne«, sagte Petitjean, »genügt Ihnen das denn nicht?«

»Das ist nicht übel ...«, sagte Angel langsam. »Es gibt den Eremiten und die Negerin.«

»Und Athanagoras' Mädchen ...«

»Lassen Sie mich suchen«, sagte Angel. »Es gibt einen Haufen Dinge zu sehen.«

Er betrachtete das Fläschchen.

»Aber man sieht auch Anne und Rochelle...«, murmelte er.

»Man sieht, was man sehen will«, sagte Petitjean. »Außerdem, sehen ist zwar gut, aber es genügt nicht.«

»Vielleicht kann man verschiedene Dinge tun ...«, sagte Angel. »Den Leuten helfen ...«

Er lachte höhnisch.

»Man wird sofort verhaftet«, sagte er. »Verstehen Sie, man kann auch Anne und Rochelle umbringen ...«

»Ohne Zweifel«, sagte Petitjean.

»Und Eisenbahnen bauen, die zu nichts nützen.«

»Selbstverständlich«, sagte Petitjean.

»Also ...?«

»Also, ist das alles, was Sie sehen?«

Petitjean setzte sich neben Angel in den Sand.

»Dann trinken Sie halt«, sagte er. »Wenn Sie so wenig Phantasie haben ...«

Sie schwiegen beide. Angel suchte und sein Gesicht war abgespannt.

»Ich weiß nicht«, sagte er. »Ich finde Dinge zu sehen, zu spüren, aber noch nicht zu machen. Ich kann mir nicht verhehlen, was ich schon gemacht habe . . .«

»Sie gehen uns auf den Wecker«, sagte Petitjean. »Nörgeln Sie nicht. Trinken Sie.«

Angel ließ das Fläschchen fallen. Petitjean machte eine Bewegung, um es aufzuheben, und es lief schnell aus. Angel war verkrampft und angespannt, dann erschlafften seine Muskeln, und seine Hände hingen träge herunter. Er hob den Kopf und schnüffelte.

»Ich weiß nicht . . .«, sagte er. »Sehen, das genügt mir für den Anfang. Sicherlich sieht man weit, wenn man zu nichts mehr Lust hat.«

»Sind Sie sicher, daß Sie sehen?« sagte Petitjean.

»Ich sehe einen Haufen Dinge«, sagte Angel. »Es gibt soviele Dinge zu sehen.«

»Wenn man viel gesehen hat«, sagte Petitjean, »weiß man, was man zu tun hat.«

»Man weiß, was man zu tun hat . . .«, sagte Angel.

»Das ist einfach . . .«, sagte Petitjean.

Angel sagte nichts. Er wendete in seinem Kopf etwas hin und her.

»Professor Frißtfrist ist in die schwarze Zone gegangen«, sagte er.

»Genau wie Sie, wenn Sie getrunken hätten«, sagte Petitjean. »Sie sehen, daß man das auch tun kann.«

»Aber ist es besser?« sagte Angel.

»Ich finde, daß es danebengegangen ist«, sagte Petitjean. »Aber es dient immerhin als Beispiel. Man braucht auch Beispiele von Dingen, die danebengehen.«

Er sammelte sich einen Augenblick.

»Ein kleines Gebet?« schlug er vor. »Bauer häng den Bummerl an, daß er mich nicht beißen kann . . .«

»Wenn ich nur den Bummerl hätt', der mich rupft, der mich zupft . . .«

»Der mit mir ins Betterl hupft! Amen«, schloß der Abbé.

»Das Liedchen müssen Sie Amadis vorsingen«, sagte Angel.

»Mein Sohn«, sagte Petitjean, »Sie sind ein Spötter und übelgesinnt.«

Sie standen auf. Vor ihnen zog sich der Zug, fast fertig, auf den Schienen dahin; die Lastwagenfahrer schlugen mit kräftigen Hammerschlägen auf die Bleche des Lokomotivkessels, und der schwarze Stahl dröhnte in der Sonne.

XI

Aber es käme mir doch sehr merkwürdig vor, wenn Boris, ein ernsthafter Knabe, 1889 die wunderliche Idee gehabt hätte, solche Albernheiten zu kopieren.

Charles Chassé, »Die Ursprünge von König Ubu«, Floury édit., Seite 44

Direktor Dudu hatte das gesamte Personal zusammengerufen, und dieses drängte sich auf dem provisorischen Bahnsteig, den Marin und Carlo eilends errichtet hatten. Der Zug bestand aus zwei Wagen. Es waren da Carlo, Marin und ihre jeweiligen Familien, dieser Schweinehund von Arland, die drei Lastwagenfahrer, von denen einer bereits damit beschäftigt war, Kohle in den Lokomotivkessel zu schaufeln, Amadis selber und Dupont, der Negerdiener von Athanagoras, der speziell eingeladen worden war und der beunruhigt schien, denn Amadis hatte ihm ein Sonderabteil reservieren lassen, in dem sie unter vier Augen sein würden. Es gab einen lauten Pfiff, und alle stürmten die Trittbretter.

Angel und der Abbé schauten von der Düne herab zu. Athanagoras und seine Gehilfen hatten sich nicht stören lassen, und der Eremit fickte wahrscheinlich die Negerin.

Direktor Dudu erschien an der Tür des reservierten Abteils, und seine Hand senkte sich dreimal, um das Zeichen zur Abfahrt zu geben. Die Bremsen kreischten, der Dampf puffte, und der Zug setzte sich langsam mit einem fröhlichen

Geräusch in Bewegung. Aus den Fenstern winkten die Taschentücher.

»Sie sollten dabei sein«, sagte Petitjean.

»Ich gehöre nicht mehr zur Gesellschaft«, sagte Angel. »Dieser Zug kotzt mich an.«

»Ich muß zugeben, daß er zu nichts nützt«, sagte Petitjean.

Sie sahen zu, wie er zwischen den beiden Teilen des Ruinenhotels hindurchfuhr. Die Sonne ließ den Lack der Wagendächer hell glänzen, und die Moosblumen betüpfelten die zerstörte Fassade mit rot.

»Warum dröhnt er so auf den Schienen?« sagte Petitjean. »Man könnte meinen, es wäre hohl.«

»Das ist das Geräusch, das er gewöhnlich auf dem Schotter macht«, sagte Angel.

Der Zug verschwand, aber man sah den Rauch, der sich in weißen Wattekugeln in die Luft erhob.

»Er wird zurückkommen«, erklärte Angel.

»Das habe ich mir gedacht«, sagte der Abbé.

Sie warteten schweigend, lauschten auf den hastigen Atem der Lokomotive, der in der Ferne erstarb. Dann war das Geräusch wieder zu hören.

In dem Augenblick, in dem die Lok im Rückwärtsgang wieder ins Hotel einfuhr, entstand ein dumpfes Geräusch. Der Zug schien auf den Schienen zu schwanken, die auf einen Schlag im Boden versanken. Die Lokomotive verschwand. Ein ungeheurer Riß erstreckte sich längs der Eisenbahnlinie, wurde allmählich immer größer, und die Wagen schienen vom Sand angesogen zu werden. Der Boden brach mit dem Krach zermahlener Blöcke ein, und die Eisenbahnlinie versank langsam wie ein von der Flut überschwemmter Weg. Der auf beiden Seiten aufgeworfene Sand rutschte in schrägen Schichten nach, in Wellen, die, am Fuße der Böschung entstanden, die Kuppe zu erreichen schienen, indem sie auf einen Schlag den Abhang hoch schwappten, während die gelben Körner die Schräge hinunterkugelten.

Abbé Petitjean hatte voller Entsetzen Angels Arm gepackt, und die beiden Männer sahen, wie der Sand unerbittlich die vor ihren Augen entstandene riesige Spalte füllte. Es kam zu einer letzten Erschütterung an der Senkrechten des Hotels, und ein riesiger Qualm von Dampf und Rauch explodierte geräuschlos, während ein Sandregen das Gebäude bedeckte. Der Rauch riß vor der Sonne in einer Sekunde auseinander, und die grünen, spitzen Gräser bewegten sich leicht im Luftzug.

»Ich hab's mir gedacht«, sagte Angel. »Ich hab neulich noch daran gedacht . . . und dann hab' ich's vergessen . . .«

»Sie haben direkt über einem Loch gebaut«, sagte Petitjean.

»Über Athanagoras' Grabungen . . .«, sagte Angel. »Es war dort . . . zwei Maße vom Meridianbogen entfernt . . . und dann ist Rochelle gestorben . . . und ich habe es vergessen . . .«

»Wir können nichts machen«, sagte Petitjean. »Hoffentlich ist der Archäologe davongekommen . . .«

»Es ist meine Schuld«, sagte Angel.

»Hören Sie endlich auf, sich für die ganze Welt verantwortlich zu halten«, sagte Petitjean. »Sie sind teilweise für sich selber verantwortlich, und das genügt. Es ist die Schuld der andern genauso wie Ihre. Es ist auch Amadis' Schuld und die des Archäologen. Und die Annes. Kommen Sie. Wir wollen sehen, ob sie noch leben.«

Angel folgte Petitjean. Seine Augen waren trocken. Er schien wieder zu Kräften zu kommen.

»Gehen wir«, sagte er. »Gehen wir bis ans Ende.«

XII

Angel wartete auf den Autobus 975. Er saß auf dem Boden, an den Haltestellenmast gelehnt, und Petitjean, der in der gleichen Stellung saß, drehte ihm den Rücken zu. Sie sprachen miteinander, ohne sich anzusehen. Angel hatte seinen Koffer neben sich stehen und dazu ein dickes Päckchen mit Briefen und Berichten, die er auf dem Schreibtisch von Amadis Dudu gefunden hatte.

»Ich bedauere, daß der Archäologe mich nicht begleiten konnte«, sagte Angel.

»Er hat viel Arbeit«, sagte Petitjean. »Seine Ausrüstung hat einen ganz schönen Knacks wegbekommen. Ein Glück, daß sie nichts abbekommen haben, weder er noch die Leute seiner Mannschaft.«

»Ich weiß«, sagte Angel. »Hoffentlich kommt der Autobus . . .!«

»In letzter Zeit kam er nicht mehr vorbei«, sagte Petitjean.

»Er wird wieder kommen«, sagte Angel. »Das hing sicherlich mit dem Jahresurlaub des Schaffners zusammen.«

»Der ist halt in dieser Jahreszeit fällig . . .«, sagte Petitjean.

Angel räusperte sich. Er war ergriffen.

»Ich werde Sie nicht mehr sehen«, sagte er. »Ich wollte Ihnen danken.«

»Keine Ursache«, sagte der Abbé. »Sie werden wiederkommen.«

»Darf ich Ihnen eine Frage stellen? Sie kennen sie sicher schon. Warum tragen sie eigentlich die Soutane?«

Der Abbé lachte leise.

»Genau das habe ich erwartet . . .«, sagte er. »Ich werde es Ihnen sagen. Das ist die moderne Methode.«

»Welche Methode?«

»Man muß unterwandern . . .«, gab Abbé Petitjean zur Antwort.

»Alles klar . . .«, sagte Angel.

Sie hörten den Motor.

»Er kommt . . .«, sagte Petitjean.

Er stand auf. Angel tat das gleiche.

»Auf Wiedersehen. Bis bald.«

»Auf Wiedersehen! . . .« sagte Angel.

Abbé Petitjean drückte ihm die Hand und ging weg, ohne sich umzudrehen. Er sprang hoch, damit sein Kleid bei jedem Fall die Form einer Glocke annahm. Er war ganz schwarz auf dem Sand.

Angel tastete mit zitterndem Finger nach dem Kragen seines gelben Hemdes und hob die Hand. Der 975 blieb auf der Stelle vor ihm stehen.

Der Schaffner drehte an seinem Bauchladen und eine hübsche Musik kam heraus.

Im Wageninnern war nur ein Fahrgast, und er trug eine kleine Aktentasche bei sich, auf der die Buchstaben A. P.

standen, Antenne Pernot; er war so gekleidet, als sei er auf dem Weg ins Büro. Er lief zwanglos durch den Gang und sprang leichtfüßig vom Autobus. Er fand sich Auge in Auge mit dem Fahrer. Dieser hatte gerade seinen Sitz verlassen und kam näher, um nachzusehen, was vorging. Er trug eine schwarze Binde über dem Auge.

»Verflucht und zugenäht!« sagte der Fahrer. »Einer steigt aus und einer steigt ein! . . . Und meine Reifen, an die denkt wohl keiner. Ich darf das Fahrzeug nicht überladen.«

Der Mann mit der Aktentasche sah ihn verlegen an. Als er sah, daß der andere mit dem Pfeifenreiniger sein Auge wieder einsetzte, nutzte er die Gelegenheit und ergriff Hals über Kopf die Flucht.

Der Fahrer fuhr sich an die Stirn.

»Ich bin langsam dran gewöhnt«, sagte er. »Das ist schon der zweite.«

Er ging wieder zu seinem Sitz zurück.

Der Schaffner half Angel beim Einsteigen.

»Na, na!« sagte er. »Nur nicht drängeln! . . . Die Nummern, bitte! . . .«

Angel stieg ein. Er stellte seinen Koffer auf die Plattform.

»Das Gepäck ins Wageninnere! . . .« sagte der Schaffner. »Stören Sie bitte nicht den Betrieb! . . .«

Er hing sich an die Klingelschnur, die er mehrmals bewegte.

»Besetzt! . . .« rief er.

Der Motor brummte, und der Autobus fuhr an. Angel stellte seinen Koffer unter eine Bank und ging wieder auf die Plattform zurück.

Die Sonne leuchtete über dem Sand und den Gräsern. Büschel von Scrubus spinifex bewuchsen den Boden. Am Horizont erblickte er undeutlich einen schwarzen, reglosen Streifen. Der Schaffner kam zu ihm.

»Endstation! . . .« sagte Angel.

»Flieg! . . .« gab der Schaffner zur Antwort und hob den Finger zum Himmel.

Übergang

Kurze Zeit darauf fand im Verwaltungsrat eine Sitzung statt; auf Drängen von Präsident Ursus de Janpolent, der ein Handschreiben Antenne Pernots verlas, wurde beschlossen, eine Gruppe von Technikern und ausführenden Organen zu entsenden, um die Möglichkeit zu untersuchen, in Exopotamien eine Eisenbahn in Vollspurbreite an einer anderen Stelle als der vorhergehenden zu bauen, um den ärgerlichen Zwischenfall zu vermeiden, der das Ende der ersten Arbeiten kennzeichnete. Die anwesenden Mitglieder schätzten sich über die Summe der Auskünfte glücklich, die sie dank der Bemühungen des allzu früh verstorbenen Amadis Dudu erhalten hatten, und aus denen der neue Direktor, Antenne Pernot, großen Nutzen ziehen wird, weshalb man sein Gehalt in beachtlichem Maße kürzen kann. Die Expedition sollte sich wie folgt zusammensetzen: eine Sekretärin, zwei Ingenieure, zwei ausführende Organe und drei Lastwagenfahrer. Auf Grund der besonderen Eigenschaften, die die Sonne in Exopotamien besitzt und in Anbetracht der Eigentümlichkeit des Bodens besteht die Gefahr, daß sich bemerkenswerte Naturerscheinungen einstellen; es muß auch der Tatsache Rechnung getragen werden, daß sich bereits ein Archäologe und seine Gehilfen in Exopotamien befinden, ferner ein Eremit und eine Negerin und Abbé Petitjean, der viele Eremiten zu inspizieren hat. Die ausführenden Organe brechen mit ihren Familien auf. Die Vielschichtigkeit des Ganzen führt dazu, daß alles, was ihnen passieren kann, trotz der gewonnenen Erfahrung wirklich unmöglich voraussehbar und noch viel weniger vorstellbar ist. Es ist sinnlos, den Versuch einer Beschreibung zu unternehmen, denn alle möglichen Lösungen sind denkbar.

Nachwort

Von Ende 1946 an erschienen in Paris im Laufe weniger Monate mehrere Romane von Boris Vian, die jedoch alle vom Skandalruhm überschattet wurden, den der »Übersetzer« des fingierten Sexthrillerautors Vernon Sullivan auf Anhieb errungen hatte. Nur wenige Kritiker beachteten damals, daß der Übersetzer Sullivans auch selbst Bücher publiziert hatte: Vor allem den in den Herbstmonaten des Jahres 1946 entstandenen Roman *Herbst in Peking*. Weder der weltanschaulich spekulative noch der polemisch mit Autoren und deren Werken spielende Aspekt dieses Buches fanden besondere Resonanz. Mit einer leicht überarbeiteten Fassung versuchte Vian 1956 einen zweiten Start, der den Verlag Éditions de Minuit nicht ermutigte, die bereits angezeigten weiteren Bücher des Autors zu veröffentlichen. Erst die posthume dritte Ausgabe von 1964 bewirkte die Entdeckung des Romans als hintergründiges Verwirrspiel eines verzweifelten Humoristen.

Vian liebte es, dem Leser ausgesucht triviale Geschichten zu erzählen, vorzugsweise Liebes- und Reiseabenteuer, die meistens unglücklich enden. Aber das Triviale war für ihn immer nur Vorwand, die Maske, die den romantisch und sentimental gestimmten Grundton verdecken sollte, der durch das wirre Nebeneinander von salopper Ironie, toller Phantastik, Sarkasmus und durchtriebener Melancholie seine nachhaltige Überzeugungskraft erhielt.

Der Roman *Herbst in Peking* handelt, um dem pataphysischen Charakter des Titels gerecht zu werden, weder vom Herbst noch von China. Er spielt großenteils im fiktiven Wüstenland Exopotamien. Amadis Dudu will wie jeden Morgen den Bus zu seinem Büro nehmen, aber es gelingt ihm nicht, auf die gewohnte Weise die Fahrt anzutreten. Der Wagen der Linie 975, in dem er schließlich als einziger Fahrgast Platz findet, hält überraschend an keiner Station und fährt statt dessen in das seltsame Land Exopotamien. Im einzigen Hotel, das er dort vorfindet, richtet Dudu ein Büro ein und projektiert den Bau einer Eisenbahnlinie durch die Wüste. Zu diesem Zweck nimmt er Kontakt mit seiner Firma auf, die eine Gesellschaft gründet, Mitarbeiter anwirbt und Material nach Exopotamien schaffen läßt.

Das Team, das in der Wüste eintrifft, besteht aus den Ingenieuren Angel und Anne, deren Freundin Rochelle, Professor Frißtfrist, dem schon aus *Der Schaum der Tage* bekannten Arzt und Modellflugzeugbauer, zu dessen Begleitpersonal der Mechaniker Cruc und ein Assistenzarzt gehören, außerdem noch »ausführende Organe« wie Marin und Carlo mit Familie und der wenig geschätzte Vorarbeiter Arland. Sie alle sind auf etwas mysteriöse Art zu Vertragspartnern jener Firma geworden, die Situationen zu arrangieren oder auszunutzen wußte, in denen diese Leute Exopotamien als mögliche Alternative zu ihrem aussichtslosen oder unerfüllten Leben aufgriffen.

Die Expeditionsteilnehmer des Eisenbahnunternehmens sind nicht die ersten Abenteurer in der Wüste. Seit fünf Jahren bereits veranstaltet hier der Archäologe Athanagoras mit einigen Helfern Grabungen. Unter der Erde verfolgt er eine »Richtlinie«. Und in Exopotamien hat sich auch Claude Léon, der aus Zufall zum Mörder wurde, durch Vermittlung des Abbé Petitjean als Eremit niedergelassen, wo ihm die Negerin Lavande Gesellschaft leistet, mit der er dann die »heilige Handlung« vollzieht.

Das Eisenbahnprojekt Dudus (oder der Firma, die vielleicht auch den Zufall herbeigeführt hat, durch den ihr Mitarbeiter in die Wüste gelangt ist) stört den Alltag der nicht am Bau beteiligten Wüstenerkunder. Der Hotelbesitzer Barrizone etwa erhält den Bescheid, daß er sein Haus räumen muß, denn die Berechnungen des Ingenieurs Angel lassen es als notwendig erscheinen, die Eisenbahnlinie mitten durch das Hotel zu verlegen. Die Schwierigkeiten, die Barrizone macht, erledigen sich durch den mißglückten Probestart der selbstgebastelten Flugmaschine von Professor Frißtfrist, die gegen eine Mauer des Hotels prallt und den Besitzer tötet. Im Hotel endet auch die Probefahrt der Eisenbahn: die Linie stürzt genau an der Stelle ein, wo von unten Athanagoras mit

seinen Grabungen angelangt ist. Angel überlebt als einziger der von der Gesellschaft angeheuerten Expeditionsteilnehmer. Er fährt zurück in die Stadt mit einem Bus der Linie 975, dem bereits der Nachfolger von Amadis Dudu entsteigt. Der Aufsichtsrat der Firma hat beschlossen, daß die Eisenbahnlinie dennoch gebaut werden soll. Die zweite Expedition wird in ihre Berechnungen einkalkulieren können, daß ein Archäologe Ausgrabungen vornimmt, daß sich auch ein Einsiedler in der Wüste befindet, in Gesellschaft einer Negerin und unter Aufsicht eines Abbés, der den Ausbau der Eremitage zu einer Pilgerstätte anstrebt.
Die Nachfolger der Eisenbahnpioniere können auf einen etwas erfolgreicheren Ausgang ihrer Bemühungen setzen, jedenfalls können sie sich auf die Erfahrungen der vor ihnen Gescheiterten stützen.
Wie René Daumal in seinem Buch über den Berg *Analog*, dessen Besteigung immer wieder versucht wird, schildert Boris Vian in *Herbst in Peking* die Abenteuer eines als Expedition getarnten Suchens. Objekt des Suchens ist bei Daumal ein Berg, das gegenständliche Symbol für den Zugang zu einer realeren, menschlicheren Welt. Exopotamien steht für etwas Ähnliches, dennoch ist Vians Suche gebrochener, seine Hoffnungen sind von weitaus größerer Skepsis durchsetzt. Die Menschen gehen in die Wüste, weil dort Platz ist, sie wollen nichts grundlegend anderes erkunden, sondern eher Dinge tun, die sie auch sonst überall tun könnten. In dem Land, das sich ihnen als Alternative anbietet, erscheinen ihnen aber viele Dinge in einem anderen Licht. Die Suchenden im *Analog* Daumals sind Menschen, »die begriffen haben, daß sie Gefangene sind«, ihr Aufbruch entspringt einer Initiative. Nach Exopotamien aber wird man vertraglich verpflichtet.
Die Bahnlinie stürzt genau über der »Richtlinie« ein, jener »ligne de foi«, die sich auf einen Glauben stützt, dem man also lieber nicht trauen soll, auf den man jedenfalls nicht bauen kann. Und umgekehrt hält auch die Richtlinie keine Bahn aus. Vians in dieser Art symbolische Handlung folgt den in vielen alchimistischen Büchern beschriebenen Grundregeln, die bei der Suche nach dem »Stein der Weisen« zu beachten sind. Wissenschaftler, Ingenieure, Priester, Direk-

toren und Analphabeten wie Marin und Carlo sind an der Suche beteiligt, bei der es nicht um echtes Gold geht. Aufschlußreich ist hier auch die gezielte Verwendung des Namens Saknussem. Arne Saknussem, der Chef, für den Claude Léon die Waffe besorgen muß, die zur Ursache für seinen Aufbruch nach Exopotamien werden wird, ist nämlich bei Jules Verne jener Wissenschaftler, der zum ersten Mal die Reise zum Mittelpunkt der Erde angetreten und der Nachwelt eine verschlüsselte Schrifttafel hinterlassen hat, die den genauen Weg dorthin bezeichnet.

Bei aller symbolischen Hintergründigkeit, die die einzelnen Motive erhellen können, ist *Herbst in Peking* zunächst ein amüsantes Buch mit literarischen Spielereien und parodistischen Intentionen. Die Episode etwa, in der Claude Léon unfreiwillig zum Mörder wird, ist eine bewußte Persiflage des Romans *Der Fremde* von Albert Camus. An der satirisch verkleideten Oberfläche des Romans finden sich huldigende Anspielungen oder polemisch zugespitzte Seitenhiebe sowohl auf Freunde als auch auf verhaßte Autorenkollegen. Der Niederschrift von *Herbst in Peking* unmittelbar voraus ging die überraschende Verleihung des Prix de la Pléiade an den literarisch unbedarften katholischen Erbauungsschriftsteller Jean Grosjean, der 1946 auf Vorschlag von André Malraux für seinen Gedichtband *Terre du temps* ausgezeichnet wurde. Der Sekretär der Jury hieß Jacques Lemarchand, der sich mit Queneau und Sartre für die Preisvergabe an Vian ausgesprochen hatte. Für Grosjean aber plädierten leidenschaftlich vor allem Marcel Arland, der Verfasser eines Buchs mit dem Titel *Die heilige Ordnung* (der von Vian als Vorarbeiter Arland deutlich abgekanzelt wird) und Jean Paulhan (im Roman der Aufsichtsratsvorsitzende Baron Ursus de Janpolant). Die Presse unkte nach der Preisverleihung: »Die Jazztrompete wurde von der Fanfare des Jüngsten Gerichts besiegt.« Der Vian überlegene Jean Grosjean taucht im *Herbst in Peking* als der gar nicht so unsympathisch porträtierte, in Sachen Religion ziemlich lax und opportunistisch denkende Abbé Petitjean auf, und Lemarchand, der Vorkämpfer für Vian und dessen Roman *Der Schaum der Tage*, findet sich hier als heroischer Verteidiger einer Barrikade »gegen die Preußen« geehrt. Der Hotelbesitzer Barri-

zone schließlich verdankt seinen Namen Guiseppe Barrizone, dem italienischen Gärtner der Eltern Vians in Ville d'Avray, und Claude Léon war der Name eines bekannten, mit Vian eng befreundeten Jazz-Musikers.
Nicht zuletzt ist *Herbst in Peking,* wie die meisten Bücher Vians, ein versteckter Liebesroman. Das Thema der erotischen Beziehungen wird in den verschiedensten Formen abgehandelt. Angel liebt Rochelle, aber sie zieht entschieden dessen Freund Anne vor. Sie »unterhält« sich lediglich gerne mit Angel. Anne will dann Rochelle an Angel abtreten, denn längst schwärmt er von der Negerin Lavande, und der Abbé will den an seiner Liebe zu Rochelle leidenden Angel mit Cuivre zusammenbringen, bevor es »zu spät« ist. Angel gibt sich mit dem vordergründigen Suchen der Menschen in seiner Umgebung nicht zufrieden, er sieht für sich keine andere Lösung als den Tod. So stößt er den Freund, der zwischen ihm und seiner Geliebten steht, in einen Abgrund, um Rochelle dann einen freien Weg in den Doppelselbstmord vorschlagen zu können. Für Rochelle bleibt Liebe etwas anderes, ihr gefällt nur der Gedanke, wie Julia oder eben »wie im Roman« mit einem Mann gemeinsam zu sterben. Angel erkennt, daß es für ihn keine Liebe gibt. Er übernimmt die Verantwortung für seine Handlungen, er bekennt sich zu seiner Schuld. Gleichzeitig widerspricht er dem Abbé, der seinen Mord entschuldigt und dafür »alle« verantwortlich machen will, weil die Religion die Menschen als Kriminelle braucht. Angel widerspricht auch Camus, denn er ist kein »Geworfener«. Exopotamien hat seine Lage deutlich gemacht, die Erfahrung hat ihm genützt. Er wird leben. Wenn er auch den »Stein der Weisen« nicht gefunden hat, so weiß er jetzt doch wahrscheinlich, was darunter zu verstehen ist.

KLAUS VÖLKER

Boris Vian

Geboren 1920 in Ville d'Avray. 1939 École Centrale des Arts et Manufactures in Angoulême. 1942 Ingenieursexamen. Begründet eine Amateurjazzband mit Claude Abadie. 1946/47 erschienen seine ersten Romane, gefördert von Raymond Queneau und Jean-Paul Sartre. Bis 1947 Ingenieur; daneben und in den folgenden Jahren Schriftsteller, Jazztrompeter, Chansonnier, Schauspieler, Übersetzer und Leiter der Jazzplattenabteilung bei Philips. Starb 1959 in Paris.

Werke von Boris Vian

(Verzeichnis der Erstausgaben)

J'irai cracher sur vos tombes. Roman. Paris, 1946
Vercoquin et le plancton. Roman. Paris, 1946
L'Écume des jours. Roman. Paris, 1947
L'Automne à Pékin. Roman. Paris, 1947
Les Morts ont tous la même peau. Roman. *Suivi de Les Chiens, le désir et la mort. Paris, 1947*
Barnum's Digest. Poèmes. Paris, 1948
Et on tuera tous les affreux. Roman. Paris, 1948
Les Fourmis. Nouvelles. Paris, 1949
L'Équarissage pour tous. Pièce. Suivi de Le dernier des métiers. Paris, 1950
L'Herbe rouge. Roman. Paris, 1950
Elles se rendent pas compte. Roman. Paris, 1950
Cantilènes en gelée. Poèmes. Limoges, 1950

L'Arrache-Coeur. Roman. Paris, 1953
Fiesta. Opéra en un acte. Livret de Boris Vian. Musique de Darius Milhaud. Paris, 1958
En avant la Zizique. Esquisse d'une classification des chansons. Paris, 1958
Les Bâtisseurs d'Empire. Pièce. Paris, 1959
Zoneilles (avec Michel Arnaud et Raymond Queneau). Paris, 1961
Le Goûter des généraux. Pièce. Paris, 1962
Je voudrais pas crever. Poèmes. Paris, 1962
Textes et Chansons. Paris, 1966
Trouble dans les Andains. Roman. Paris, 1966
Chroniques de Jazz. Paris, 1967
Le Loup-garou. Suivi de douze autres nouvelles. Paris, 1970
Théâtre inédit: Tête de méduse, Série blême, Le Chasseur français. Paris, 1971
Le Chevalier de neige. Paris, 1974
Le Dossier de l'affaire »J'irai cracher sur vos tombes«. Paris, 1974
Chroniques du Menteur. Paris, 1974
Derrière la zizique. Paris, 1976
Petits Spectacles. Paris, 1977
Cinéma. Science-Fiction. Paris, 1978
Traité de civisme. Paris, 1979
Écrits Pornographiques. Paris, 1980
Le Ratichon baigneur et autres nouvelles inédites. Paris, 1981